LE SECRET DU PRESSOIR

DU MÊME AUTEUR

Les Enfants de l'apartheid, Fayard, 1989.
Feu sur l'enfance, Fayard, 1989.
La Colère de Mouche, roman, Mazarine, 1998.
Les pommes seront fameuses cette année, Mazarine, 2000, et GLM, 2004 (prix du Roman du terroir décerné par le Salon de l'œil et la plume de Cosne-sur-Loire).
L'Inaccomplie, Mazarine, 2000 (prix Feuille d'Or de la ville de Nancy et prix France Bleu Sud Lorraine) et Editions Libra Diffusion.
Trois Reines pour une couronne, Presses de la Cité, 2002, et GLM, Editions Feryane, France Loisirs.
Le Dernier Amour d'Auguste, Fayard, 2002, et GLM, Editions Libra Diffusion.
Les Alliances de cristal, Presses de la Cité, 2003, et GLM, Editions Feryane.
Un petit carré de soie, Fayard, et Editions Libra Diffusion.
Mystérieuse Manon, Presses de la Cité, 2004, et GLM, France Loisirs, Editions Feryane (prix de l'association Le Printemps du livre lorrain 2004).
Le Soleil des mineurs, Presses de la Cité, 2005, et GLM, Editions Feryane, Sélection du Reader's Digest (prix Victor-Hugo 2005, prix des conseillers généraux de Lorraine 2005).
Nous, les derniers mineurs, l'épopée des gueules noires, avec Camille Oster, Hors Collection, 2005.
L'Enfant perdu des Philippines, Presses de la Cité, 2006, et GLM, Editions Feryane.
Les cigognes savaient, Presses de la Cité, 2007, et GLM, Editions Feryane.
Appelez-moi Jeanne, Fayard, 2007, et Editions Libra Diffusion, France Loisirs.
Le Roman de la place Stanislas, Editions Place Stanislas, 2007.
Confession d'Adrien le colporteur, Presses de la Cité, 2008.
La Lorraine au cœur, Editions Place Stanislas, 2008.
Un rire d'ailleurs, Fayard, 2008, et GLM.

En collaboration

Pour les enfants du monde, sous la direction du Pr Minkowski, Edition n° 1, Unicef, MPLEM, 1991.
L'Appel de Lunéville : pour la résurrection du Versailles lorrain, sous la direction de François Moulin et Michel Vagner, Editions de l'Est, 2003.
Paroles d'auteurs – La Lorraine, photographies de Pascal Bodez, ouvrage collectif avec le soutien du conseil régional de Lorraine, Editeur, 2007.

Pour la jeunesse

Meurtre au village du livre, roman français-anglais. Editions de l'Oxalide, 2008.

Elise Fischer

LE SECRET DU PRESSOIR

Roman

Production Jeannine Balland
Romans Terres de France

PRESSES DE LA CITÉ

ISBN 978-2-258-07812-3

Pour Loona et Maureen
Pour Lisa, Donnie, Louis

Wie es auch sei, das Leben ist gut.
(« Quelle qu'elle soit, la vie est belle. »)

GOETHE

PREMIÈRE PARTIE

1

Il fait chaud en cette fin août 1976 et Grete, qui règne sur le Domaine des Vignes d'Obertor, entreprend de ranger la chambre bleue, celle qui surplombe l'atelier où jadis elle se réfugiait pour peindre. Quelle surprise pour elle de découvrir dans un ancien confiturier un carnet de moleskine sombre qu'elle ouvre avec perplexité avant d'en reconnaître l'écriture !

Une confusion extrême s'empare d'elle. Si le rouge lui vient aux joues, c'est pour refouler des souvenirs jusque-là enfouis.

— Ce n'est pas possible, répète-t-elle à voix haute, comment est-ce arrivé là ?

Elle cherche, fouille dans sa mémoire. Une torture qui agite et paralyse à la fois sa raison et finit par lui vriller le cœur. Elle ne sait pas, ne sait plus...

Dans deux heures, son rendez-vous arrivera. Elle a un peu de temps. Autant savoir, scruter ce passé qui vient de resurgir et la fait vaciller. C'est une houle étrange qui la malmène. Elle s'assoit sur le lit de fer forgé surmonté à chaque coin de pommeaux dorés qui retiennent des tentures bleues. Grete opère une plongée en apnée dans les pages de ce carnet ouvert.

« Colmar, fin janvier 1945

Je me demande ce que pense la famille au Domaine des Vignes d'Obertor. Pour eux, la guerre est finie ou presque... Leclerc, leur héros, a été acclamé place Kléber, à Strasbourg. La ville enfin libérée. On a juste eu le temps de repousser et pelleter les gravats pour accueillir les libérateurs. De mémoire d'Alsacien, personne n'oubliera ce 23 novembre 1944. Certes, on se bat encore en quelques coins de rue. Des irréductibles, mais de Gaulle comme Leclerc ont su s'imposer face aux Alliés qui estimaient que la France pouvait peut-être se passer de l'Alsace. Cette terre étrange et si froide en cet hiver-là. Une terre pas vraiment allemande mais pas vraiment française malgré ce qu'en disent de Gaulle, Leclerc et quelques autres. Face aux soldats allemands bien belliqueux, voire acharnés, les Alliés commençaient à se lasser. Leurs pertes en hommes et en matériel étaient considérables et ils envisageaient très sérieusement d'abandonner à l'ennemi cette terre bordée par le Rhin. Ils ne voulaient plus mourir dans ce cloaque. Rentrer au pays, limiter la casse. Après tout, Paris n'était-il pas libre à présent ?

De Gaulle, Leclerc, de Lattre de Tassigny ont refusé de baisser les bras. Alors les Alliés sont restés et le drapeau français a donc supplanté cette horrible croix gammée au sommet de la cathédrale de Strasbourg. Le serment de Koufra [1] était tenu.

A présent, tout va pour le mieux dans le meilleur des mondes et notre belle Alsace respire déjà la France à pleins poumons.

---

1. « Jurez de ne déposer les armes que lorsque nos couleurs, nos belles couleurs, flotteront sur la cathédrale de Strasbourg. » Leclerc, 2 mars 1941.

Vêtues du costume régional, agitant des drapeaux français, les filles ont regardé passer les chars de la 2e DB en criant : "Vive la France ! Vive Leclerc ! Vive de Gaulle !" C'est ce que nous a confié Berthe, une cousine de papa qui habite Strasbourg. Par quel miracle sa lettre a-t-elle pu nous parvenir ? Cela reste un grand mystère, car chez nous, à Ammerschwihr, les armes ont hélas joué les prolongations.

Jusqu'au 19 décembre, il a fallu vivre dans les caves à vin. Une chance, la région n'en manque pas. Nous avons bien entendu qu'au-dessus de nos têtes le ciel faisait pleuvoir l'enfer. Ce que les Allemands n'auront pas détruit de notre belle région qu'ils considèrent comme une partie de l'Allemagne, les Français et les Américains surtout s'en seront chargés. Moi qui rêvais d'eux... Le soldat américain, dans ma caboche de jeune fille, c'est le plus beau type du monde car il a glissé la fleur de la liberté au bout de son fusil. S'il y avait du vrai, mon rêve s'est heurté à une triste réalité. Comme à Strasbourg, la tactique de l'armée américaine a consisté à impressionner l'ennemi. Qu'importent les risques quand on veut forcer l'ennemi à reculer ! Que vaut alors la vie d'un civil, pour eux pas tout à fait français ? Il faut voir les choses... J'ai hurlé de douleur et de colère mêlées en contemplant les ruines, en découvrant les corps du petit Marc et du vieux Fernand sur la place du village. Père a secoué la tête en tirant sur sa pipe et, se forçant au fatalisme, a lâché : *"Gott verdammi*[1] *!"* Deux fois il a répété ce juron favori des Alsaciens. Par deux fois de la bouche de mon père, le ciel aurait pu s'ouvrir et trembler. Père ne craint pas le Très-Haut, moi non plus, et

1. « Dieu me damne ! »

tante Hannah encore moins. Mère ne cessait de pleurer. Noël était presque là. Et Ruth, ma grand-mère, se lamentait en alsacien pour les pauvres soldats déjà si éprouvés : *"So na Wiehnachta ver d'ärme Soldäte en Gfähr ! Un Gott seht däs*[1] *!"* Mais le Très-Haut a fait silence, si peu pressé d'agir, de se manifester face aux offenses lancées par père que les pleurs de sa mère ravivaient. Nous venir en aide, y a-t-il un jour songé, ce Dieu qui baigne dans une douce éternité ? Père sait, il le dit, le répète, la guerre n'est jamais jolie. Joséphine, son épouse, ma mère, devait elle aussi tomber place de la Mairie pour s'être penchée sur le corps d'un supplicié. Pour lui, pour moi, pour tous, la guerre est une boucherie. Ces morts innocentes nous le rappellent sans cesse.

"Ne l'oublie jamais", marmonne-t-il.

Strasbourg n'a pas cessé de soigner ses blessés et d'enterrer ses morts, même après la libération officielle de la ville, le 23 novembre 1944[2]. Mais cela n'aura pas découragé les Boches, qui préfèrent la mort pour n'avoir pas de comptes à rendre à leur foutu Führer. Si beaucoup ont été faits prisonniers, combien d'irréductibles menacent encore ?

Quand je suis sortie de la cave à vin, pendant une accalmie, mes yeux ne reconnaissaient rien. Où étais-je ?

---

1. « Quel Noël pour les pauvres soldats en danger ! Et Dieu voit cela ! »

2. Plus de 1 000 personnes ont été tuées en Alsace entre septembre 1944 et avril 1945, car les Allemands ont résisté jusqu'au 16 avril 1945. Les pertes de la guerre en Alsace furent considérables : 50 000 morts dont 32 000 « Malgré-nous », soit 5 % de la population alsacienne en 1939, trois fois plus que la moyenne française. Des milliers de bâtiments et d'industries ont été détruits, dont 400 usines. Le patrimoine immobilier résidentiel fut sévèrement touché : 10 % dans le Haut-Rhin et 7 % dans le Bas-Rhin. Dans le vignoble, une dizaine de localités furent rasées.

En quel pays ? Ce n'était pas possible ! Je vivais un effroyable cauchemar. J'allais m'éveiller. J'allais revoir cette lente ondulation des vignes en dormance en cette saison nimbée des brumes frissonnantes et glacées d'où émergent les ceps, porteurs des promesses de vendanges à venir.

Que restait-il des beautés du vignoble ? J'ai cherché en vain les rangées de piquets parfaitement alignés. Je n'ai vu que désolation. Des ceps couchés à terre, enterrés sous les barbelés les immobilisant au sol. Par endroits, j'ai suivi la folle danse des flammes sur une végétation expirante. Un champ de ruines encore fumantes. La fumée était âcre, mortifère. J'ai pleuré bien que j'aie toujours clamé que je me moquais de la vigne.

Fin décembre, pour nous, un souffle de paix a traversé la contrée. Les armes laissaient enfin entendre le vent et le long silence glacé. Alors la famille m'a priée d'aller à Colmar chez tante Hannah, seule et souffrante. Il paraît que je connaissais les chemins les plus sûrs. Père, son neveu, devait hériter d'elle et il ne voulait pas qu'un étranger pénètre dans la belle maison de la rue de Schwendi avant lui, au cas où Hannah aurait oublié de respirer. Grand-père n'était pas d'accord pour me laisser pédaler jusque-là... Ruth, la grand-mère, a dit que j'avais l'habitude, que j'en faisais d'autres quand ils avaient le dos tourné. On lui avait rapporté que rien ne m'arrêtait. Que j'étais capable de grimper jusqu'aux Trois Epis, si nécessaire. Ah ! les langues des vieilles et des vieux ! Ça tourne plus vite que les ailes d'un moulin devenu fou, plus vite que la Weiss, petit torrent de Kaysersberg gonflé par les grandes pluies. *Dorna un Dischla stacha sehr, fàlschi Zunga noch vill meh*[1]. Me reviennent souvent en mémoire les petites phrases lapidaires de tante Hannah qui connaît tous les dictons d'autrefois. Parfois, cela me fait rire, certains sont cruels, mais ils sont souvent pleins de bon sens. Je pense quant à moi que les anciens, ça imagine Dieu sait quoi, le monstrueux péché qui ne risque plus de s'offrir à eux ! Mais ce péché les tourmente jusque dans la solitude de leur nuit.

J'ai enfourché la bicyclette de grand-père avec plaisir. Celle qui me servait à porter quelques messages au réseau de résistance “Cigognes 34”. Ça, personne ne le sait chez moi. Qui se serait méfié de Grete dont on dit qu'elle est parfois aussi sotte qu'une poule face au jour qui se lève ? J'entretiens la chose. Je joue les candides et les ingénues. Je suis née en 1927. Fort heureusement, j'aurai été trop jeune pour être incorporée au sein des groupes de jeunes filles auxquelles la propagande nazie bourre le crâne. Grand-père Jean-Ulrich, qui pense que ma classe n'y échappera pas si la guerre se poursuit, m'a conseillé d'être prudente. Je crois qu'il a mis le nez dans mes petites affaires, comme il dit en clignant de l'œil, quand nous sommes seuls. Il m'approuve donc. Une excellente façon de montrer qu'il n'est pas d'accord avec père. Mieux, grand-père m'encourage. “Reste telle que tu es : la charmante petite fille que je connais.” Alors, j'accentue ma jeunesse. Nattes et socquettes blanches. Petite robe de coton que portent les filles qui ne sont pas encore autorisées à aller au bal seules. Quoique, en temps de guerre, les bals... Une chance pour moi, je fais honte aux Alsaciennes, ma poitrine n'a pas poussé autant

1. « Epines et chardons piquent fort, mais mauvaises langues bien plus encore. »

que celle de mes copines. J'ai l'air d'avoir quatorze ans, je viens juste de finir mon cycle de la connaissance de Dieu à l'école du dimanche[1]. Le pasteur Junger, tout juste sorti de ses livres de théologie, était tout sourire et a complimenté grand-père. Je fais donc en sorte que ma vie se soit arrêtée à la sortie du temple un dimanche de Pâques. J'ai communié, fait ma profession de foi. Aujourd'hui, quand je croise des Allemands, je baragouine un *"Guten Tag"* sans m'arrêter. Ils ont l'air d'aimer cela.

"Ach, gut ! Sehr schön, die kleine Fräulein d'Elsass[2] !"

Ces Boches, que des nigauds ! Comme je préférerais leur tirer la langue. Dans ma tête, je ne m'en prive pas.

Après, si je croise des Français en tenue sur la route de Kaysersberg, je lance : "Vive la France, vive de Gaulle !", et si je devais voir un Américain, pour sûr je lui sauterais au cou. Enfin, ça, c'était avant les bombardements sur Ammerschwihr, Kaysersberg et Kientzheim. Sous prétexte de déloger les Boches, ils ont mis la région à feu et à sang. Un champ de désolation. Depuis, les tripes me tordent en tous sens… »

Une voix d'homme appelle Grete. La voix vient de l'atelier situé sous la chambre. Elle voudrait n'avoir pas entendu. Mais comme elle ne veut pas être surprise dans la lecture de ces pages de jeunesse, Grete referme vivement le carnet comme si elle était prise en faute. Elle se promet pourtant de poursuivre dès que possible.

Où le cacher ? Sous le matelas ? Non pas… Car cette chambre va être donnée le temps des vendanges.

1. Catéchisme de l'Eglise réformée.
2. « Ah, bien ! Très belle, la petite demoiselle d'Alsace ! »

Une chambre qu'il conviendrait de bien ranger. Ses yeux font le tour de la pièce. N'est-ce pas mission impossible en si peu de temps ? Maintenant qu'elle a découvert ce carnet, d'autres souvenirs se font plus précis. Grete réfléchit très vite. Elle en est certaine, elle s'est épanchée dans d'autres. Elle sait d'ailleurs quand et pourquoi elle a commencé à écrire cette histoire, son histoire secrète qu'elle n'a pas détruite pour ne jamais froisser le sang de son âme... Si elle n'a rien oublié de cette époque, elle est cependant incapable de se souvenir de l'endroit où elle a pu ranger l'ensemble de ses écrits.

— J'arrive, dit-elle après avoir refermé la porte de la chambre bleue à double tour

2

Alsace, août 1976

Flora laisse derrière elle Kaysersberg et les restes du château de Frédéric Barberousse, dit-on, autour duquel elle a observé le tournoiement d'un couple de cigognes. Elle marche en direction d'Ammerschwihr. Elle se souvient de la halte faite dans la bourgade qui a vu naître Albert Schweitzer.

Le train l'avait déposée à Colmar et elle avait fait du stop et marché. Une étape rien que pour le plaisir, rien que pour mettre ses pas sur cette terre d'Alsace qu'elle veut faire sienne. Un baptême de beauté dans les rues étroites du village fleuri, tout éclaboussé de soleil en cette fin d'août. Le roulis de la Weiss, petite rivière encore torrent quand elle arrive joyeuse et impétueuse, chargée d'écume étincelante, du massif vosgien avant de s'engouffrer dans le village pour se cogner aux ponts fleuris de géraniums et de pétunias, n'en finit pas de se faire entendre. Elle se revoit pousser la porte d'une *Winstub* pour commander un verre de vendanges tardives du Domaine des Vignes d'Obertor.

Accueillante, tout en rondeurs, la patronne avait souri avant de questionner :

« C'est donc pour votre mari, yo, hop'là ? Il doit se garer sur le parking, et pour vous ce sera ?

— Je n'ai pas de mari, pas encore, avait rigolé Flora. Ce verre est pour moi, rien que moi, j'aime le sang de la terre, comme aurait dit mon grand-père que je n'ai pas connu.

— C'est que du bon sang », l'avait coupée Wilhem, l'aubergiste, avec un clin d'œil malicieux qui avait fait remonter de belles bacchantes jusqu'à ses pommettes rosies par la caresse du nectar qu'il vérifie toujours d'une lampée réjouie avant de le présenter et de le servir cérémonieusement à la clientèle.

Flora s'était rencognée sur la banquette de coin de la *Winstub*. Ses yeux avaient fait le tour de la pièce avec une curiosité gourmande. Le cuir ramolli par les ans l'avait absorbée. Le temps pour elle de songer aux descriptions faites par Solange. Tout y est, le trophée de chasse... Elle avait frémi en contemplant cette tête de cerf plantée de bois magnifiques. Une tête plus vraie que nature à laquelle manque le corps. Elle hait les chasseurs depuis son plus jeune âge. Pourquoi tuer ? Ses doigts s'étaient mis à caresser machinalement les nappes assorties aux rideaux à carreaux rouges et blancs. Elle avait remarqué face à elle les chaises au dossier sculpté de cœurs entrelacés et à pieds divergents, les peintures sur bois célébrant les saisons et les travaux de la vigne. Peut-être d'authentiques marqueteries Spindler... Apparemment, les années passent sans rien changer au décor. Elle pourra confirmer à Solange que le temps s'est arrêté à la *Winstub* de Wilhem et de Maria. Solange n'a pas menti. On se sent bien dans ce lieu. Elle aura envie d'y revenir. Maria ne semble pas revêche et s'il est vrai qu'elle a eu des liens avec le monde hospitalier et social dans la région Alsace, elle pourra peut-être l'aider dans sa quête. Flora met tellement d'espoir dans les jours, les semaines, peut-être les mois qui s'offrent à elle dans ces terres !

« Vous êtes de passage ici ? En vacances, peut-être ? avait hasardé Maria en posant devant Flora un verre de vin blanc d'Alsace gravé de deux grappes de raisin serties de feuilles de vigne.

— Oh ! avait laissé échapper Flora en passant le bout de l'index sur la gravure.

— C'est la marque de la maison, comme les petites mises en bouche qui accompagnent, avait confié Maria en déposant une soucoupe garnie de quelques toasts.

— Mais... c'est du foie gras ! s'était écriée Flora.

— Foie gras maison. Oui, pour vous faire plaisir. Pour tout dire, je crois vous avoir reconnue. En fait, je vous attendais.

— Vous m'attendiez ?

— Solange m'a téléphoné. Elle m'a dit que vous risquiez de passer par ici. J'accueille souvent les étudiants qui viennent pour les vendanges dans la région.

— Les nouvelles vont vite », avait laissé tomber Flora en riant.

Elle avait tellement souhaité cet instant qu'un peu de crainte l'avait saisie. Elle avait pris sur elle pour afficher un air naturel.

« Solange est épatante, avait-elle murmuré avec une certaine nonchalance.

— Ah ! Ça ! Toujours prête à voler au secours de la veuve et de l'orphelin. Elle vous met dans le coup sans que vous ayez le temps de dire “hop'là”. Elle vous piège et on ne peut pas lui résister, *mein Gott* ! Alors, c'est vrai, vous voulez aller travailler dans les vignobles ?

— C'est ce que vous a dit Solange ?

— Oui, il paraît que vous avez étudié sur le sujet et qu'au Domaine des Vignes d'Obertor on a besoin de bras. Vous êtes résistante au moins ? avait-elle questionné en l'inspectant d'un rapide coup d'œil.

— Ai-je l'air malade ou faible ?

— Je n'ai pas voulu dire cela, mais au Domaine, la patronne est sévère, parfois trop, à ce qu'on dit... Grete a de la chance d'avoir un bon mari, enfin un homme patient, qu'elle n'a trouvé que sur le tard, d'ailleurs, parce qu'elle ne voulait pas des petits gars du pays. Madame Grete rêvait d'un prince charmant habitant la Suisse ou Paris.

— Maria ! avait grondé Wilhem pour la rappeler à l'ordre.

— Eh ! je ne dis rien qui fâche, que la vérité, ce qui se raconte partout et que Grete a toujours confié à ses bonnes copines autrefois.

— Moins on en dit... avait repris Wilhem. Si tu la contraries...

— Oh ! il n'y a pas de danger. Elle ne se risquerait pas à perdre ses bons clients, et ses vieux amis de toujours. Nous sommes du même pays. Enfin, surtout Wilhem, mon mari, avait précisé Maria. Moi, je suis d'ici, mais ma tante est d'Ammerschwihr, elle a travaillé pour les parents de Grete. C'est comme ça que Wilhem et moi avons fait plus que connaissance pendant la guerre, cachés dans les caves à vin... Fallait s'occuper, n'est-ce pas ? Et puis j'ai parfois donné un coup de main quand l'exploitation a redémarré après la guerre.

— Maria, avait encore bougonné Wilhem.

— Oui, oui. Bon, les présentations sont faites. Peut-être que vous reviendrez nous voir, si la patronne vous en laisse le temps. Elle est dure, à ce qu'on dit.

— Je lui ferai du charme, avait affirmé Flora pour détendre l'atmosphère. Elle n'aura pas à se plaindre. Si elle a la passion de la vigne, moi aussi.

— Je vous aurai prévenue, avait repris Maria, heureuse de l'engouement de Flora. Grete n'aime guère qu'on lui résiste, mais c'est une chic fille, malgré tout. Et puis ouvrez bien les yeux, le Domaine des Vignes d'Obertor est de toute beauté. Ils ont des fûts de chêne qui ont bien une centaine d'années et un pressoir à l'entrée du chai... C'est à se mettre à genoux devant, *Yeses Gott, Maria, Zepele*[1]. »

1. « Dieu-Jésus, Marie, Joseph ! »

3

Grete bougonne. Dérangée pour si peu de chose ! Elle sait bien que la jeune femme doit arriver en fin d'après-midi. L'auberge a téléphoné. Comme c'était convenu. Il suffisait de prendre le message. Suis-je à ce point indispensable ? Moi qu'on disait si sotte lorsque j'étais enfant ? se demande-t-elle. Elle rit intérieurement. Mais ce sourire naissant fait place à une moue dubitative quand elle se souvient que la chambre bleue doit être prête pour ce soir et que rien n'est rangé. Ce n'est pas seulement une question de lit à faire et de coup de chiffon à passer pour chasser poussière et toiles d'araignées. Il y a dans cette pièce un fatras de choses déposées au cours des ans et auxquelles elle n'a pas pris garde. Oui, cette année, davantage de personnel est nécessaire pour les vendanges. L'ensoleillement a été parfait, exceptionnel, et les orages, au dire de la météo et des anciens, ne vont pas perturber ce travail... Jusqu'à présent, depuis qu'elle dirige le Domaine, il n'a jamais été nécessaire d'offrir cette chambre, ce refuge d'autrefois, après les séances de peinture. Mais François a agrandi le Domaine, planté de nouvelles vignes qui vont être vendangées pour la première fois. Son père peut se réjouir. Et grand-mère

Ruth, du haut du ciel, mêlera sa voix au chœur des anges. Grete est enfin rentrée dans le rang. Dans quelques jours, le Domaine grouillera telle une ruche. Les vendanges, du fait d'un été exceptionnellement chaud et sec, débuteront sans doute avec quinze jours d'avance. Si elle est heureuse, une vague anxiété l'a gagnée. Cet après-midi, elle a poussé la porte de cette chambre régulièrement entretenue, du moins c'est ce qu'affirmait Antoinette après le grand ménage de Pâques.

Grete essaie de rassembler ses souvenirs : depuis quand ne va-t-elle plus dans cette chambre bleue ? Depuis l'arrivée de François qu'elle a épousé ensuite, ou depuis la naissance de Clément ? Sa mémoire semble obstruée, baignant dans une ouate tenace. Si ce n'est pas elle, qui est venu déposer ce fatras ? Elle y a participé, c'est certain. Elle a dû donner des ordres. Par exemple, le confiturier a dû échouer là quand la cuisine a été refaite. Les tapis roulés sous la fenêtre proviennent de sa chambre de jeune fille quand elle a été agrandie, transformée au moment du mariage. Quant au lit d'enfant dans lequel elle a dormi tout comme Clément, c'est évidemment lorsque l'on a ajouté une aile supplémentaire à l'habitation pour que Clément ait sa chambre et un espace de jeu. Si Grete a fourgué dans cette pièce ce qui devenait inutile mais pouvait encore servir, elle en est certaine, elle n'a pas été seule à le faire. Grand-mère Ruth y serait-elle pour quelque chose ? A-t-on rangé quand elle était absente pendant toutes ces années ? Y songer lui donne mal au cœur. Elle pourrait demander à son père. Cependant, elle ne s'y risquera pas, elle est bien consciente que ce retour au passé est sans doute inutile. Quoique... Elle n'imaginait pas ce flot d'émotion. Elle se croyait guérie.

Elle se redresse, respire et se force à rester dans le présent. Le raisin arrive à maturité et la récolte sera excellente. C'est ce qui compte. Elle retrouve le sourire. Elle damera ainsi le pion aux autres viticulteurs. Ses vins ont déjà été sélectionnés pour le concours du « Sécateur d'Or ». Jusqu'à présent, ils ont toujours été bien classés, mais cette fois, elle espère décrocher la récompense suprême. Elle, une femme.

Elle se frotte les mains, mais en regardant l'état de la chambre bleue, elle se reproche bien des négligences. C'est sa faute, après tout. Dans un accès de colère, elle a congédié Antoinette et le temps qu'arrive une nouvelle employée de maison – ce qui ne sera pas avant la mi-septembre –, elle est seule pour entretenir la vaste demeure et veiller à ce que les saisonniers ne manquent de rien. Certes, Antoinette était agaçante, elle savait tout et se croyait obligée d'ajouter son grain de sel à tout propos. Il fallait bien que ça pète un jour ou l'autre.

Grete doit se contenir. Grand-mère Ruth le lui a assez répété. « Tu dois tenir ton rang, mettre de la distance. » Grete a bien conscience de ses manques et de ses excès, mais ce n'est pas à quarante-neuf ans qu'elle va changer. Quant à la préparation de la chambre bleue... Elle réalise qu'elle n'aura pas le temps. Elle se félicite du départ d'Antoinette qui aurait remis de l'ordre et, qui sait, aurait peut-être déniché le carnet de moleskine. Grete s'essuie le front soudain. Mais ni le découragement ni la colère ne l'envahissent. Une idée vient de germer. Et si elle logeait ses recrues ailleurs, en attendant ?

La chambre des grands-parents, qui sert de chambre d'amis, pourrait être un excellent dépannage. Il suffit de séparer les lits jumeaux jusque-là rapprochés pour faire un grand lit. La pièce est assez grande pour offrir un espace à chacune des deux jeunes femmes devant arriver cette semaine. Ainsi, elles seront correctement logées. Si Ruth vivait encore, elle aurait hurlé : « Grete, tu perds la tête ! Même si je n'y dors plus depuis la mort de Jean-Ulrich, cette chambre fut nôtre comme elle avait été celle de mes parents... »

Mais peu importent ses cris ! La patronne du Domaine, c'est elle désormais. Simon, son père, en a décidé ainsi. Que dirait Joséphine, sa mère ? Rien, elle a toujours fait silence. Une sans-voix. Ruth était la maîtresse. Joséphine, là où elle demeure, dans la chapelle funéraire familiale en terre strasbourgeoise, sourit peut-être. Enfin quelqu'un qui ose résister à Ruth.

Pour l'heure, Grete se conduit telle une gamine. Elle veut continuer à lire tranquillement le carnet de moleskine. Il y en a d'autres. Où sont-ils ? Dans le confiturier, parmi les vieux almanachs du *Messager boiteux*, il n'y avait que celui-là.

Maintenant que la solution est toute trouvée, que la chambre pour les deux recrues sera vite prête, Grete peut s'adonner à la lecture et s'offrir quelques pauses au cœur de cette fin d'été torride.

« Colmar, fin janvier 1945 (suite)

A Colmar, je ne m'attendais pas du tout à trouver une ville en ébullition, car les coups de feu partaient des fenêtres, des toits. Parfois, quelqu'un hurlait : "A terre, couchez-vous ! *Gott verdammi*, vous voulez mourir ou quoi ?"

Le mal que j'ai eu pour arriver jusque chez tante Hannah dont la maison se mire dans la Lauch, qui serpente au cœur de la Petite Venise quand le gel n'est pas passé par là ! Au moment où j'écris, tout n'est que glace. On pourrait danser sur la rivière, y faire rouler un cheval et son tombereau.

Hannah était cloîtrée dans sa cave avec son petit panier à provisions que lui dépose régulièrement la grosse Félice Kochberg, quand elle peut venir jusqu'à elle. Félice n'habite pas loin, sur l'autre rive de la Lauch. Mais sortir et traverser la Lauch à l'aide de sa barque plate représente un exploit en ces temps de guerre. En ce moment, Félice vient à pied, se laisse glisser sur les fesses depuis le bord de la rivière. Elle traverse et, de l'autre côté, elle guette une âme charitable pour l'aider à grimper sur la berge afin de rejoindre le sentier menant à la chaussée. Elle tient toujours le même discours. Elle va nourrir une vieille dame qui n'a plus toute sa tête.

Je suis bien arrivée à Colmar, mais Dieu seul sait quand j'en repartirai, si j'en ressors vivante. C'est la répétition ou la poursuite de ce que nous avons vécu à Ammerschwihr.

Depuis un mois, me voilà coincée dans cette cave à entendre siffler les bombes – enfin j'imagine – et pétarader les mitraillettes.

Si père grimpe jusque sur le haut du vallon, muni de sa longue-vue, voit-il les brumes, les nuages de fumée pardessus Colmar ? En tout carrefour, les Français font des feux qui dégagent d'épaisses fumées pour égarer les Boches qui résistent et ne sont pas prêts à abandonner l'Alsace. Le reste de la France, oui. Mais pas l'Alsace, qu'ils considèrent tel un *Land*. Et puis les brumes sont tenaces. Nous avons l'impression de vivre sur une autre planète. Comment dire à père que je suis vivante ?

De Ruth, je me moque. Si j'ai pris le risque d'aller secourir tante Hannah, c'est pour ne plus rencontrer celui que la famille me destine depuis son retour de Russie. Certes, Germain est courageux, il a été libéré du camp de

Tambov. Il a préféré devenir le prisonnier des Russes plutôt que d'être obligé de tirer sur les soldats français ou alliés. Les Allemands obligeaient les Alsaciens à combattre pour le Führer. La jeunesse alsacienne n'était pour eux que de la chair à canon. Mais à Tambov, les Russes n'ont pas bien traité ces pauvres "Malgré-nous". Beaucoup sont morts de dénutrition. Germain a été courageux, dit-on, en secourant ses frères. Il mérite une gentille femme. Je ne serai pas celle-ci, mais davantage une garce car le courage qu'il brandit tel un étendard, ce n'est pas ce qui épanouit une fille dans le mariage. Moi, de ce mariage, je ne veux pas. Que suis-je pour père toujours penché sur ses tonneaux, toujours à arpenter le vignoble ? Un cep, le prix d'une espèce rare qui fera la fortune de deux familles ? Comme le plant de tokay qu'aurait rapporté Lazare de Schwendi de Hongrie au XVe siècle ? C'est ça, je suis le lien, le moyen de faire la fortune de deux familles. Moi, Grete Boehler, en épousant un Festmann, je permettrais une production de qualité, et qui sait, la reconnaissance de deux grands crus ! Les uns feraient du riesling et les autres un gewurztraminer de choix. Ils auraient même le droit à l'appellation Kaefferkopf. Les deux familles pensent déjà à l'après-guerre. Elles comptent les tonneaux, estiment la production d'hectolitres possibles, évaluent le nombre de bouteilles… De quoi vomir. J'ai dix-huit ans et je veux aimer de toutes mes forces qui je choisirai, dussé-je en mourir. Mais jamais je ne me réveillerai dans les draps de la famille Festmann, même si Marie-Catherine, la tante célibataire, les brode mieux que personne. »

4

A proximité du Domaine des Vignes d'Obertor, août 1976

Le gravier crisse sous les pas de la belle Flora qui, malgré la chaleur suffocante, foule résolument l'allée bordée de tilleuls menant au Domaine où elle était attendue vers dix-sept heures. Elle sera un peu en retard. Cette belle jeune femme aux longues jambes semble en parfait accord avec le paysage. Le soleil cogne sec, elle le ressent, mais y semble insensible tant elle est préoccupée par cette nouvelle vie vers laquelle elle se dirige. Elle s'arrête cependant un instant pour reprendre son souffle et passer sa langue sur ses lèvres sèches qui gardent les traces salées de la sueur qui lui est venue. Elle a soif soudain. Son sac est vide de tout liquide. Allons, cette longue marche va prendre fin. Elle se remet en route, le Domaine est à portée de regard. Elle aurait pu prendre un chemin plus court. Mais elle voulait errer parmi les vignes, observer les raisins à presque maturité. C'est vrai qu'ils sont magnifiques et portent toutes les promesses d'une vendange exceptionnelle.

Flora lève les yeux au ciel. Depuis des semaines, le ciel offre une voûte d'un bleu pâli d'un léger voile de brume.

Toujours le même du lever au coucher du soleil. Comme si, immuable, le temps s'était arrêté. Certes, il arrive qu'au loin – à moins d'être victime de mirages comme dans le désert – de gros nuages dansent sur les reliefs. Les uns les ont vus et l'ont dit à d'autres qui, incrédules, haussent les épaules. Des nuages annonciateurs de pluie ou d'orage ? La pluie, oui, à condition qu'elle ne soit pas drue. C'est ce qu'on se répète au cœur du vignoble. Dans les vallées, on pense différemment. De toute façon, si cette pluie se décide à tomber, ce sera trop tard.

Les maraîchers l'ont espérée depuis les semailles. Ils ont arrosé. En vain. La terre se crevasse, les puits et les ruisseaux sont à sec. Sécheresse. Le mot court sur toutes les lèvres. On ne croyait pas la chose possible. La dernière grande sécheresse remonte à 1949, et peut-être n'a-t-elle pas été si longue[1]. En tout cas, on n'a pas le souvenir de telles crevasses dans les sols. Pour Flora, c'est l'image de Jeanjean à la ferme de la Caille qui surgit.

« Bien sûr que cette sécheresse fut terrible. Ambroise m'a raconté qu'on avait bouffé toutes les réserves d'hiver avant la date, puis qu'il avait fallu abattre une partie du cheptel qu'on ne pourrait plus nourrir en hiver. »

Reste qu'en cette fin d'août, la presse, qui n'a rien à se mettre sous la dent, brosse des tableaux alarmistes. Les réserves de foin de l'hiver sont entamées avant l'heure. Le bétail sera en souffrance si la solidarité ne joue pas. On parle d'un impôt sécheresse... Les nappes

1. Elle fut encore plus importante que celle de 1976, mais la mémoire collective ne garde que cette dernière.

phréatiques sont au plus bas, cet été qui aurait dû être le plus beau ressemble à l'antichambre des enfers.

Sur les coteaux où s'épanouissent les vignes, on croise les doigts pour que ces nuages repassent de l'autre côté des sommets. Pas d'orage, pas de grêle surtout qui survient toujours après tant de jours secs et chauds. Pour tout viticulteur, la grêle est une calamité comparable aux plaies d'Egypte. Les raisins, eux, ne demandent rien. Ils semblent s'être accommodés de la chaleur. Leur jus sera sucré. La vigne aime la chaleur et produit en ces cas-là le meilleur de ses ceps. Flora le sait. Que ce soit en Bourgogne ou en Alsace, les viticulteurs tiennent tous le même discours. Si les grains de raisin sont moins nombreux sur les pieds de vigne, ils n'en seront que plus sucrés.

Flora fait encore une pause et secoue la tête pour chasser cette sueur qui fait un poids sur sa nuque. Inutile de s'essuyer, il faudra recommencer l'instant d'après. Elle frissonne en percevant le ruissellement dans son dos et jusque sur ses reins. Ses cuisses s'alourdissent soudain. Sa robe de lin colle entre ses jambes. Elle tire dessus sur le devant comme sur l'arrière. En vain. Elle finit par renoncer. Elle ne sera guère présentable face à la maîtresse du Domaine. Comprendra-t-elle ? Flora marche depuis deux heures à travers champs. Un défi. Elle ne changera donc jamais et choisira toujours les chemins de traverse, les plus difficiles pour parvenir à destination.

Elle veut apprivoiser les lieux où elle a décidé de poser son sac qu'elle porte tantôt à l'épaule, tantôt à la main. Il n'est pas bien lourd. Juste le nécessaire. Elle verra sur place. Enfin, si elle décide de se poser. Elle imagine mille scénarii jusqu'à ressentir un vague malaise. Une impression de froid succède à quelques frissons qui s'emparent d'elle et la parcourent. Un froid intérieur, dirait Jeanjean. Lui reviennent leurs rencontres sur les chemins de la ferme ou des vignobles, quand elle le croisait et qu'elle lui disait :

« J'ai froid, je vais être malade.

— Je viendrai te mettre des ventouses, comme lorsque tu étais gosse chez la mère Desprès. »

Elle se gourmande. Se traite de sotte. A trente ans, elle n'est plus une petite fille. Il lui faut se rassurer sur ce « retour en Alsace ». Nécessaire ? Elle veut s'en persuader. Elle a beaucoup réfléchi avant de quitter Beaune et ses vignobles. Enfin, celui où elle a grandi, le Clos Saint-Jean. La rupture avec Lucas, quand elle étudiait encore à Metz, n'est certes pas étrangère à son départ. Ce n'est pas le chagrin qui lui a fait remplir sommairement son sac. Partir, elle y songeait déjà depuis dix ans. C'était l'époque où Frédéric lui contait fleurette, le temps des vacances chez mémée Desprès.

« Un jour, je partirai, j'irai en Alsace. Il paraît que j'y suis née. Depuis que j'ai fait cette découverte, j'ai envie de voir ce pays… De le respirer. De savoir si je ressemble à cette région. »

5

Ce n'était pas si compliqué de transformer la chambre des grands-parents. Ce n'est pas non plus une offense que de bouleverser son aménagement. Jean-Ulrich n'y aurait peut-être pas trouvé à redire. Il aurait même salué l'audace de Grete d'un joli sourire faisant briller son regard de mille lueurs. Ruth aurait sans doute été un peu plus sévère. S'il est vrai que c'était une femme qui avait le sens de la domesticité, concrète, pratique, elle demeurait très attachée aux traditions, à la bienséance de la lignée. Au moment où Grete a songé à emprunter cette chambre, elle a demandé pardon à sa grand-mère. Comme le silence a répondu à la demande, qui ne dit mot consent, Grete a interprété ce silence comme un encouragement. C'est que, du haut du ciel, Ruth voit peut-être les choses autrement. Grete veut s'efforcer d'y croire, en tout cas, ce point de vue sert ses desseins.

La chambre est très vaste et comporte deux fenêtres qui s'opposent. Grete a tout de suite perçu le parti qu'elle pouvait en tirer. Elle a séparé les lits et les a poussés de telle sorte qu'ils se trouvent face à face. Puis, au milieu de la pièce, pour créer deux espaces, elle a disposé un immense paravent d'inspiration japonaise qui se trouvait justement dans la chambre bleue, glissé dans une alcôve à l'abri des regards et de la poussière.

Elle avait complètement oublié son existence. Ce paravent doit dater du début du siècle. De superbes oiseaux y sont peints sur des parchemins beiges. Soigneusement plié et protégé de la poussière par une couverture, il se dressait dans l'alcôve au milieu d'un bric-à-brac indescriptible, corbeilles d'osier, berceau d'enfant d'autrefois en ronce de noyer sculpté d'angelots rieurs, malles regorgeant de chapeaux de paille fleuris, de vieilles robes de moire, un châle alsacien...

Elle a ri en attrapant l'une des robes et en la plaçant devant elle, avant de faire un pas en avant, un autre en arrière et de tourner sur elle-même. A qui appartenaient ces oripeaux ? a-t-elle songé. Puis, elle a corrigé son jugement, car la robe est fort belle. Sans doute une tenue de fête, composée d'une ample jupe sombre sur laquelle s'ajuste un bustier qu'on lace sous la poitrine et qui vient accueillir un magnifique foulard de soie blanche brodée de fleurs aux couleurs tendres. Qui avait porté cette tenue ? Ruth, la grand-mère, ou Joséphine, sa belle-fille ? Grete ne pouvait imaginer sa mère dans cet ensemble. Ruth, oui. Un vêtement qui devait en imposer à l'époque. On avait dû craindre la patronne.

Puis, Grete a soigneusement replié le tout et l'a replacé dans la pile d'anciens vêtements parfaitement inutiles mais dont on ne peut se séparer. Il fallait s'occuper du paravent. Du courage, a songé Grete. Un petit coup de brosse, un peu de cire sur les montants de bois et l'objet retrouverait sa splendeur et surtout son utilité.

Grete contemple avec attention ce paravent. Elle le trouve magnifique. Il n'a rien perdu de son éclat et, dans la chambre des grands-parents, l'effet est plutôt réussi. Fière de son idée, Grete peut s'en retourner à sa lecture. Une délectation gourmande.

« Colmar, 9 février 1945

Hannah, qui n'a pas réagi durant tous ces jours, se redresse soudain.

"Ma chère Grete, je crois qu'on tient le bon bout. Je respire déjà la France."

La surprise est telle que j'ai failli lâcher la casserole. Hannah, qui n'a pas desserré les dents pendant tout mon séjour, tout au plus secouait-elle la tête pour dire oui ou non, vient de laisser échapper quelques paroles qui me font l'effet d'une douche glacée et brûlante à la fois. Comment expliquer cela ? Je ne trouve pas.

"Va voir jusqu'à l'église, m'ordonne-t-elle, fais attention en prenant la barque, ne te noie pas. Ton père ne me le pardonnerait pas.

— Quelle église, ma tante ?

— Comme si tu ne le savais pas, le temple Saint-Matthieu... Si la France et les Alliés sont victorieux, tu trouveras un contact qui te confirmera la chose. Félice n'est pas venue aujourd'hui, ni hier. Donc je sais.

— Tu sais quoi ?

— Que nous allons gagner la guerre.

— ???

— Ne fais pas la sotte fille. Je sais bien que cette guerre t'aura beaucoup fait pédaler entre Ammerschwihr et Kientzheim et même jusqu'aux Trois Epis, Félice a fait de même ici et elle m'a tenue au courant. Longtemps, j'ai envoyé des messages, tiens, regarde par là... Oui, sous l'espèce de pierre qui sert d'évier, il y a une mallette."

D'un seul coup, je réalise.

"Qui se serait méfié de moi ? Une pauvre vieille qui ne parle plus... Faire la demeurée, ça aide et ça protège... Nous sommes pareilles toutes deux. Maintenant va, et puis je crois qu'on t'attend aussi.

— Tante Hannah, de Germain, je ne veux pas. Jamais. Pfff ! Plutôt crever.

— Sois polie, ma chère nièce, il ne s'agit pas de ce freluquet. D'ailleurs, il n'est pas responsable de la bêtise de la famille Festmann.

— Tu sais bien qui j'ai aimé, mais les Boches l'ont expédié sur le front russe et lui n'est pas revenu, pas encore. S'il revient un jour. A Kaysersberg, la famille Schneider a vu revenir Jacques et Léon, il n'y a pas longtemps[1]. Ils ont raconté comment ils ont été obligés d'endosser l'uniforme allemand. Au cours d'une bataille, les Russes les ont faits prisonniers comme des centaines d'autres dans le camp de Tambov. Libérés de l'Allemagne, ils ont plongé dans d'autres souffrances. Le martyre. 'Nous étions malheureux comme les pierres', ne cesse de répéter Jacques qui a la raison qui vacille. Il paraît qu'il reste encore des Alsaciens à Tambov... Je rêve que Charles y soit vivant. J'attends son retour... Tu sais ce que nous ferons, tante Hannah."

Elle ne répond pas sur le sujet, mais poursuit sur sa lancée :

"Il y en a qui sont revenus avant Jacques et Léon. Certains ont pu s'évader et ne sont pas restés les bras croisés. Ils sont dans la Résistance, ma chère

1. Une première vague de 1 500 prisonniers est revenue à la fin de l'année 1944.

petite-nièce, j'en connais même un qui a été ton contact. Le Lind, son nom de guerre, ça ne te dit rien ?

— Arrête, Christ-Kind[1] est passé. Nous sommes à mi-février.

— Allez, file au temple. Côté gauche, c'est un ordre."

Inutile de dire que j'ai l'âme à l'envers. Tante Hannah m'épate sans vraiment me surprendre. Son père s'est toujours plaint de son fichu caractère. Il n'a jamais pu, dit-il, la marier. Ruth, sa sœur, a tenté de la raisonner. Elle ne s'est pas laissé faire. Mais il est certain qu'elle a "perdu son diamant". Longtemps, je n'ai pas compris la signification de telles paroles. Mais maintenant, je sais. Tante Hannah d'ailleurs a quitté le vignoble pour s'installer en ville tout en continuant de gérer ses affaires. Pour rien au monde, elle n'aurait négligé ses parcelles. Elle entendait agir à sa guise.

"Je reçois qui je veux, a-t-elle lancé à la famille qui faisait front pour lui faire retrouver le chemin des vertus. Et dans mon lit, c'est aussi comme je veux. Je suis majeure depuis longtemps. La charité chrétienne, c'est pas entre les cuisses que ça se gère. Que cela plaise ou non ! Du moment que je suis heureuse, c'est ce qui compte. Et tant pis si je vais en enfer. J'en aurai bien profité. Cela dit en passant, j'aurai peut-être été au moins aussi généreuse que quelques grenouilles de bénitier. Au temple ou à l'église, elles ne manquent pas."

Le couple Jean-Ulrich et Ruth s'empourprait. Enfin, surtout Ruth. Près du *Kachelhoffe*[2], l'arrière-grand-mère sanglotait sur son tricot. L'arrière-grand-père tapait du poing sur la table, essayait d'attraper la rebelle pour lui

1. Enfant Jésus fêté à Noël.
2. Fourneau typique alsacien en faïence.

en coller une, disait-il. Mais, plus vive, Hannah était déjà sortie.

J'aime bien quand elle se confie ainsi. Elle me donne du courage. Jamais elle ne se pose en exemple. Elle reconnaît qu'il faut être sincère avant d'ouvrir les bras et le reste. Il faut aimer. Le cœur doit faire boum. On ne doit jamais forcer quelqu'un, ni l'obliger. Elle n'a jamais cru que le boum pouvait naître d'un mariage arrangé. Ou alors c'est le boum des avoirs pécuniaires, pas autre chose. Naturellement, la sagesse venant avec l'âge (!) à mon père, elle affirme aller dans le même sens que lui quant à mon éducation. J'adore tante Hannah.

Je me risque au-dehors, timidement. Et je vois Félice sur le quai de Schwendi, de l'autre côté de la rive. La Lauch est encore un bloc de glace. Félice est armée d'un bâton et tape sur la glace pour savoir si elle est solide. La neige tombe et le redoux s'annonce. Le froid et la neige auront au moins permis que les avions restent au sol. Ainsi, Colmar n'aura pas été bombardée. Dans les rues, et dans certaines maisons, c'était autre chose. On s'est battu. Les soldats d'un camp ou d'un autre faisaient irruption, cherchant l'ennemi, obligeant les personnes à ne pas bouger, à se taire. Ceux qui protestaient pouvaient être exécutés.

“Comment va Hannah ?

— Elle s'est remise à parler. Dites-moi, Félice, est-ce bien la fin ?

— La fin, la fin… La fin de quoi ? Des grands froids, oui.

— Je ne veux pas parler de cela, lui dis-je, mais de la guerre.

— Ça se pourrait bien. Les Boches sont de l'autre côté du Rhin. Et toi, tu es en retard. On t'attend. Allez, plus vite. Le Lind vacille... Tu veux me faire mourir avant l'âge. Il faut que je vienne te chercher.

— Pourquoi moi ?

— C'est bien à toi que le fils Gessler contait fleurette à la fin de l'école du dimanche. Hannah m'a raconté.

— Mais, il est...

— Non, il n'est pas... File ou j'y vais à ta place, grosse bête." »

6

Flora n'a pas besoin de sonner. François, le mari de Grete, est dans la grande cour. Il vient d'inspecter le ratissage du gravier qui a tendance à descendre doucement vers la grande allée.

— Bonjour ! Par cette chaleur, vous venez à pied ! Il fallait téléphoner, nous serions allés vous chercher à l'auberge de Maria et Wilhem. Nous étions persuadés que vous viendriez jusqu'à nous en voiture ou tout au moins que vous étiez motorisée.

— J'aime marcher. C'est préférable pour arpenter les rangées de vigne, non ?

— Bien que la cueillette se fasse à la main, nous nous y rendons en voiture, en tracteur ou avec différents engins, précise-t-il. Chassons le doute qui me vient, vous êtes bien Flora Rivière ?

— C'est ça. Je n'ai même pas besoin de me présenter.

— Ravi de vous accueillir. Moi, c'est François Walter, le mari de Grete. Solange a fait son métier. C'est souvent elle qui nous envoie la plupart des saisonniers via son frère et Maria. Son cœur d'assistante sociale fait des merveilles, ajoute-t-il. Nous n'avons pas à nous plaindre de ses choix. A tel point que beaucoup reviennent plusieurs années de suite.

— Ou finissent par s'installer, comme moi, intervient Louis, en soulevant son chapeau. Les patrons m'ont embauché. Voici cinq ans que je fais partie du Domaine et je ne m'en plains pas.

— Allons, Louis, laisse mademoiselle aller poser ses affaires, elle doit être fatiguée.

Flora veut se défendre de l'être quand elle aperçoit une silhouette dans l'encadrement de la porte d'entrée. C'est une femme élégante, d'âge mur, songe-t-elle, mais belle encore. C'est une jolie rousse à la chevelure coupée court, tel un garçon. Mais cette coupe de cheveux ne l'enlaidit pas, au contraire. C'est un beau visage éclairé par un regard vert d'eau aux longs cils. Des pommettes hautes piquetées de taches de rousseur. Une chance pour elle, car les délicates taches de soleil adoucissent jusqu'à la gommer la dureté que peut exprimer trop de régularité dans un visage sculpté à la perfection. Grete montre quelque irritation. Est-ce parce que Flora est arrivée en retard ? Ses jolies lèvres plutôt pulpeuses se refusent au sourire. Pourtant elle tend la main en laissant passer dans son regard une lueur teintée d'ironie.

— Bonsoir. Nous vous attendions plus tôt.

Le ton semble voilé d'un léger reproche.

— Je sais, il est presque dix-huit heures et nous avions dit vers dix-sept heures, s'excuse Flora. Je n'ai pas vu le temps passer. J'ai fait une partie du chemin à pied. Je marche depuis le début de l'après-midi, j'ai erré volontairement à travers le vignoble, histoire d'apprivoiser la région.

— Ah ! bien, bien, se force-t-elle enfin à sourire.

— Pardonnez-moi ce retard, Wilhem ne pouvait pas me conduire à destination, il avait un rendez-vous important à Lapoutroie. Il était désolé. Je l'ai rassuré, il me rendait service, j'aime tellement marcher. J'ai eu de la chance aujourd'hui, le soleil se cachait derrière une légère brume laiteuse et ses rayons se faisaient plus discrets.

— Souhaitons que cela n'annonce pas de violents orages avant les vendanges. Ici, on se lève le nez au ciel, comme vous devez vous en douter. Venez, je vais vous montrer votre chambre, que vous partagerez avec une autre saisonnière qui nous rejoindra dans quelques jours. Cela ne vous ennuie pas ?

— Une chambre pour deux, c'est presque le paradis ! Jusqu'à présent, dans les différents domaines où j'ai fait les vendanges, j'ai été hébergée dans des dortoirs.

— Nous avons aussi des dortoirs, mais ils sont situés à l'écart et réservés aux jeunes étudiants qui font la fête après le travail. Il faut bien que jeunesse se passe. Ici, nous veillons au repos de tous. Enfin, nous essayons.

Flora entend bien. Elle n'a plus l'âge des étudiants. C'est vrai qu'elle aura trente et un ans en automne. Elle réprime un frisson à cette pensée. Depuis qu'elle a changé de dizaine et quand elle y songe, la même boule d'angoisse fait l'assaut ! La jeunesse lui tourne doucement le dos. Elle n'aura plus jamais, songe-t-elle, l'âge de toutes les audaces. Son cœur se serre. Elle se souvient du serment fait l'année de son quart de siècle. Cinq ans, pas plus, pour mener les recherches qui me diront qui je suis. Elle a seulement quelques années de retard.

Pour l'heure, il lui reste à suivre la maîtresse des lieux. Elle pourra ainsi se rendre compte de leur richesse. La vigne, ça rapporte, songe-t-elle. Quand j'aurai économisé, je jure d'acheter de la terre, en Alsace ou en Bourgogne, pour y planter des vignes. Elle ferme les yeux un bref instant et serre les poings pour valider le serment qu'elle vient de faire.

— Si le cœur vous en dit, propose François, avant que nous passions à table et si vous n'êtes pas trop épuisée, je vous conduirai dans nos caves. Ce sera plus aisé maintenant que plus tard, quand nous serons tous occupés aux vendanges.

— Le temps de me rafraîchir et je vous suis, lui répond Flora.

La chambre est spacieuse. La maîtresse des lieux ne donne aucune explication. Elle désigne l'espace dans un silence imposant. Flora peut choisir sa place. Elle hésite avant de se diriger vers le lit qu'on ne voit pas en entrant dans la pièce, puisque le paravent à cinq vantaux largement déployés le cache. Flora observe la chambre dont les meubles semblent être de véritables pièces de musée. Il y a une armoire alsacienne à sept colonnes et deux portes, joliment sculptées de feuilles de vigne protégeant des grappes de toute beauté. Le bas de l'armoire s'orne d'un vaste tiroir marqueté, semble-t-il. Les mêmes motifs illustrant la vigne que l'on retrouve sur une petite table-bureau à pieds tournés. Elle remarque un chevet orné d'une lampe art nouveau.

— Gallé ? hasarde-t-elle à l'adresse de la patronne des lieux.

— Non, Daum, précise Grete. Je l'ai dénichée au cours d'un voyage à Nancy. J'aime toujours acheter des objets que je rapporte de certaines escapades. L'ennui, c'est que je ne sais jamais où les mettre. Vous plaît-elle ?

— Beaucoup, beaucoup. J'aime cette époque délicate et sensible autant qu'audacieuse.

— Vous connaissez Nancy ?

— Oui, et j'aime cette ville en pleine transformation. La vieille ville cache des beautés historiques attachantes. Pourtant, c'est à Metz que j'ai étudié, une ville bien différente, marquée par la Prusse entre 1870 et 1918. Moi, j'ai grandi en Bourgogne, une région de vins, comme vous savez.

— Les vins de Bourgogne ! s'exclame Grete rêveuse. Certains rouges sont bien gouleyants, mais...

— ... ils ne valent pas ceux d'Alsace, se risque à poursuivre Flora dans un grand éclat de rire qui découvre une denture parfaite.

— Vous voulez me flatter ?

— Pas du tout, je dis ce que je pense. Je préfère les vins d'Alsace. Si je devais un jour prendre une cuite, ce serait au pied d'un fût de vin d'Alsace, un gewurztraminer ou un tokay. Mais point trop n'en faut. Il ne faut pas offenser cette terre, n'est-ce pas ?

— Que de sagesse !

— De franchise seulement, mais il paraît qu'elle peut me jouer des tours.

— Nous verrons. Donc, si vous vous sentez apte, rendez-vous dans le grand hall et vous irez visiter les caves avec François, mon époux, et Simon, mon père, ravi qu'un peu de jeunesse arrive, se force-t-elle à plaisanter avant de tourner les talons.

7

Grete est bien heureuse d'avoir expédié Flora, François et Simon dans les caves. D'une moue, en tapant des pieds, Clément a exigé de pouvoir accompagner le groupe. Elle n'a pas eu le cœur de lui refuser. Le petit bonhomme aura neuf ans en janvier prochain. Il a su la supplier d'un regard câlin qui veut dire : « Maman, dis oui. Je serai sage, très sage. »

Grete n'aime pas le savoir dans la fraîcheur des caves. Elle craint que François et Simon, tous deux passionnés, lancés dans l'explication de la vigne, ne surveillent pas le gamin qui se débarrassera de son pull. Elle redoute toujours un gros rhume risquant de déboucher sur une crise d'asthme. Clément a ses fragilités. Mais François a promis, Simon aussi, et Flora déjà conquise par ce regard de velours caché derrière d'immenses cils a ajouté qu'elle surveillerait Clément.

Soulagée, Grete a donné son accord, elle peut ainsi poursuivre sa lecture. Attitude de gamine, elle le sait. Elle a beau se traiter de sotte, c'est plus fort qu'elle. Elle ne peut pas résister à ces retrouvailles avec elle-même, avec cette audacieuse jeune fille que personne n'a connue sous cet angle-là. Avec le temps, elle-même a oublié.

C'est si loin, tout cela...

Comment est-elle parvenue à tourner la page ?

Qui est-elle devenue ? Est-ce elle aujourd'hui ? Ces deux femmes sont si éloignées l'une de l'autre qu'elles pourraient se croiser dans la rue sans se saluer.

« Colmar, 10 février 1945

Maintenant que j'ai retrouvé Charles, je voudrais ne jamais quitter Colmar. Nous pourrions rester là tous les deux et ne penser qu'à nous... Mais il va repartir et suivre Leclerc jusqu'à Berlin.

Son devoir l'appelle, m'a-t-il dit en essuyant les larmes que je ne pouvais retenir. Alors il va me quitter. Comment garder la lumière de son regard ? Je voudrais que ce souvenir de nous me tienne en éveil sans cesse, que je continue d'être dans ses bras à jamais. Je n'ai pas envie de retourner à Ammerschwihr. A la rigueur, il me plairait d'aller raconter à grand-père Jean-Ulrich mon histoire avec Charles. Je suis sûre qu'il fermerait les yeux en me disant : “Ma petite-fille devient grande.” Grand-mère Ruth me terrifie toujours. Elle ne saura rien. Elle n'a qu'un mot en bouche : devoir. Quant à père, je m'interroge. Ou plutôt, je ne sais que trop. Il est sous la coupe de sa mère. Ruth, Ruth, Ruth omniprésente, “indétrônable”. Quelle excuse trouver pour les laisser se débrouiller au Domaine des Vignes d'Obertor ?

Et si je désertais ce Domaine autour duquel tout gravite ? A la maison, même pendant les moments les plus durs de la guerre, on ne parlait que vigne, culture, récolte, sulfatage... On anticipait déjà l'après-guerre. Le retour de l'Alsace dans le giron français, c'était la promesse de vins exceptionnels. On n'allait pas revivre la période 1871-1918 où l'Allemagne obligeait les vignerons à produire des quantités phénoménales de vin au détriment de la qualité.

J'y songe. Le Domaine des Vignes d'Obertor va garder son nom puisque Joséphine, ma mère, n'est plus. Ruth, ma grand-mère, peut se réjouir. Elle aura gagné sur tous les points. Joséphine qui n'avait pas obtenu que je sois baptisée dans le rite catholique avait, en échange, négocié le changement de nom du Domaine. C'est bien sa jolie dot qui en avait fait la prospérité. Ma mère voulait qu'il soit sous la protection de la Vierge. *Le Domaine de Notre-Dame d'Obertor*, ça sonnait bien et le prestigieux nom d'Obertor (la Porte haute), celui d'une porte historique du village, était conservé. Mais Ruth ne l'entendait pas ainsi. Fâchée, Joséphine avait menacé de reprendre son argent. Simon l'avait soutenue mais mollement. C'est grand-père Jean-Ulrich qui était venu au secours de Joséphine. Il tentait de raisonner Ruth. Personne n'irait en enfer si la Vierge protégeait le Domaine. Elle était la mère de Dieu. Le même que celui des protestants et des catholiques. Cette guéguerre n'avait que trop duré. Un accord avait enfin été trouvé. Le changement de nom aurait lieu après la guerre.

Ruth ouvrait la bouche et la refermait sans qu'aucun son n'en sorte. Joséphine exultait. Les vignes n'en seraient que plus prospères. D'ailleurs elle signait déjà son courrier : *Joséphine Boehler du Domaine Notre-Dame d'Obertor*. Ruth continuait de pester et jurait que *son* vin n'irait jamais s'épanouir dans les burettes d'un curé catholique.

Quand Simon, mon père, est en colère contre sa mère, il lui balance : je vais au Domaine de Notre-Dame.

Leurs histoires me passent par-dessus le chapeau, comme dirait grand-père. Moi, j'aime Charles, telle une petite folle. Hier, 9 février, j'ai couru jusqu'au temple, à en perdre haleine. Une brume épaisse était tombée sur certains quartiers. On n'y voyait pas à deux mètres. Etais-je déjà arrivée au temple ou l'avais-je dépassé ? Une main m'a attrapée et deux bras puissants m'ont entourée. Je n'ai pas eu le temps d'avoir peur. J'avais le souffle coupé. Aurais-je voulu crier que la chose eût été impossible. Deux lèvres avaient pris les miennes dans une douce férocité. Je les aurais reconnues entre mille. J'ai fermé les yeux, priant que cet instant ne finisse jamais. Une bombe pouvait tomber, nous déchiqueter, plus rien n'avait d'importance. Je pouvais mourir en cet instant, serrée contre cette étoffe rude de soldat. C'était lui, l'homme de ma vie, lui qui me visitait pendant mon sommeil et éveillait tous mes sens dans des rêves inavouables qui me laissaient exsangue et baignée de sueurs, ivre de sensations coupables mais que je quêtais chaque soir avant de m'endormir au lieu de m'adresser au Dieu de toute éternité. O ces nuits où ma peau tressaillait ! O ces instants où, dans une prière adressée au diable, car Dieu l'interdisait, mon ventre espérait, réclamait le poids de ce corps ! En ce matin-là de la Libération, j'y étais. Cette fois, c'était vrai. Qu'importe la honte née de désirs et de pensées issus du péché ! Je ne voulais pas m'arracher à Charles. Je n'aspirais qu'à me fondre en lui. Quel cœur battait le plus vite ? Le sien ou le mien ? On ne nous voyait pas avec cette brume. Le torrent qui nous submergeait m'a plaquée contre le mur du temple et, sans cesser de m'embrasser, Charles entreprit de me visiter, de me respirer, de prendre possession de mon corps peu à peu. Ses mains me parcouraient, c'était terrifiant et inouï. J'en fis autant, folle que j'étais. Charles était vivant, je voulais vérifier que je ne rêvais pas. C'était lui, sa peau, son odeur. Toutes mes fibres se tendaient, les siennes aussi. J'ai osé ce que je n'aurais jamais dû faire. J'ai fait ce qu'une jeune fille sage ne s'autorise pas avant le mariage, j'ai supplié Charles : "Là, tout de suite, mon amour, prends-moi pour toujours..."

D'abord, il s'arracha un bref instant à moi. Etait-ce possible ? Etais-je donc une fille facile ? Je me suis jetée dans ses bras et à ses lèvres. J'ai enfoui mon visage dans son cou en gémissant :

"Tu ne m'aimes donc pas ?

— Petite folle, je ne pense qu'à nous."

Il ouvrit son manteau de soldat pour me cacher des regards indiscrets et souleva mes vêtements pour trouver le chemin de ce jardin secret. Je retenais ma respiration et le serrais à l'étouffer, il venait à moi, enfin.... Je l'avais tellement désiré, attendu. Nos noces seraient merveilleuses... Que le temps s'arrête et que nous soyons statufiés ! D'éternels amants surpris par cette déferlante à laquelle je m'abandonnais, coupable, oui, coupable, mais tellement heureuse.

Ce fut violent, précipité, fou, au-delà de ce que je pouvais imaginer. Un instant unique, car volé à la raison et à la sagesse. Une étreinte qui m'emporta sur une autre planète, me laissant dériver, éperdue mais radieuse, transfigurée. Etait-ce cela, le bonheur, cet arrachement aux choses de la terre, cette impression que plus rien d'autre ne compte que cette âme qui a joui autant que le corps ? Ma pensée épousait ce corps devenu autre, liquéfié, soumis à ce sentiment qui me transportait en une contrée où chaque respiration est une renaissance. Je pleurais et Charles, croyant m'avoir blessée, me demandait pardon entre deux baisers et deux caresses. Je l'ai rassuré. Si trop de bonheur conduit aux larmes, il est des larmes qui font du bien.

Qui a dit que l'amour était sage ?

Tante Hannah avait raison. Ne jamais se laisser dicter sa conduite. J'étais bien sa petite-nièce.

Désormais, plus rien ne serait pareil. »

8

Flora serait bien incapable de comparer les caves du Domaine des Vignes d'Obertor à celles du Clos Saint-Jean, à Beaune. Une cave est une cave. Au Domaine des Vignes d'Obertor, les propriétaires cultivent la même fierté du travail bien fait qu'au Clos Saint-Jean. Chaque geste est un acte d'amour, a dit l'époux de la maîtresse des lieux. Chaque plongée dans un fût de chêne pour vérifier les différentes étapes de la vinification requiert le même petit pincement au cœur. Et si... La pointe d'angoisse ne demande qu'à surgir. On n'est jamais certain du résultat. Le doute est toujours là, assigné à résidence. Les yeux s'agrandissent en regardant la pipette emplie du liquide doré, ou légèrement rosé.

Sucré ou acide ? Parfumé ? Le cérémonial tient presque du secret. Si le geste est mauvais, le vin ne sera pas bon... Le maître doit avoir de l'assurance, mais jamais de l'arrogance. Le vin n'aimerait pas, il tournerait au vinaigre. Flora a apprécié le geste de François. Est-ce le sien ou celui de l'épouse ? Il semble amoureux de son métier. La passion habite son regard. Il aime, oui, c'est certain, comme un fou ce terroir et les vins qu'il produit. Flora connaît ces terres du Kaefferkopf. Une réputation qui n'est plus à faire et qui est due à la nature géologique et climatique de cette terre d'exception.

— La terre est en partie argilo-calcaire et argilo-siliceuse. Elle a cette incomparable saveur qu'elle offre aux ceps qui plongent en son cœur. Dès 1328, ce lieu était réputé pour donner au vin ce goût si particulier. On parlait à l'époque de *Zem Kefersberg*, déclare François.

— Mais dès 1866, le terme *Kaefferkopf* est courant et est associé à des vins de grande qualité, poursuit Simon.

Ce que constate Flora, c'est la beauté des lieux. Jamais de sa vie elle n'a vu des fûts de chêne ainsi sculptés, célébrant le dieu du vin, la beauté des vignes en un incroyable enlacement de grappes et de feuilles. Simon lui a montré l'un des pressoirs, le plus ancien, qu'elle a remarqué en entrant dans le caveau de dégustation : on ne voit que lui. Un pressoir à vis toujours en état de fonctionner et que le temps a patiné avec une férocité douce autant qu'extraordinaire.

Flora, qui a étudié les crus d'Alsace et prépare une thèse pour obtenir son diplôme d'œnologie, écoute avec attention, avant de dire :

— Seulement, l'encépagement du lieu-dit ne peut s'étendre au-delà d'un peu plus de 61 hectares. Il y a même eu un jugement en 1932. C'est la seule appellation d'origine de lieu-dit délimitée juridiquement en Alsace.

Plus que surpris par la connaissance de Flora sur le sujet, François lâche la bouteille qu'il tient en main. En général, les saisonniers qui arrivent pour les vendanges sont seulement des bras, des mains heureuses de travailler quelques jours, voire quelques semaines pour se faire un peu d'argent. Rares sont les connaisseurs, surtout du Kaefferkopf. Et cette connaissance est celle d'une jeune femme, une belle brune au regard légèrement ensoleillé de quelques points de rousseur déposés uniquement sur le haut du nez et sous les yeux. On dirait que le haut de ce joli minois triangulaire aux yeux en amande, à la bouche parfaitement ourlée, s'est paré d'un masque doré. Une jolie masse de cheveux sombres tombe sur ses épaules.

— Et voilà, murmure Simon, le beau-père de François, j'ai bien raison de dire que les femmes nous cloueront le caquet. Ma fille et cette jeune femme en seront les chefs de file. Ouvre une autre bouteille, mon cher François, et ne disons rien à la patronne. Tu n'as rien contre, ce sera notre secret, n'est-ce pas, Clément ? Ce qui se passe dans les caves ne doit pas en sortir.

Heureux d'être mis dans le secret, Clément semble acquiescer et fourre sa menotte dans celle de son grand-père.

— Gewurztraminer ou riesling ? questionne alors François pour reprendre la main.

— J'aimerais déguster un peu de tokay[1] avant qu'il n'ait plus le droit de s'appeler ainsi.

— Vos désirs sont des ordres. Je sens que nous pourrons parler, car vous semblez en connaître un rayon sur la vigne...

— C'est une passion chez moi, j'ai grandi dans le vignoble bourguignon et j'ai fait quand même quelques petits stages en Alsace, mais pas ici, précise Flora.

— Pas dans la région du Kaefferkopf ?

1. Aujourd'hui, on dit tokay-pinot pour ne pas confondre avec le tokay de Hongrie. Les viticulteurs de Hongrie ont d'ailleurs fait et gagné un procès pour qu'il en soit ainsi. On sait que le tokay fut introduit en Alsace par Lazare de Schwendi. Le tokay-pinot d'Alsace et celui de Hongrie seraient issus des mêmes cépages.

— Non, mais j'en connais l'histoire, je la trouve passionnante.

— Où êtes-vous allée, si ce n'est pas indiscret ?

— A Orbey, Eguisheim, Ensisheim, au Domaine de Bestheim...

— Ce n'est pas très loin d'ici.

— Et Kaysersberg, vous connaissez ?

— Par une amie, oui, confesse Flora qui ne veut pas en dire davantage. Je trouve ce village merveilleux. J'espérais vraiment y trouver la trace d'Albert Schweitzer... Je n'y suis pas restée assez longtemps sans doute. L'Alsace éblouit toujours, mais cet éblouissement n'est pas sa compréhension, il me semble qu'il faut la pratiquer longtemps avant de la connaître sur le bout des doigts et de l'âme. Trop longtemps, les Alsaciens ont dû refouler leurs sentiments et composer avec l'occupant, et bien malgré eux. Les Allemands parlent de l'Alsace comme du Midi, parce que la région est ouverte et les habitants souriants. Mais ils ne savent pas toujours que cette amabilité n'est que la façade de l'humiliation. La politesse d'un certain désespoir.

— Que cela est bien dit ! conclut Simon. D'où tenez-vous cette analyse ?

— J'ai eu une excellente amie alsacienne à l'Ecole hôtelière de Metz et je crois que le fait d'avoir coupé avec sa terre le temps des études avait affiné son jugement. J'ai beaucoup appris avec elle.

— Vous en parlez au passé...

— Oui, elle n'a pas supporté la vie quand elle a découvert le choix de son père... pro-Allemand, si je puis dire. Elle a vu en lui le bourreau nazi. C'était un héritage difficile à porter.

— Les guerres laissent hélas bien des cicatrices, soupire Simon.

— Et ici ? questionne François pour offrir un dérivatif à une conversation grave, vous connaissiez ?

— Fort peu, mais j'ai un grand désir de combler ces lacunes. Je sais combien ce village a souffert pendant la guerre et le courage des habitants pour le reconstruire est célèbre, ajoute Flora.

— C'était terrible, vous savez, poursuit Simon. Quatre-vingt-cinq pour cent du village a été détruit. Nous avons eu de la chance d'avoir un architecte exceptionnel en la personne de Gustave Stoskopf, qui a pu intégrer le patrimoine architectural qui tenait encore debout aux nouvelles constructions. Du moins, il a fait en sorte que la reconstruction du village ne nuise pas à son unité. Ce fut une renaissance. Si les pierres avaient été mises à terre, l'âme d'Ammerschwihr demeurait ardente. Comme si les seigneurs du passé veillaient encore dessus, comme si – et c'est un protestant qui vous en parle – la Vierge des Trois Epis avait eu son mot à dire. Si le cœur vous en dit, je vous propose une visite guidée de ce gros village qu'est Ammerschwihr, un jour de marché.

— Si Madame est d'accord, j'en serai ravie.

— Si c'est moi, son père, qui le lui demande, elle ne pourra rien vous refuser.

Tandis que Simon use de son charme auprès de Flora, François verse un peu de tokay dans un verre qu'il tient en main et fait tournoyer le liquide doré, il se penche, porte le verre à son nez et le respire longuement. Tout en écoutant Simon, passionnant mais incorrigible bavard, Flora observe François, un peu impatiente d'en faire autant.

Visiblement, François guette les réactions de Flora. Elle s'y reprend à deux fois avant de humer le liquide. La première fois, elle le respire sans le faire bouger dans le verre, elle observe la robe. La deuxième fois, elle l'agite, le fait tourner, pour en libérer les arômes. Puis elle le porte à ses lèvres, le fait rouler longuement dans sa bouche pour en apprécier les saveurs avant de l'avaler en ayant pris soin de le faire claquer entre la langue et le palais. Ensuite, elle inspire longuement pour mesurer la durée du bouquet qui a chatouillé ses narines et mis toutes ses papilles en action. Elle prend son temps avant de répondre.

— Il est fruité, pur, élégant même, légèrement poivré blanc. Il est jeune encore et... vous avez voulu me faire une farce.

— François, le gourmande Simon, tu as osé faire cela à mademoiselle Flora ?

François reste imperturbable.

— Il n'est pas bon, ce vin ?

— Il est excellent, ou plutôt l'an prochain, il le sera, et ses inconditionnels loueront ce gewurztraminer, est-ce que je me trompe ?

— Bravo ! Nous allons bien nous entendre, mais je crains que vous ne soyez mal employée au cours des jours à venir.

— Mal employée, et pourquoi cela ? Parce que vous-même ne travaillez pas à la vigne ? Ne seriez-vous qu'un nez, cher monsieur ? Un nez est toujours en train de se faire, d'évoluer et doit s'exercer en tout lieu ?

— François, tu as trouvé ton maître, glousse Simon les yeux brillants.

C'est Flora qui a le dernier mot.

— Allons, il est très fort, car il a déjà trouvé la maîtresse des lieux, si je ne m'abuse.

— Merci ! C'est tout à fait cela et je l'adore, conclut François.

— N'est-ce pas, intervient Simon. Ma fille est la perle de ce vignoble. Quand on parle du loup... Ma chère fille, sais-tu que mademoiselle Flora vient de coller ton cher mari, qui voulait lui faire une farce ? Au bizutage de cette cave, elle a déjoué le piège tendu par François qui voulait lui faire boire un gewurztraminer pour un tokay.

— M'étonne pas de lui. Et alors, chère Flora ?

Flora hausse les épaules et rit.

— J'ai perdu, doit admettre François, elle n'a pas connu un instant d'hésitation.

— En attendant, le repas sera servi sous peu. Flora, pour ce premier jour, je vous invite à notre table. Naturellement, lorsque tous les saisonniers seront arrivés, vous vous joindrez à eux, précise Grete.

— Je ne voudrais pas vous ennuyer, proteste Flora. Je suis une solitaire qui s'assume si c'est nécessaire.

— Considérez qu'aujourd'hui ce n'est pas nécessaire, et acceptez de vous joindre à nous, insiste alors Simon.

9

A l'heure de s'allonger et de fermer les yeux dans cette vaste chambre où le bois est roi sur les murs comme au plafond, Flora songe à ce que fut cette première journée alsacienne. Le lit est moelleux, entouré de tentures d'autrefois. Une belle toile de lin beige uni, bordée de carreaux bruns et verts assortis aux doubles rideaux ornant chaque fenêtre. Elle a vu sur le mur menant à la fenêtre un coffre alsacien marqueté et une inscription : « Ruth Meister-Boehler 1899 ». Sans doute un coffre de mariage empli du linge qu'apportait autrefois la jeune épousée avec sa dot. Flora est donc en Alsace après cette longue marche à travers les vignobles. Le village d'Ammerschwihr qu'elle a traversé sans vraiment le voir, obnubilée qu'elle était par cette rencontre avec les gens du Domaine des Vignes d'Obertor. Elle a bien aperçu dans la lumière mordorée du chaud soleil les collines plantées des prestigieux cépages, vérifié l'arrondi des vallons moutonnant de raisins. Des collines d'une extraordinaire douceur s'élançant jusqu'à trois cent vingt mètres d'altitude. Une rondeur longue et ample, toute féminine. Le soleil qui est maître en matière de caresses œuvre ici voluptueusement du lever au coucher selon l'exposition, ajoute cet incomparable bouquet fruité au vin à venir, au vin si particulier de cette terre unique. Il faut être sur les lieux pour percevoir le lien de la géographie avec cette saveur de terroir qu'offrent les riesling, gewurztraminer et tokay appartenant au Kaefferkopf.

Puis ce fut la rencontre avec cette famille Boehler-Walter. Les noms s'étalent sur l'enseigne comme sur chaque fût, Flora l'a vérifié dans les caves. Elle n'a guère eu le temps de juger la maîtresse du Domaine dont Maria, la femme de l'aubergiste de Kaysersberg, lui a vanté la sévérité. Ce soir-là, Flora a constaté que Grete était seule pour assurer le service d'une dizaine de personnes à table et elle l'a naturellement aidée. Grete a précisé qu'il en serait ainsi pendant quelque temps, puisque la nouvelle employée de maison n'arriverait qu'à mi-septembre. Mais elle n'a pas donné d'autre explication. Pourtant, a songé Flora, les agences de travail intérimaire sont aussi implantées en Alsace et Grete eût pu s'adresser à l'une d'elles pour se faire aider, surtout à la veille de démarrer les vendanges dans un domaine aussi prestigieux.

A table, l'ambiance était bon enfant et la conversation roulait très naturellement. On parlait de tout et de rien, du temps exceptionnellement chaud qui ferait que les vendanges commenceraient à la mi-septembre pour le tokay et le muscat. On évoquait aussi les nouvelles démarches entreprises par les viticulteurs pour obtenir un classement officiel du Kaefferkopf. Les viticulteurs d'Ammerschwihr n'avaient pas digéré l'injustice de 1962, année de la création de l'appellation Alsace. Cette année-là, malgré les demandes, les autorités compétentes avaient omis le classement du Kaefferkopf en AOC [1].

1. Voir en fin d'ouvrage la longue histoire de l'obtention de ce classement.

« Pourtant nos vins sont excellents et le fait qu'ils soient produits sur un territoire limité aurait dû favoriser cette reconnaissance, avait souligné François. Je pense aux autres producteurs qui, comme nous, comptent sur ce classement. Ce qui ne nous empêche pas d'avoir des idées pour nous faire plus largement connaître : on pense à une confrérie et à de nombreuses manifestations[1]. Certes, l'une des plus anciennes confréries du vin, la Confrérie Saint-Etienne, accueille des membres d'Ammerschwihr.

— D'ailleurs, François en fait partie. Il est confrère[2]. »

Simon, très en verve et détaché des projets d'avenir, voyait à court terme et assurait que le vin de 1976 serait exceptionnellement riche en sucre. Un bouquet rare, élégant, c'est certain, ample et qui aurait de la longueur afin de flatter les nez les plus revêches. Grete n'avait rien dit, se contentant d'observer Clément qui avait éternué deux fois.

« Aurais-tu ôté ton pull à la cave tout à l'heure ? »

Le gamin avait secoué la tête négativement.

François avait voulu rassurer son épouse. Clément s'était bien conduit, comme toujours. D'ailleurs, cet enfant-là avait-il le choix de faire autrement que de bien se conduire ? Flora avait été interpellée par la trop grande sagesse de ce garçon de huit ans si étrangement silencieux.

---

1. La Confrérie des amis d'Ammerschwihr et du Kaefferkopf (AAK) naîtra le 25 avril 1984. Son but est d'organiser la dégustation pour l'Estampille de Noblesse, distinction européenne officielle qui distingue les meilleurs Kaefferkopf de l'année... Voir en fin d'ouvrage les différents grades, le serment, la prière liés à l'appellation Kaefferkopf.

2. Voir en fin d'ouvrage.

« Je peux vous aider », avait-elle proposé en constatant le travail qui incombait à la maîtresse du Domaine.

Grete n'avait pas répondu, ni dit merci, mais s'était écartée pour laisser passer Flora qui avait rassemblé et saisi les assiettes mises ainsi en pile. Flora avait pensé que Grete attendait cette aide. Peut-être avait-elle parlé trop vite. Elle aurait dû se montrer prudente, plus secrète. Mais on ne la changerait pas. Solange l'a pourtant mise en garde à différentes reprises. Une spontanéité incorrigible est une qualité chez une gamine mais, passé un certain âge, devient encombrante et peut être assimilée à un manque de réserve. Ce dont Flora est hélas bien consciente, et se défend par un « Je n'ai pas eu de mère pour m'éduquer... ». Solange s'incline à chaque fois, le nez froncé, les sourcils arqués, avant de lâcher : « Tu exagères, ce n'est pas tout à fait exact. Mémée Desprès a été très attentive. »

Mais à trente ans, il serait temps que Flora chausse enfin ses souliers de jeune femme et délaisse ceux de petite fille délicieusement ingénue, non ?

Flora n'a jamais oublié cette remarque que le professeur principal inscrivit sur son carnet scolaire après un conseil de classe alors qu'elle était en terminale. « Elève trop vive, trop spontanée et dont il faut canaliser les ardeurs pour lui permettre d'accéder à l'esprit de synthèse. »

Allongée dans ce lit du passé, elle ferme les yeux pour quérir un peu de repos. Le soir est tombé depuis bien longtemps, les mollets tirent un peu. Elle a mal au cœur. Fatigue, angoisse ? Elle demeure sceptique. Au fond, Flora sait qu'elle aura du mal à se corriger, à changer. D'ailleurs, est-ce obligé ?

Reste qu'elle se trouve sur une terre qu'elle voudrait sienne. Qu'elle imagine sienne. Et si là, dans cette région, était la clé du grand vide survenu peu après le cri primal, comme on dit en psychologie ?

Toujours, elle fait ce rêve d'un bébé mis au monde caché dans un placard et qu'elle oublie de nourrir. Dans son rêve, partout où elle va, et s'amuse, et se saoule et fait l'amour, au moment le plus chic, c'est le cri du bébé qui vient déchirer ses tympans et elle se réveille épouvantée. Elle est monstrueuse d'avoir fait cela. Il faut qu'elle allume, qu'elle se touche partout pour vérifier que ce n'est pas vrai. Pour reprendre conscience. Bien sûr, elle n'a pas d'enfant. Mais ce bébé qui hurle dans le placard, elle l'a entendu. Elle doit se lever, inspecter armoire, commode, placards de cuisine pour vérifier qu'aucun petit d'homme ne s'y trouve. Elle a rêvé, seulement rêvé. Or, jamais rêve n'a été aussi éprouvant.

Ce rêve récurrent l'aura poursuivie, la laissant à chaque fois au bord du gouffre. Fatiguée, ne sachant à qui se confier, elle avait osé en parler à mémée Desprès qui l'élevait. Pour la taquiner, elle dit parfois « la mère Desprès », mais avec infiniment de respect. C'est une brave femme, à la tendresse rugueuse, solide et si généreuse.

« Je ne vois pas, je ne vois pas bien. Je vais en parler au docteur Breton, lui, il sait. »

Le bon docteur Breton avait simplement ôté ses lunettes puis passé ses mains sur son visage avant de lâcher en soupirant :

« C'est normal, mon poussin.

— J'ai plus de vingt ans, docteur.

— Tu resteras mon petit poussin, celui de ta mémée Desprès aussi, c'est normal. Tu étais si petite dans ton nid d'ange quand tu es arrivée chez elle. Une puce, un peu plus de deux kilos, tu avais encore le cordon ombilical sur le ventre. Petite, mais vive, tu voulais vivre et fourrais tes petits poings dans ta bouche. Tu avais toujours faim. »

Emue, mémée Desprès avait tendu les bras et appelé Ambroise, son homme, pour qu'il contemple la merveille qui arrivait.

« Aujourd'hui, tu cherches tes origines et tu te crois coupable, mon poussin.

— De quoi ?

— D'avoir été oubliée par ta mère. »

Et comment, elle s'était défendue, Flora ! Une petite furie. Sa mère, sa vraie mère était *forcément* une femme extraordinaire à qui on avait volé son bébé. C'est pourquoi, dans les rêves de Flora, il criait, ce bébé, pour qu'on le retrouve.

« Tu n'as pas tort, avait soupiré le vieux médecin. Tu as presque trouvé ta vérité. Ta mère n'a pas dû faire exprès de t'oublier. Un jour, tu devras chercher par toi-même cette vérité et quand tu l'auras trouvée, la paix te reviendra.

— Quand j'ai demandé à la directrice de la Ddass à Dijon, après la fugue, vous n'avez pas oublié, elle m'a dit que je ne trouverais rien car je suis née sous X.

— Ça, il faudrait le vérifier, et il n'y a que toi pour le faire. La femme dont tu me parles n'est plus en poste. Elle n'avait pas la réputation d'être coopérative avec les enfants qui recherchaient leur famille. Il se pourrait que tu découvres autre chose. Mais tu sais, si tu n'y arrives pas, cela ne t'empêchera pas de vivre. Mémée Desprès a été pour toi une bonne mère, elle sera une bonne grand-mère pour tes petits, car toi, tu seras une maman épatante.

— Faudrait déjà que j'aie un homme. Les familles n'aiment pas les filles de l'Assistance publique, vous le savez bien. Nous portons toujours le manteau du malheur, le chapeau de la mauvaise conscience, l'écharpe des fautes des adultes qui nous ont donné la vie. Et ça pèse et ça nous étouffe, parce que nous serons toujours étranglés par la corde de la honte... On ne peut pas vivre avec de tels sentiments. Vous vous rappelez Frédéric qui sortait avec moi...

— Mais oui, bien sûr.

— Elle vous a dit, sa mère, la belle madame Richebourg, que je n'étais pas digne d'entrer dans leur famille parce qu'on ne savait pas d'où je venais ? Elle m'aimait bien, j'étais brave, mais un problème majeur faisait obstacle à la poursuite de notre romance.

— Ah ! oui ?

— Comme si vous ne le saviez pas ! Il y avait fort à parier que j'étais porteuse de tares. Ma pauvre mère qui avait roulé sans doute avec un homme peu digne m'avait transmis malgré elle toutes les saletés du monde. C'est pour cela qu'elle ne pouvait pas me garder. Voilà ce qui se dit de moi. Pour des filles comme moi, il n'y a que les mauvais garçons, car eux, dans un lit, ils ne sont pas regardants, n'est-ce pas ? »

Et Flora se souvient comment elle avait claqué la porte au nez et à la barbe du pauvre docteur Breton. Le lendemain, il venait chez mémée Desprès et lui conseillait de recommander à Flora de consulter un psy afin qu'elle pût vider son cœur. Lui n'avait que les médicaments à prescrire, pour la fièvre, les rhumes et les angines. Ce genre de médicaments répertoriés au *Vidal* ne pouvaient la guérir des questions qui lui empoisonnaient la vie. Aucun remède ne pourrait jamais effacer cette grosse colère qui n'était que normale.

Mémée Desprès s'était pris la tête dans les mains.

« J'ai pourtant fait de mon mieux pour l'aimer, docteur. C'est une brave petite, et intelligente avec ça.

— C'est bien pour cela qu'elle souffre plus qu'une autre de son état.

— Vous n'avez pas tort, docteur ; Jeanjean, qui vit aujourd'hui à quelques kilomètres mais vient nous aider, était aussi un petit gars sans mère, il a accepté son état et m'appelle maman. Cette chipie de Flora, après m'avoir appelée mémée, m'envoie du mère ou madame Desprès dans les gencives. C'est selon ses humeurs.

— Elle ne sera pas heureuse tant que la vérité ne lui sautera pas au visage, madame Desprès.

— Mais vous savez bien qu'il y a des vérités qui font plus mal que des mensonges.

— C'est pourtant la vérité qui la guérira. Ne désespérez pas, continuez de l'aimer.

— Comme si je pouvais faire autrement, docteur... »

Flora avait entendu la conversation qui s'était tenue entre le docteur Breton et mémée Desprès. Elle avait honte de se conduire si mal envers sa nourrice qu'elle aimait. Mais elle ne pouvait pas faire autrement que de chercher la vérité de sa naissance.

10

Flora s'éveille. Le jour est levé. Une grande clarté tente de percer les doubles rideaux. Le soleil est déjà haut dans le ciel. Elle en est certaine, car le sommeil s'est longtemps dérobé à elle cette nuit. A tel point qu'elle a fouillé dans ses affaires pour trouver un livre. Si elle voyage léger, elle n'omet jamais de se charger d'ouvrages. Généralement des poches, qui sont moins lourds. Elle peut ainsi emporter quatre, cinq, six titres différents et tenir presque une semaine. Elle réserve aussi une place à la musique, celle qui lui fait du bien, celle que ses curiosités propulsent dans les magasins de musique petits et grands quand ils se dressent sur ses chemins. Que serait une vie sans les livres et la musique ? Elle a un petit poste radiocassette où elle peut glisser des cassettes qu'elle a enregistrées chez mémée Desprès. Elle a donc comme compagnons de musique Saint-Saëns, Ravel, Mozart, Brahms, Dvorak et Jacques Brel, dont la violence de certaines chansons disant la révolte face à un monde trop régulé, organisé et bourgeois provoque en elle une adhésion sans condition.

Mais ce matin-là, l'heure n'est pas à la révolte. C'est le temps des découvertes. Elle pressent qu'elle peut se plaire en ces lieux. Un lieu d'où elle pourra lancer, puis mener son enquête. Elle ira aisément à Colmar ou à Strasbourg. Elle sonnera aux portes des administrations, demandera à consulter les registres des enfants abandonnés en 1945. Elle tentera de forcer la porte des hôpitaux et des maternités. Des registres de naissance doivent bien exister. Elle essaie de se rassurer. Elle devra organiser son temps, avec bien évidemment l'accord de Grete. Il faudra inventer des prétextes, car il n'est pas question que Flora révèle le but et le pourquoi de ses absences, c'est un jardin secret qui n'appartient qu'à elle. Officiellement, elle travaillera à sa thèse et cela sera suffisant. Moins on en dit... Elle se souvient de la mise en garde de Wilhem, l'aubergiste de Kaysersberg. Un homme sage...

Se lever, faire sa toilette et se diriger vers la cuisine pour absorber le petit déjeuner. Elle s'étire avec un presque sentiment de plénitude.

Elle est pourtant aimable, souriante, mais Grete est déjà courroucée en la voyant arriver, prête à l'envoyer sur les roses, à la licencier avant de l'avoir embauchée.

— Parce que c'est à cette heure-ci que vous vous levez !

— J'ai eu beaucoup de peine à m'endormir et je n'ai pas de réveil.

— Vous n'avez pas entendu l'angélus ? Il sonne pourtant assez fort ici.

— Ah ! oui, et à quelle heure ?

— Six heures vingt, et il est huit heures trente. Dans peu de jours, à cette même heure, nous serons dans les vignes, enfin si je vous garde.

— Pardon ?

— Je répète : si je vous garde ; moi, j'ai besoin de personnes qui travaillent et non qui se croient en vacances.

— Mon intention est bien de travailler, madame.

— Vous allez me le prouver. L'employée de maison, sur qui je comptais, n'arrivera qu'à la mi-septembre et, cette année, les vendanges vont commencer plus tôt. J'ai besoin d'une présence efficace dans cette maison. Vous pourriez être cette personne. Je vous en crois tout à fait capable, si vous consentez à faire quelques efforts, vous n'êtes plus une gamine. Sinon, vous pouvez repartir tout de suite.

— Je vais réfléchir, madame, ce n'est plus tout à fait le même contrat. Mais en attendant, je vous demanderai la permission de prendre un café, ce sera pour les services rendus hier soir. Vous n'avez pas oublié ?

Grete reste muette. Flora note bien la situation et rit intérieurement.

Flora a marqué un point. Grete s'agite et cherche une réponse cinglante qui ne vient pas spontanément.

— J'ai besoin de votre réponse après votre petit déjeuner.

— Ce sera chose faite, mais après le marché, il me semble que c'était prévu.

— La patronne, ici, c'est moi, mademoiselle Flora, réplique Grete qui a trouvé le ton adéquat pour s'imposer.

— Ah ! l'interrompt Simon qui entre, notre Bourguignonne est réveillée, nous allons prendre le petit déjeuner tous les deux et aller au marché, n'est-ce pas, ma chère fille ?

La tension est palpable. Une glu poissante paralyse Grete autant que Flora. Simon feint de ne pas s'en apercevoir.

— Tout est prêt dans la salle à manger, concède Grete à son père avant de s'adresser à Flora plus calmement, mais avec une fermeté inébranlable : Je veux votre réponse pour midi.

— Vous l'aurez, madame, et je n'oublierai pas d'ajouter merci pour cet accueil matinal vivifiant.

Simon a compris. Dès que Grete tourne les talons, il pose un index sur ses lèvres et de l'autre main adresse un vague signe qui signifie : « Cause toujours ma jolie. »

— Faut pas vous désoler. Grete a besoin de régner, mais c'est un brave cœur. Maintenant, à nous Ammerschwihr, son hôtel de ville, sa place du marché, son Obertor[1] comme le nom de notre Domaine au bout de la Grand-rue. Ammerschwihr avait le bonheur, si je puis dire, de posséder trois portes autrefois. Chacune appartenant à l'un des trois seigneurs qui régnaient sur les lieux : l'avocat impérial de Kaysersberg attaché aux Habsbourg, le seigneur de Ribeaupierre et celui de Haut-Landsberg. Nous avions aussi de belles fortifications que nous devons à Wenceslas de Luxembourg qui, au XVe siècle, éleva Ammerschwihr au rang de ville, d'où le droit pour cette localité d'ériger des fortifications qui résistèrent à bien des conflits et invasions mais pas à la dernière guerre, hélas.

— Je connais l'histoire de ces portes. Il ne reste donc que l'Obertor, mais des autres portes, qu'en est-il ?

— Rien, la mémoire, notre histoire. Nous avons tout de même quelques monuments qui font notre fierté, comme la tour des Fripons qui date de 1535 et celle des Bourgeois

1. Porte haute.

qui remonte à 1534. Elles ont été restaurées avec talent. Bien évidemment, si Ammerschwihr, le jardin des vignes, émerveille autant les touristes, nous le devons à Gustave Stosskopf, génial architecte qui, après la guerre, fit renaître notre localité. Vous ne serez pas insensible au lieu. C'est l'une des petites villes d'Alsace qui compte le plus de vignerons dans sa localité. Des vignerons qui produisent les meilleurs crus. Tout cela, vous le savez.

— En partie, et je compte sur vous pour me révéler ce que j'ignore.

Le marché absorbe Flora et Simon, heureux de saluer l'un ou l'autre. Il présente Flora venue travailler au Domaine et qui est déjà, selon lui, une spécialiste des vins. Il discute avec un ancien copain, lui aussi viticulteur, quand un homme s'approche d'eux et l'interpelle assez vivement.

— Alors, Simon Boehler, mon ex-futur-beau-père, tu frayes avec une jeunette maintenant ? Tu ne te refuses rien, gredin.

— Fais attention à ce que tu dis, Germain, gronde Simon. Flora est embauchée pour les vendanges. De plus, elle travaille sur l'histoire des vins de chez nous. Je lui fais visiter les lieux avant le début des grands travaux.

— On dit ça, c'est de famille. Chez les Boehler, on court beaucoup.

— On travaille surtout, Germain. Ne me cherche pas. Tu devrais aller te reposer, tu sens le mauvais vin.

— Et toi, tu pues les promesses non tenues. C'est vrai que *Verspracha un halta isch zweierlei*[1]. J'aurais dû me

1. « Promettre et tenir sont deux choses différentes. »

méfier. Mademoiselle ou madame, n'oubliez jamais que ces gens-là donnent des leçons, mais sont les plus grands goujats que la terre ait portés. Des sans-parole…

— *Mein Gott!* Tais-toi, pauvre boit-sans-soif !

D'un claquement de doigts, Simon fait signe à deux costauds qui écartent Germain et l'obligent au calme.

— Je vous dois une explication, Flora. Cet homme, ce Germain, est un pauvre homme, plutôt malheureux. Il n'y a pas lieu de lui en vouloir.

— Pourquoi lui en voudrais-je ? Du reste, vous n'êtes pas obligé de me raconter vos histoires de famille.

— Il n'y a pas de mal à cela. Et pas vraiment de secret. Cette histoire entre ma fille et Germain est connue de toute la région. Si Germain avait pu refaire sa vie, il eût oublié le dédain de ma fille à son encontre. Il serait heureux et plus personne ne parlerait de cette histoire. Mais plus de trente ans après, cet homme vit toujours dans le regret alimenté par l'alcool qui est sa béquille. Sait-il encore pourquoi il boit ? J'en doute. Certes, sa famille et la nôtre formaient des vœux pour que les jeunes gens s'unissent. Nous y songions déjà au sortir du temple, quand ils étaient enfants et qu'ils étaient complices. Nous nous réjouissions de ces futures épousailles. Les parents de Germain sont vignerons et ce mariage permettait un agrandissement de nos exploitations. Les enfants ont grandi et Germain continuait d'aimer sincèrement Grete…

— Mais pas Grete…

— Non.

Simon se tait, lève la tête vers l'une des cheminées de l'hôtel de ville abritant un nid de cigognes. Les parents se relayent pour nourrir deux cigogneaux. Simon cherche dans cette image paisible le courage de poursuivre.

— Elle avait quelqu'un d'autre dans la tête... quelqu'un qu'elle n'a pas obtenu.

— Vous le lui avez interdit ?

— Je n'ai pas vraiment eu le temps de le faire. La guerre s'en est chargée, si je puis dire. Son amoureux n'est pas revenu de Berlin. Il avait rallié la 2e DB et il est mort l'avant-veille de l'armistice. Je ne me réjouis pas de la mort de ce garçon. Ce serait mal. J'avais bien de la tristesse en voyant sa mère pleurer. Les Allemands lui avaient déjà fusillé le mari, ici, sur la place, parce qu'il avait osé braver l'ennemi en refusant de saluer le drapeau nazi.

Simon garde le silence pendant quelques secondes avant de reprendre :

— Je ne devrais pas vous dire cela, j'ai honte d'avoir nourri de tels sentiments, mais la guerre nous rendait service, à ma mère et à moi-même. La peine de Grete était émouvante, parfois nous étions inquiets. Elle était inconsolable, pourtant nous continuions de penser bêtement que Germain pourrait lui apporter un peu de bonheur.

— Il n'en a rien été ?

— Vous l'avez constaté, Grete est têtue. La tête sur le billot, la hache levée, elle ne demandera pas grâce. Elle n'a pas cédé. Mais quelque chose s'est brisé en elle. D'où ce caractère... Avant ces événements, Grete était une jeune fille certes frondeuse, mais qui aimait rire.

— Pourtant, avec le temps, les souvenirs douloureux s'estompent...

— On dit cela, sauf que Grete a mis bien longtemps à guérir. A-t-elle guéri, d'ailleurs ? Pourtant elle a fini par accepter les avances, puis le mariage avec François. Elle avait déjà quarante ans et il devenait urgent qu'elle donne une descendance au Domaine.

— Pardonnez-moi, je suis curieuse. A vous entendre, on a l'impression que ce mariage lui a été imposé, du moins proposé.

— Avec le caractère qui est le sien, non. On peut même affirmer qu'elle a dit oui de son plein gré. François a fait l'assaut, usé de son charme. Elle a fini par consentir.

— Mais ce n'est pas un mariage d'amour.

— Pour être honnête, je ne crois pas. En tout cas, pas du côté de Grete. Ce oui, et j'y songe souvent, a signé pour elle ce que j'ai appelé un acte de sagesse autant que de résignation. Quant à François, si je l'apprécie, je ne suis pas dupe. Il est son cadet de douze ans et pour lui, Grete, l'héritière du Domaine des Vignes d'Obertor, est d'abord un beau parti. Il déclare être fou de ma fille, mais s'il l'est, c'est surtout à cause de ce terroir unique, le Kaefferkopf. François possédait quelques vignes plus au nord qui n'en font pas partie. Lui et sa famille en rêvaient depuis toujours. Pour eux, ce mariage avec Grete était une consécration.

Flora demeure songeuse un long moment avant de répondre :

— Je comprends, ce n'est jamais facile de mêler les affaires de cœur à celles du vin.

Simon claque des doigts avant de déclarer d'un ton jovial :

— L'amour du vin est pourtant un puissant remède à la morosité. Ici, longtemps nous avons pensé qu'un peu d'ivresse ouvrait les portes du cœur.

Une réflexion entendue par la bouchère qui, tout en prenant note de la commande à livrer au Domaine, ajoute :

— Que cela est bien dit, mon cher cousin ! Et les choses n'ont pas beaucoup changé. En Alsace, on est conservateur. On ne donne pas son cœur et sa propriété à n'importe qui, pas vrai ?

Simon acquiesce d'un sourire de circonstance.

— C'était comme cela pour vous ? risque Flora.

— Avec ma Joséphine ? Non. Nous, c'était l'amour fou, mis d'ailleurs à rude épreuve, car rien ne pouvait nous unir. Tout nous séparait. Née dans une famille de riches industriels strasbourgeois, elle fut étudiée sous toutes les coutures, selon l'expression de Ruth, ma mère. On reconnaissait que le panier de noces était bien garni. Cela pouvait aider, mais d'autres obstacles, et non des moindres, avaient été relevés. Les Boehler appartiennent à une vieille souche protestante, tandis que chez ma Joséphine, on suivait en tout point la papauté. Si le pasteur de Colmar, qui est un peu de notre parenté, ne voyait aucun obstacle à ce mariage d'amour, le curé de la paroisse de Joséphine se signait chaque fois qu'était évoquée cette union.

— Alors ?

— Nous avons réussi à passer outre. Disons que Joséphine et moi avons forcé la main de nos familles en faisant, comme on dit, Pentecôte avant Pâques. Il fallait réparer. C'était une question d'honneur. Grete est née sept mois après notre mariage. Un peu fluette… avons-nous dit. Une petite prématurée que nous n'avons montrée que quatre mois après sa naissance. Et puis nous avons fait un « sacré marché » qui continue de m'amuser aujourd'hui encore. Notre petite Grete a été élevée par les parpaillots. Sur ce point, j'avais gagné. Mais Joséphine, qui était fort bien dotée, je vous l'ai déjà dit, a exigé que le Domaine change de nom et soit placé sous la protection de Notre-Dame.

— Et alors ? rigole Flora.

— Les protestants ne croient pas au culte des saints, ni en la virginité de Marie... Les Boehler ont pris cette demande pour une moquerie. A mon avis, il y avait un peu de cela.

— Et alors, cela a changé quelque chose pour le vin ?

— Il est toujours aussi bon, répond Simon l'air malicieux, et je pourrais remercier Notre-Dame tous les jours que Dieu fait, enfin dans le secret. Car ce changement de nom : Domaine Notre-Dame d'Obertor, devait entrer officiellement en vigueur après la guerre. Ma Joséphine signait déjà ainsi son courrier : Joséphine du Domaine Notre-Dame d'Obertor. Ruth était folle de rage. Et puis vous le savez ou ne le savez pas, Joséphine est morte à la fin de la guerre... Une tragédie pour moi. J'ai été lâche, j'aurais dû respecter les vœux de ma femme. Nous avions passé contrat. Il fallait l'honorer. J'ai laissé filer les jours et Ruth, ma mère qui me faisait la tête depuis mon mariage, a repris les choses en mains. Elle exultait.

— ???

Simon rit franchement.

— L'idée que son vin soit « catholique » lui avait fait craindre l'enfer. Enfin elle était sauvée. Plus besoin d'ouvrir sa bible en voyant sa bru se préparer pour la messe.

Flora se retient de pouffer de rire. Simon lui plaît bien. Si ce n'est pas pour Grete, elle restera, rien que pour aller au marché avec lui.

— Ah ! je voulais vous dire, poursuit Simon, Grete aimerait bien que vous restiez ici pour la seconder. Elle a besoin d'une personne de confiance.

— Elle m'a fait cette demande pas plus tard que ce matin, avant votre arrivée, sur un ton qui n'admettait aucune dérobade. C'est simple, si je ne suis pas d'accord, je fais mon sac et je pars en rentrant du marché.

— Non, elle n'a pas osé ?

— Si. Moi, ce qui m'ennuie, c'est que je suis venue pour la vigne. Quand irais-je y travailler ? interroge Flora. C'est indispensable pour terminer ma thèse. Et puis, je me disais que je pourrais consacrer mes loisirs, on a bien droit à un peu de repos de temps à autre, à des recherches que j'aime faire.

— Certes. Alors, ces loisirs, quels sont-ils ?

— Vous ne le répéterez à personne, promis, juré ?

— Ma foi, comme disent les gamins, croix de bois, croix de fer, si je mens, je vais en enfer, *Gott verdammi* !

— Je fais partie d'un cercle de généalogie et je suis chargée de retrouver les familles de quelques mômes nés juste après guerre et que leur mère ou leur père auraient « égarés ».

— *Mein Gott*... Oh ! yoyoïe, les pauvres petits. Si je peux vous aider.

— Peut-être que vous pourriez m'être utile.

— Je me porte garant de vos désirs. Je vous aiderai, foi de Simon. Et Grete n'aura qu'à s'incliner devant son père. Alors, c'est oui, vous restez avec nous tous ?

Simon joue les charmeurs. Flora a bien compris. Elle se dit que, plus jeune, cet homme a dû faire bien des ravages.

— Je vais essayer, mais je ne garantis rien.

— Oh ! jolie Flora, permettez, tel le ferait un grand-père, que je vous colle une bise.

11

C'est plus fort qu'elle, Grete retourne à la chambre bleue. Elle a terminé la lecture du carnet de moleskine. Elle cherche, range, fouille très méthodiquement pour trouver la suite. Elle veut relire ce qu'elle a écrit, mettre en lieu sûr cette histoire, la sienne, dont personne n'a eu connaissance, sauf tante Hannah qui l'a soutenue, encouragée. Oui, elle a aimé et quand elle songe au verbe « aimer », il signifie corps et âme. Une ivresse totale, la plénitude absolue. Elle espère raviver le souvenir des sentiments qui l'ont agitée et qu'elle n'a jamais retrouvés depuis.

Elle était sa gazelle, il était son prince. Tous deux disaient écrire la version moderne du *Cantique des Cantiques*. Simon a-t-il eu quelque soupçon quant à la nature de cette relation amoureuse ? Il se fâchait à cette époque-là. Il était bien loin de l'homme que l'on rencontre aujourd'hui, toujours affable et si compréhensif. Il voulait tenir son rôle de père, de chef de famille. Avec Grete, il faisait fausse route. Parfois, Joséphine finissait par lui reprocher cet excès d'autorité qui était en fait une réponse à la demande de Ruth, la mère de Simon. La véritable maîtresse du Domaine, à cette époque, c'était elle, Ruth, que tous redoutaient.

Si Ruth avait dit. Si Ruth pensait. Si Ruth estimait, Ruth avait raison, elle avait toujours raison, elle ne se trompait jamais. Ce jeune homme qui courtisait Grete n'avait rien dans son grenier, il était inutile que se poursuive cette romance née à l'école du dimanche. Grete oublierait. Elle était intelligente. Une Boehler n'agit jamais contre les intérêts de la famille.

Grete cherche toujours dans la pièce bleue. Plus elle fouille, plus lui reviennent les éclats de Ruth. Il n'y avait que le grand-père Jean-Ulrich et sa belle-sœur Hannah pour comprendre Grete, accueillir et apaiser ses chagrins. Quand il l'entendait sangloter dans le silence de la chambre où elle se réfugiait, Jean-Ulrich venait doucement gratter à la porte de la chambre de sa petite-fille.

« C'est la petite souris du Domaine... »

Il chantait en alsacien :

S kommt a Misala,
Süacht a Hisala
Weisst nitt wo ni
Geht z letscht do ni[1] *!*

Il ajoutait encore d'une voix caressante :

« Elle vient t'apporter des consolations, des chocolats et mille baisers. Ouvre à ton grand-père, belle Grete, et écoute. »

Et il reprenait en français sur le même air :

1. « Il s'en vient une petite souris, elle cherche une maisonnette, ne sait pas par où entrer, elle entre en dernier par ici. »

« Petite colombe, ce qu'on croit mort finit par refleurir d'une autre manière. Vois la résistance des pieds de vigne... Même ceux que la guerre a couchés essayent de bourgeonner. Grete, la vie est belle. »

Il lui citait Goethe : « *Wie es auch sei, das Leben ist gut*[1]. »

Alors, elle ouvrait la porte de sa citadelle et se jetait contre la large poitrine de Jean-Ulrich. Elle se souvient de la chemise de coton épaisse et chaude imprégnée de l'odeur de tabac. Il caressait ses cheveux et l'embrassait doucement.

« Ma toute belle, ne pleure pas, ne pleure plus, le soleil te reviendra. Ecoute ton cœur. »

Et s'apaisaient les sanglots et la respiration reprenait son rythme.

La disparition de ce « jeune sans rien », comme avaient dit sa grand-mère et son père, arrangeait tout le monde. Elle en voulait à son père de vouloir décider de sa vie. De penser pour elle. Elle avait hurlé, affirmé qu'elle préférait les quitter, aller au couvent. La menace avait fait frémir autant les catholiques que les parpaillots des deux familles. Elle avait même menacé de se jeter dans la Lauch ou dans l'Ill ou dans le Rhin s'ils avaient continué à vouloir lui forcer la main et l'obliger à se draper de tulle blanc et de folles dentelles piquetées de fleurs d'oranger pour épouser Germain. La guerre avait déjà eu raison de Joséphine, sa mère. Le grand-père suivrait, sans doute fatigué par une famille plus apte au succès qu'à la générosité. Longtemps, le vieil homme lui manquerait.

Grand-père, pourquoi es-tu mort si vite ? songe-t-elle. J'avais encore tellement besoin de toi. Elle se surprend à

1. « Quelle qu'elle soit, la vie est belle. »

parler seule, à s'adresser à celui qui, au Domaine, était bien la seule personne capable d'essuyer ses larmes.

Elle cherche, fouille jusque dans le petit Godin de faïence jaune et vert qui n'a pas servi depuis avant la guerre, puisque l'on a installé le chauffage central, mais oui, elle se souvient d'avoir rangé quelques secrets par là, elle en est certaine. Elle revoit le geste précipité en entendant arriver Simon. Des éclats de voix qui avaient fait trembler les murs quand elle en était encore à refuser Germain dans les années cinquante-cinq, juste après la mort de Ruth – il la poursuivait de ses assiduités et toujours elle le renvoyait. Trop, c'était trop. Elle avait sombré, s'était laissé dicter sa conduite par Simon et avait consenti à l'exil préconisé par son père. Un lieu clos et surveillé qui lui permettrait d'échapper à Germain. Elle ne voyait que cela. Si elle avait su... Elle s'en était échappée, mais pour revenir au Domaine. Où aller quand on a été coupée de la vie ? Pour Simon, ce qui comptait, c'est qu'elle se soumettait.

Son cœur bat la chamade en ouvrant la porte retenant jadis les braises dont la chaleur bienfaisante chauffait son cœur de gamine quand elle rentrait de l'école, les pieds endoloris par le froid et les mains qui « hurlaient la douleur », c'est ainsi qu'elle disait quand l'onglée les avait saisies malgré les épais gants de laine que Ruth avait tricotés. Mille picotements venaient réchauffer les doigts blancs, presque morts, croyait-elle. La mort est toujours blanche, elle ne peut qu'être blanche puisque le sang s'est retiré du corps et ne circule plus. Mais les picotements surgissaient, bienfaisants, et la rassuraient. Les couleurs reprenaient l'assaut. Hourra ! Elle était vivante.

« Réjouis-toi, chantait encore le grand-père en les saisissant, ils renaissent ces jolis doigts. »

Elle passe la main, puis l'avant-bras dans « le foyer en hibernation ». C'était une de ses expressions autrefois pour dire que le feu ne brûlait pas, ne brûlerait plus dans les poêles puisque les radiateurs et les longs tuyaux qui parcouraient les pièces apportaient la chaleur comme par magie. Grete aimait jouer avec les mots jusqu'à réinventer la langue. Parfois, de nouvelles expressions arrachaient le rire à l'austère Ruth.

La main encore hésitante avance dans l'obscurité du feu qui ne dansera plus jamais au cœur de cette faïence qui reste fort belle. Rien. Il n'y a rien. Qu'un vide sidérant. Grete voudrait entrer davantage dans ce réduit, elle est comme aspirée par ce désir d'explorer une histoire que le temps ne cesse d'embellir, une histoire qui a resurgi chaque fois que François l'enlaçait. Elle a honte, jamais elle n'a songé à François quand le plaisir est venu. Car il est venu, elle en a été sidérée et mortifiée. C'est Charles, bien sûr, qui la retenait captive et la dévorait d'une fièvre exaltée et exaltante.

Ses doigts heurtent un objet. Non, ce n'est pas l'une des parois de ce fourneau. La main se perd, les doigts s'ouvrent et se referment sur un carnet, un seul. Et pourtant, il y en avait six. Un seul s'y trouve parce qu'on ne l'a pas découvert avec les autres. C'est que celui-là s'est défendu, a reculé jusqu'à demeurer coincé dans le coude du conduit d'aération...

Qui donc est venu, a trouvé, a lu et sait ?

La colère l'agite, la rend fébrile et frissonnante. Elle risque de déboucher sur la violence. Envers qui, contre qui et sur qui diriger cette rage pour retrouver un peu de sérénité ? Alors, elle perçoit l'onde du mal. Cette ire horrible l'irradie, lui brûle la peau des pieds qui ne la portent plus sous la tornade des sentiments. Elle voudrait crier. Il ne faut pas, il faut se maîtriser. La maîtresse, c'est elle. Mais cette plongée au cœur des sentiments est douloureuse et va la priver d'air. Elle ouvre la fenêtre. Il fait déjà chaud. Et monte le long de son échine une onde de tressaillements étranges qui ne sont pas ceux de l'amour qu'elle a connu. Ce qui parvient jusqu'à sa nuque avant d'envahir sa tête pour se ficher jusqu'à la racine des cheveux est autre chose et fait mal, très mal. Naît alors une insupportable douleur intérieure qui fait trembler ses lèvres.

Elle va ouvrir ce carnet, le parcourir. Que dit-il d'elle, de lui, d'eux ? Jusqu'à quand a-t-elle écrit ? Quand a-t-elle cessé ? Et pourquoi ? N'a-t-elle écrit que dans les quelques jours de bonheur arrachés à l'histoire, quand Charles la tenait dans bras ? Si ces jours furent rares, les rencontres à Colmar avec la complicité de tante Hannah furent intenses. Elle se souvient d'avoir songé qu'un tel bonheur était forcément voué à la finitude. Il est impossible d'aimer mieux et aussi fort.

Ce fut un amour d'orage, un torrent qui emporta tout sur son passage.

« Le meilleur des vins sera toujours d'une cruelle fadeur en comparaison de ce que nous vivons. Notre amour est unique », répétait Charles.

Maintenant elle sait. Les phrases et les mots de Charles chauffent encore ses oreilles et son corps. En plongeant ses lèvres à la naissance de sa gorge, puis en effleurant sa nuque, il susurrait :

« Nous avons réinventé l'amour. Nous et personne d'autre, tu me crois ? Jure-moi que tu me crois ! »

Qui pouvait mieux parler d'amour que Charles ?

Le ciel s'ouvrait pour elle quand Charles et elle ne faisaient qu'un.

Que savait-il de ses craintes, de ses hésitations, malgré ce premier pas qu'elle avait fait pour qu'il en fût ainsi ? L'avait-il entendue dans le secret de l'âme pour l'entendre chanter à son oreille :

« Crois-le, *meine Schatzele*[1], un tel amour n'est pas un péché, juste une célébration, et le ciel s'en réjouit autant que nous. »

Il avait raison, mille fois raison. Elle n'a peut-être pas eu suffisamment confiance en lui. Elle aurait dû le retenir. Pourquoi ne l'a-t-elle pas fait avec plus de vigueur ? Pourtant elle a essayé. A-t-elle manqué de conviction ? Elle se croit donc coupable. Son amour ne l'a pas empêché de suivre Leclerc à Berlin. Si j'avais été davantage persuasive, songe-t-elle, il ne serait pas mort. Il vivrait. J'aurais pu l'imposer au Domaine et si cela n'avait pas été possible, nous nous serions enfuis et nous serions heureux peut-être ailleurs qu'au cœur du vignoble.

Le vignoble, ce n'est pas tout.

Elle n'avait que les armes d'une jeune amante, un immense désir mais si peu d'expérience. Malgré tout, elle avait fait preuve d'une audace telle qu'elle avait eu toutes les peines du monde à taire la honte qui en découlait. Quelle fille était-elle devenue ? La crainte l'avait envahie et il avait fallu refouler un flot de larmes. Elle ne voulait pas pleurer.

Elle se rappelle ce dernier soir.

« Aime-moi encore, toujours. Ne m'abandonne pas. Je te veux en moi, toujours. »

1. « Mon petit trésor. »

La voici au cœur du sujet et la scène lui revient avec une précision extrême. Passe devant elle et fait renaître cette douleur sourde, cette langueur suffocante… Elle a lu sur le visage de l'amant comme dans un livre ouvert, une page inconnue d'elle et de lui. Un murmure de lassitude, avant ce non désespéré de la tête.

Oui, elle avait supplié. C'est cela, il avait hésité, failli résister à l'appel du devoir. Elle avait bien perçu l'indécision qui fait vaciller le corps. Il allait se rasseoir, l'étreindre. Mais il s'était ressaisi, redressé fièrement, car il fallait en finir avec cette peste, avec le nazisme qui avait d'abord enfiévré le pays de Goethe et de Rilke avant de se répandre au-delà des frontières. Charles puisait sa force en songeant aux copains allongés au cimetière d'Ammerschwihr. Toujours un haut-le-cœur lui venait quand de sa mémoire surgissait le souvenir de ceux qui n'auraient jamais de tombe parce que des hommes qui n'étaient plus dignes de l'être avaient outragé les corps et les avaient brûlés dans la froidure monstrueuse dictée par le maître du Mal… Le dégoût était sur ses lèvres. Charles aurait été un lâche s'il s'était dérobé. Il disait qu'il ne pourrait plus être heureux avec elle s'il renonçait. La peste n'aurait pas le dernier mot. Il voulait qu'elle soit fière de lui. Elle devait comprendre. Que répondre à cela ? Elle fit silence pour entendre le vœu de Charles.

« Si Dieu le veut, comme je l'espère, je reviendrai et plus rien ni personne ne pourra nous séparer. »

Charles aimait Grete, elle ne devait jamais en douter, mais il ne pouvait agir autrement. Il lui fallait s'arracher à cette étreinte.

Grete n'a rien oublié.

Elle avait cru mourir en le voyant se rhabiller. Un pressentiment. Elle suivait du regard chaque geste qui vêtait ce corps dans lequel elle s'était enfouie. Elle voulait enregistrer toutes les courbes de l'amant pour les fixer à jamais dans sa mémoire. Les bras puissants, le torse sécurisant et doux gardien des battements de cœur, cette taille svelte. Les cuisses qui avaient enlacé les siennes. Elle aurait dû cesser de vivre sur-le-champ. Pourquoi était-elle restée à s'essuyer les yeux et à entendre le bruit de l'étoffe des vêtements glisser sur la peau nue qu'elle avait aimée, touchée, embrassée ? Longtemps, le soir, avant de s'endormir, elle aurait la vision du corps de l'amant qui se vêt lentement pour s'en aller et ne jamais revenir.

Dieu est cruel.

Elle l'a maudit.

Elle a osé.

Mais elle se sent coupable soudain. Si elle a eu le courage de refuser Germain, elle a cependant accueilli François. Longtemps après, il est vrai. François, si jeune. Pourquoi a-t-elle accepté ?

Il fut difficile de renvoyer François alors que Germain la poursuivait encore. Devenu alcoolique, il représentait un réel danger. François, c'était inespéré... Son père avait su la convaincre.

« Tu es certes efficace au Domaine, mais je ne serai pas toujours là. Tu as besoin d'un homme à tes côtés. François est ambitieux pour nos projets. Il te protégera. Ne le rejette pas, c'est un moindre mal et surtout, ma fille, sache qu'il est ta dernière chance et notre ultime espoir. »

Il était beau garçon. Et les jeunes filles de la région le lorgnaient. Grete avait-elle voulu jouer à la coquette et prouver qu'à son âge elle pouvait encore séduire ? L'idée lui avait bien traversé la tête. Si elle était prête à dire oui, elle se montra fort embarrassée par la différence d'âge. Elle avait enquêté. On l'avait rassurée. Les années les séparant ne se voyaient pas. Et Grete était encore jolie, il suffirait qu'elle sache rester jeune, les artifices ne manquent pas de nos jours. Elle n'avait cependant pas dit oui tout de suite. Se faire désirer. Ne jamais se montrer trop empressée. Garder la main et donner à l'autre, à l'homme, l'impression qu'il a livré un combat et qu'il l'a gagné.

Devait-elle révéler son passé à François ? Elle avait essayé, mais il s'était montré beau joueur. Le passé ne l'intéressait pas. Seul comptait l'avenir. Leur avenir. Celui que tous deux allaient écrire, habiter. Il parlait bien et c'était fort agréable. Certes, elle n'oublierait pas Charles. Balaie-t-on aisément un premier amour, le premier homme, la première femme ? Elle lui avait répété :

« Je suis déjà âgée, comme diraient les vieilles d'autrefois... »

Il avait ri à gorge déployée en la serrant contre lui avant d'affirmer :

« Comme si l'amour se préoccupait de l'âge. Je te croyais plus moderne. »

Mais Grete avait affirmé qu'un jour ou l'autre les années écriraient de vilaines rides sur son visage alors que lui serait encore jeune. On les regarderait et on le plaindrait. Elle deviendrait pitoyable. Il avait haussé les épaules et balayé d'un revers de main tout ce qu'elle pouvait avancer comme argument. Il la voulait pour femme, il l'aurait même si elle insistait sur cette différence d'âge qui finirait par se voir, par éclater au grand jour à mesure qu'elle avançait en âge.

Se méfier du coup de vieux... Hannah, qui vivait encore et avait perçu les desseins de François, l'avait mise en garde.

« La nature est injuste pour les femmes. Non seulement elles vieillissent plus vite, mais leur période féconde est plus limitée dans le temps. Un homme a vraiment toutes les chances. »

Grete avait soupiré. Elle avait ouvertement tancé sa tante, la priant de ne point mettre son nez dans des affaires qui ne la concernaient pas. Oui, elle était âgée, plus que lui, mais elle avait quand même fait un enfant puisqu'il fallait un héritier au Domaine.

Quel maître du Domaine sera Clément ?

Pour l'instant, c'est un enfant secret, silencieux.

Trop.

12

— Ah ! vous tombez bien, Flora ! Je vous attendais... Puis-je vraiment compter sur vous pour me seconder dans la gestion du Domaine pendant la première partie des vendanges ?

— Ai-je le choix, madame ? Oui, je ferai de mon mieux. Mais s'il faut faire la cuisine... Je risque de vous décevoir. Je ne suis guère douée.

— Nous avons Henriette. Il faudra vous reporter aux menus des années précédentes. Ce ne sera pas difficile. Vous serez chargée de l'accueil des saisonniers et aurez à cœur de veiller au confort de chacun. Ce qui sous-entend une partie de ménage. Vous ne serez pas seule. Je serai là. Antoinette et moi travaillions ensemble et ma foi, pas trop mal, à part son caractère, tout se passait bien. Il pourra arriver que je sois obligée de m'absenter, il vous faudra prendre des initiatives, agir avec bon sens. En cas de doute, Simon, mon père, pourra vous prodiguer quelques conseils, vous vous entendez bien tous les deux. J'ai vu avec lui et il m'a fait part de vos soucis quant à la fin de vos études. Nous ferons en sorte que vous puissiez avancer dans le travail qui est le vôtre.

Vous irez une ou deux fois par semaine avec Simon ou moi-même dans le vignoble.

— Bien, madame, murmure Flora qui ne trouve rien d'autre à répondre.

Curieuse femme, songe Flora. Une maîtresse femme parfaitement organisée. Impossible de lui résister. Il faut claquer les talons, exécuter. Une telle attitude est sans doute le produit d'une faiblesse. Mais laquelle ?

Flora se dirige vers sa chambre. Elle veut se changer pour se mettre au travail. Elle croise Clément qui tient dans ses bras un chaton et lève des yeux immenses sur elle.

— Bonjour, Clément, dit-elle en se penchant vers lui, comment s'appelle ce mignon chaton noir aux yeux verts ?

L'enfant la regarde fixement, lâche brutalement le chaton qui miaule en retombant sur ses quatre pattes avant de faire le gros dos et se sauve dans le pré, le poil tout ébouriffé. Comme s'il avait vu le diable, Clément, lui, s'éclipse sans demander son reste. Stupéfaite d'une telle réaction, Flora demeure pantoise. Elle voudrait rattraper l'enfant, l'interroger. Mais il disparaît au-delà du hêtre pourpre. Les bras lui en tombent. Elle secoue la tête avec incrédulité. Mais qu'a donc ce petit bonhomme dont elle ne connaît pas le son de la voix ? Déjà, dans le chai, il n'a rien dit. L'attitude du gamin lui a paru étrange. Il ne perdait pas une miette de la conversation. Ses doigts tapotaient nerveusement la table où étaient posés les verres.

Il comprend ce qu'on lui dit, pense Flora, mais se dérobe quand il s'agit de répondre. Il n'a pas l'air absent, il fixe au contraire les uns et les autres. Ses yeux de velours sombre se posent telle une interrogation muette sur chacun avant de fuir. Car il fuit, se précipite dans sa chambre ou va errer jusqu'à l'espace jeux qui lui est dévolu. Il s'assoit alors sur un banc ou au bord du tourniquet et lève les yeux au ciel quand il ne s'allonge pas sur le banc ou à même le sol, le visage face à la terre. Flora a constaté cette attitude et voit l'enfant se relever et s'essuyer la face maculée de terre, puis courir jusqu'au lavabo extérieur derrière l'atelier de Simon pour s'y laver méticuleusement. Flora se promet à l'occasion de questionner Simon. Une telle attitude l'intrigue et traduit en tout cas une grande souffrance.

— Vous devez être surprise par l'attitude de Clément, notre fils qui « ménage » sa voix depuis de si longs mois.

Flora sursaute, François a surgi de derrière l'atelier et s'approche d'elle.

— C'est un gros souci pour nous, ses parents, poursuit-il.

— C'est surtout une tragédie pour lui, corrige Flora. Ce gamin vit sans doute un drame.

— Ce serait fort long à expliquer. Nous le conduisons à Colmar chez un médecin chaque semaine depuis six mois, mais je ne vois aucun résultat. Le médecin ne peut se prononcer avant longtemps.

— Et ses résultats scolaires ?

— C'est étrange, vous n'allez pas me croire, mais ils sont excellents. Du moins, à l'écrit. Car à l'oral, c'est la même chose qu'ici. Il ne parle pas.

— Mais il a parlé.

— Ah ! oui, je puis vous l'affirmer. Il est devenu mutique il y a un peu plus d'un an.

— C'est venu subitement ? A-t-il vécu un chagrin ? Etait-ce à l'école ou chez vous ?

— Nous n'avons pas su. Il m'a semblé, quant à moi, que l'enfant s'était couché normalement. Nous avions chanté, j'avais raconté une histoire, comme souvent. C'est au matin qu'il a fait silence. Nous avons d'abord cru, mon épouse et moi, qu'il s'agissait d'un jeu. Il faisait oui et non avec la tête. Et puis il est parti à l'école. Et dans la journée, la directrice de l'école nous a appelés, Grete et moi, pour nous faire part de l'étrange conduite de Clément qui faisait silence, refusait de parler et de répondre. Selon son enseignante, il ne s'était rien passé qui pouvait justifier un tel comportement.

— Il ne faut pas désespérer, ce silence est probablement un moyen d'attirer l'attention. Peut-être perçoit-il des soucis, des tracas qui vous agitent les uns et les autres, et c'est sa façon de répondre.

— Le médecin a dit cela à Grete au début. Nous l'avons cru, nous avions confiance. D'ailleurs, que faire sinon s'en remettre à sa science ? Mais, honnêtement, je n'ai pas trouvé de mieux à l'état de Clément. C'est une attitude étrange qu'il adopte et à laquelle il s'accroche. J'avais tout de même noté qu'à deux ou trois reprises il avait failli s'ouvrir, dire. Quelle attitude adopter à ce moment précis ? Faut-il encourager ou pas ? Est-il préférable de ne rien faire et de l'obliger ainsi à formuler ses demandes ? Si nous faisons semblant de ne pas le comprendre ou de n'avoir pas remarqué ses mimiques, il peut rester prostré assis sur son lit des heures, voire des jours. Nous avons essayé. Il a une capacité de résistance inouïe. Parfois, je me demande s'il souffre ou non de cet état. Il est parvenu à un tel point de non-retour que nous sommes, Grete et moi, plongés dans un grand chagrin. Clément, lui, ignore comment sortir de sa forteresse, comment en pousser les murs qui le retiennent prisonnier. Grete a tenté d'expliquer cela au médecin. Lui aussi est un curieux personnage qui se tait la plupart du temps mais prend *x* et *x* notes. Ce que je sais, c'est qu'il veut nous voir séparément, puis tous deux et une fois par mois en réunissant l'ensemble de la famille autour de Clément.

— C'est un psychologue ?

— Médecin, psy, oui, quelque chose comme ça. Moi, je demeure sceptique et, pour tout dire, je ne parviens pas à me ranger à ses théories.

— Les hommes n'aiment jamais se remettre en question, pourtant il faut jouer le jeu si vous voulez aider votre fils. Enfin, je ne voudrais pas avoir l'air de me mêler de ce qui ne me regarde pas. Je vous laisse, je vais me changer, madame votre épouse a besoin de moi en cuisine et je ne voudrais pas la fâcher.

— Je vous en prie, glisse-t-il d'un ton assourdi avant de retourner à l'atelier.

Flora demeure pensive. Elle poursuit sa réflexion et tente d'analyser le comportement de cet enfant étrange. Pourquoi un petit garçon de huit ans choisit-il de se taire du jour au lendemain ? Quel choc a pu produire une telle attitude, un tel repli ?

13

Il n'y a pas dix jours que je suis arrivée, songe Flora dans la vaste cuisine du Domaine, et j'ai déjà recueilli quelques confidences de Simon, après l'altercation avec l'ex-prétendant de la patronne. Maintenant, c'est l'époux désireux de m'expliquer le comportement étrange du « petit-maître » – elle trouve que ce terme sied parfaitement à l'enfant. Cette famille bien sous tous rapports paraît avoir quelque problème. Mais qui n'en a pas ? me dirait Solange. Flora n'oublie pas les plaintes qui furent les siennes quand elle était plus jeune. Solange, l'assistante sociale, tentait de l'aider, de l'apaiser. Elle le faisait avec amitié malgré les réponses un peu vives de Flora. Solange était bien la seule personne que la gamine souvent en colère, souvent révoltée écoutait. Je n'ai pas été une adolescente facile, admet Flora en son for intérieur. J'en voulais à la terre entière. Cela arrive encore, mais je m'efforce de grandir.

Allons, un peu d'humour et je serai sauvée. Elle soupire et se redresse pour se donner du courage. Elle se force à penser que tout cela a un sens et qu'il n'est pas de nœud qui ne se dénoue un jour ou l'autre. Il faut y croire. Elle se raccroche à quelques principes, quelques marques d'espoir. Mais elle agit ainsi quand tout va bien. Elle se connaît. Dans le cas contraire, elle marche sur le fil du rasoir avec des vertiges terrifiants. Quand Lucas, comme cela avait été le cas pour Frédéric, avait voulu mettre quelque distance dans leur relation après un an de vie commune, l'humour n'avait pas suffi à la garder debout. C'est la colère qui était venue. Le goujat, songe-t-elle en vérifiant la flamme du gaz sous les marmites préparées par Henriette qui, sa journée terminée, vient de partir chez elle. Oui, un goujat et un lâche à la fois. Comme il avait l'air penaud, Lucas ! Elle avait d'abord eu envie de rire tant elle s'attendait à l'issue de cette relation qui avait pourtant démarré sous les meilleurs auspices.

« Flora, j'ai parlé de toi à mes parents. Et ils préféreraient que j'attende encore un peu avant d'envisager une suite sérieuse pour nous. Tu comprends, je suis obligé de me plier – momentanément, rassure-toi – à leur décision, sinon ils me couperont les vivres. Or, je veux être médecin. De toute façon, dans un an, je travaillerai déjà en hôpital et nous pourrons nous passer de leur avis.

— J'ai tout compris. Tes parents ne veulent pas de moi, parce que je n'ai pas de vraie filiation, c'est cela ? Et tu disais m'aimer malgré les oppositions du monde entier ! Mon pauvre Lucas, comme je te plains !

— Il faut seulement leur laisser le temps de s'habituer. Evitons de nous rencontrer pendant un certain temps. Je vais leur expliquer qui tu es, quelles qualités sont les tiennes. Ils finiront par être convaincus.

— Trop facile ! Je ne suis pas niaise à ce point. C'est maintenant ou jamais. La vie est trop courte. Notre histoire, ce ne sera pas dans un mois, six mois ou dix ans, selon le bon vouloir d'une famille figée sur ses principes. Tu fais ta valise tout de suite et tu déguerpis. Hors de ma vue ! Va donc retrouver ta mère ! Je n'ai que faire d'un homme lâche. »

S'attendait-il à une telle réaction ? D'abord hébété, il avait entassé pêle-mêle ses fringues dans le grand sac qu'elle lui donnait.

« Inutile de me le rapporter ! Ce sera ta punition, tu seras obligé de penser à moi en le voyant, à moins que tu ne le jettes ou le donnes à un pauvre hère. Le monde n'en manque pas.

— Ne sois pas si dure, avait-il supplié.

— Au fond, tu me fais pitié », avait-elle lancé ironiquement en le poussant sur le pas de la porte du petit appartement qu'elle occupait à Metz.

Déjà, il dévalait les étages, se retournant parfois, le regard effaré.

« Ne reviens jamais ! Je n'y serai pas pour toi. »

Elle avait voulu montrer qu'elle avait du cran, mais la souffrance était là. Une immense déception face à si peu de courage. Qu'il aille au diable, ce fringant futur médecin incapable de résister à sa maman ! Mon Dieu, que les hommes sont faibles !

C'est cette rupture qui avait été le point de départ de sa quête. Il fallait bien y arriver un jour ou l'autre, comme avait dit le brave docteur Breton quand elle était plus jeune. Après la rupture avec Lucas, elle avait repris le chemin du Clos Saint-Jean pour se jeter dans les bras de mémée Després.

« Tu as mal à ton petit cœur, mon poussin. Entre te reposer. Cela ira mieux demain. Solange doit passer. Elle m'a téléphoné pour prendre de tes nouvelles. Enfin, ce n'est pas tout à fait cela. Elle voulait simplement me confier que tu n'allais pas bien. »

Solange portait bien son nom. Il suffisait d'ôter la note de musique, riait Flora, pour que « ange » comme « ange gardien » surgisse. Solange est une jeune femme épatante.

C'est avec elle que Flora s'est rendue à la Direction des affaires sociales de Dijon afin d'enquêter sur sa naissance. Longtemps, Flora qui a grandi en Bourgogne, chez mémée Desprès qu'elle croyait être sa grand-mère, a pensé qu'elle était bourguignonne. Son extrait de naissance précise d'ailleurs qu'elle est née à Beaune de père et de mère inconnus, un 24 novembre. Sans doute est-ce la raison pour laquelle elle s'appelle Flora. On fête les Flora à cette date. Ce qui voudrait dire que sa mère ne lui a pas choisi de prénom...

Elle se revoit dans les bureaux de l'Administration, face à une femme aussi imposante qu'un cerbère. Flora qui la rencontrait quelquefois l'appelait « madame Cerbère de Dijon ».

« Est-ce donc si important pour vous, de connaître des faits qui risquent de vous blesser ?

— Oui, c'est important, madame. On lutte plus facilement.

— Parce que vous luttez ?

— Cela ne se voit pas ? Vivre, s'affirmer quand on ne sait pas d'où l'on vient, c'est mener une guerre. Je ne dois pas être la seule à affirmer de tels principes.

— Vous l'aurez voulu, avait soupiré madame Cerbère en se levant bruyamment pour se diriger vers une armoire métallique contenant des dossiers. La seule chose que je peux vous dire, avait-elle fini par lâcher en ouvrant une enveloppe de papier kraft, c'est que vous n'êtes pas née à Beaune.

— Ah ! oui ? Et je suis née où, alors ?

— A Strasbourg, enfin dans le taxi qui transportait votre mère à la maternité. L'accouchement se serait produit plus vite que prévu. C'est le chauffeur de taxi qui a raconté cela. Dans votre dossier se trouve sa déposition. Il aurait voulu rassurer la jeune accouchée, il lui parlait encore quand il s'est aperçu qu'elle avait quitté la voiture, sans doute à l'intersection de deux routes à quelques mètres seulement de l'entrée de l'hôpital. Votre mère serait partie en vous abandonnant sur la banquette arrière. Le chauffeur de taxi ne savait que faire, il est quand même entré dans l'enceinte de l'hôpital, mais on ne l'a pas cru. On l'aurait soupçonné d'être le père, un père illégitime puisqu'il était déjà marié et papa de trois enfants. Il aurait pu avoir une relation coupable avec une femme et il venait de se débarrasser de l'objet de la faute. C'est une assistante sociale de l'hôpital qui est venue à son secours et a dit : "Je vais m'occuper du poupon."

— Mais vous pourriez écrire un roman ! s'était moquée Flora. A-t-on le nom de ce monsieur ?

— Oui, mais lorsque Solange, ici présente, nous a alertés car vous recherchez votre mère depuis un certain temps...

— C'est madame Desprès, avait coupé Solange, qui cherchait. Elle avait même pensé adopter Flora.

— Oui, soit. Nous avons nous aussi tenté de retrouver ce chauffeur de taxi. Ce fut sans succès. Il n'habite plus Strasbourg. D'ailleurs, il semblerait qu'il n'ait jamais possédé de licence de taxi. Soit il était employé illégalement par une compagnie de taxis, c'est fréquent, soit il fraudait pour son propre compte. Vous le constatez, mademoiselle, ce n'est pas facile.

— Par quel miracle ai-je été déclarée "Flora Rivière" ?

— J'imagine que vous êtes née à proximité de l'Ill, la rivière qui traverse Strasbourg, il faut bien donner un nom aux enfants perdus.

— Si ma mère avait accouché dans la forêt, ou près d'un moulin, je me serais appelée Laforêt, Moulin ?

— C'est possible en effet.

— Pourquoi ai-je échoué à Beaune ?

— Je crois que la personne qui a consigné votre arrivée et a laissé une trace écrite de votre histoire a été émue. Elle s'appelle Elisabeth Vogel et se trouvait à l'accueil à l'hôpital de Strasbourg lorsque le chauffeur de taxi s'est présenté. Elle s'est inquiétée de votre sort, tout comme l'assistante sociale. Toutes deux vous ont trouvé une nourrice au grand cœur. »

Flora était sous le choc. Mémée Desprès ne lui avait jamais parlé d'Elisabeth Vogel. Que savait-elle de plus qu'elle gardait sous le sceau du secret ?

« Tu te tracasses inutilement, avait précisé Solange. Les nourrices qui accueillent les bébés et les enfants ignorent la plupart du temps l'histoire de leurs protégés. Mais quand elle a voulu t'adopter, on ne lui a pas facilité la tâche. Elle s'est donc contentée de t'élever avec amour.

— Si je suis née à Strasbourg, pourquoi mon extrait de naissance mentionne-t-il Beaune ?

— Probablement parce que la direction de l'hôpital de Strasbourg avait des doutes et a refusé de signer la déclaration de naissance qui n'avait pas eu lieu dans son enceinte.

— Mais Beaune alors ?

— C'est le lieu où vous avez grandi, avait repris madame Cerbère, peut-être vous a-t-on transportée là-bas dès votre naissance. Et l'on aura trouvé un médecin compréhensif pour accepter de signer votre acte de naissance. Pour l'Administration, vous êtes née chez madame Desprès.

— Cette lettre dans mon dossier prouve également que je ne suis pas née sous X.

— Vous n'êtes pas née sous X. C'est la raison pour laquelle je vous reçois et vous informe des circonstances facétieuses de votre naissance. Vous êtes une enfant trouvée. »

« Enfant trouvée », « circonstances facétieuses de ma naissance », avait songé Flora, elle en a de bonnes, madame Cerbère !

« De ma mère, aucune piste ?

— Aucune. Je précise que si cette lettre figure dans le dossier, c'est que nous avons eu affaire à une fonctionnaire de qualité, ou un peu timbrée, qui a pensé laisser une trace pour aider le bébé qui grandirait et chercherait son histoire comme vous le faites aujourd'hui.

— Mais ma mère, qui fut-elle ? A-t-on enquêté ?

— Je crois que oui, nous avons quelques rapports, mais qui n'ont rien donné. Si l'on compte neuf mois en arrière par rapport au 24 novembre, vous avez dû être conçue fin février 1945. Une époque encore troublée en France. Officiellement, la guerre n'était pas terminée.

— J'ai compris, je suis la honte d'une famille, peut-être la fille d'un Boche ou d'un Américain. Ma mère a été violée, d'où la réaction de cette femme qui m'expulse, me laisse sur la banquette arrière d'un taxi et se sauve au premier carrefour.

— Tout est possible.

— En tout cas, il faut que je cuisine mémée Desprès, avait affirmé haut et fort Flora. Elle sait des choses qu'elle me cache. »

Questionnée, mémée Desprès s'était mise à pleurer, jurant ses grands dieux qu'elle ne savait rien. Elle avait affirmé se rappeler uniquement ce jour de fin novembre, gris et froid, qui sentait la neige. Le ciel retenait encore ses flocons tandis que mademoiselle Guérin, l'assistante sociale, était venue déposer le mignon bébé. Le cordon ombilical n'était pas encore tombé. Mémée Desprès avait été catégorique sur ce point. Elle avait perçu le montant de la garde envoyé par la Direction des Affaires sociales, comme cela avait été le cas pour Jeanjean. C'est longtemps après, quand il avait fallu faire des démarches pour que Flora entre au lycée, qu'elle avait lu sur les papiers officiels que Flora était née chez elle, à Beaune. L'assistante sociale lui avait dit que « cette erreur » n'avait aucune importance. Naître à Strasbourg ou à Beaune ne changeait pas grand-chose pour une gamine perdue, oubliée de ses parents. L'essentiel était l'épanouissement de l'enfant. Quand mémée Desprès en avait parlé avec Solange, nouvelle assistante sociale en poste après le départ en retraite de mademoiselle Guérin, elle avait froncé les sourcils et promis de se pencher sur la question.

On en était là.

Le seul indice pour Flora est cette déposition qu'elle a demandée et que lui a remise madame Cerbère. Le chauffeur de taxi avait signé Edmond Muller. Mais des Muller, en Alsace, il y en a dans tous les villages et à chaque coin de rue en ville.

Depuis, Flora ne cessait de retourner la question de ses origines dans sa tête et dans son âme, disait-elle à

Solange dès qu'elles se rencontraient. Il y avait plusieurs pistes à exploiter. Celle de mademoiselle Guérin dont elle a quelques vagues souvenirs, celle du chauffeur de taxi et celle d'Elisabeth Vogel. A condition que ces personnes soient toujours en vie.

14

— Vous voyez comme les vignes sont belles dans le soleil couchant ! s'exclame Simon qui guide Flora sur une parcelle plantée de ceps produisant du gewurztraminer.

Flora observe et se tait à mesure qu'elle avance entre les différentes rangées de pieds de vigne. Les grappes pendent, lourdes déjà du sucre accumulé par la chaleur de cet été exceptionnel. De temps à autre, Simon pratique un ultime effeuillage. Les vendanges sont proches. Il se penche et ôte quelques feuilles encore trop près des grappes. Il ne faut jamais entraver l'action du soleil. Il doit continuer son œuvre, caresser le raisin avec volupté. Le voyant faire, Flora se risque à l'imiter.

— Je vois que je n'ai pas grand-chose à vous apprendre pour éviter...

— Cette vilaine pourriture grise provoquée par le *Botrytis cinerea*, lui répond Flora. Détrompez-vous, vous avez encore beaucoup à m'apprendre. Je sais si peu de choses de l'Alsace ! D'ailleurs, je constate que l'herbe est présente entre les rangées de vignes.

— Cette année, fort peu. Comme il n'a pas plu, poursuit-il, l'herbe n'a pas poussé autour de chaque pied. Quand la végétation est trop vigoureuse sous les pieds de vigne, c'est ennuyeux, il faut l'arracher pour éviter que la mauvaise graine prenne les meilleures substances de la terre. Cette année, les vignes auront eu le meilleur. Mais quand nous ne bénéficions pas du même été, s'il vous arrive d'être parmi nous à ce moment-là, vous remarquerez que si nous coupons régulièrement l'herbe, nous la laissons sur place. En se décomposant, cette végétation apporte des éléments nutritifs au sol. Je vais donc vous dire comment nous procédons. Nous devons être les seuls dans cette région à faire ainsi. Nous ne venons plus arracher systématiquement l'herbe entre les différentes rangées, sauf lorsque celle-ci, trop abondante, entre en concurrence avec la vigne. Au Domaine des Vignes d'Obertor, nous limitons les apports chimiques surtout pour le désherbage. Je sais, cela prend du temps, mais la qualité du vin est à ce prix. Entre les différentes allées, nous pratiquons ce que l'on appelle l'enherbement. Dans le bas de la colline, nous laissons la nature œuvrer. Notre travail consiste à surveiller la pousse des herbes. Pour les parcelles situées sur le haut de la colline, il faut semer, si la vigne n'est pas trop jeune. Si c'est le cas, on s'en tiendra à un simple labourage afin de permettre un bon développement des jeunes plants.

— J'ai déjà entendu parler de ces pratiques. L'enherbement attire une foule d'insectes à côté des rangées de vignes. Ils ont ce qui est nécessaire à leur vie et ainsi ne sont pas « tentés » par les vignobles.

— C'est cela. Vous voyez, d'ailleurs, pour séparer les parcelles, nous avons replanté des haies. Elles sont habitées d'oiseaux, de pies-grièches...

— N'y a-t-il pas danger ? Tout ce petit monde risque de becqueter joyeusement les raisins.

— Pas du tout, le cadre planté fournit ce qui est nécessaire à ces oiseaux qui sont les meilleurs insecticides. Un milieu s'est reconstitué et cela nous évite d'employer bien des produits à tête de mort, ainsi que je le dis. Le raisin n'en est que meilleur. Au début, les autres vignerons nous ont pris pour des fous. Mais il y a fort à parier que d'ici dix ou vingt ans la plupart adopteront ces pratiques. Si jamais nos vins sont récompensés – nous avons déjà été sélectionnés –, nos concurrents et amis viendront prendre des leçons.

Simon est intarissable. Il raconte les années difficiles, les maladies rencontrées, le terrible oïdium bien connu en Alsace depuis le début du XIXe siècle. Dans toute la France, l'oïdium fit des ravages en 1845. C'est l'histoire d'un champignon, *Uncinula necator*, qui s'est développé sur tous les organes verts jusqu'à provoquer des taches diffuses de poussière grisâtre.

— Il faut vraiment avoir l'œil, car ces taches sont moins visibles que celles du mildiou, observé avec l'apparition de taches huileuses de couleur jaunâtre dans nos contrées en 1878, mais elles sont tout aussi redoutables.

— J'adore vous écouter, confie Flora, vous devriez donner des cours.

— Je l'ai fait, pour les confréries vinicoles dont l'action ne se borne pas uniquement à accueillir des touristes ou de futurs clients, mais à donner l'envie de connaître le milieu. Les cavistes doivent être formés. Les sommeliers aussi. Il m'arrive encore de rendre quelques services lorsque des stages ont lieu à la demande d'amateurs curieux. Mais je prends doucement du recul.

Il faut savoir s'effacer, laisser la place à d'autres. Où en étions-nous ? J'ai perdu le fil.

— A l'oïdium.

— Ah ! oui ! Pour en revenir à l'oïdium, on ne peut pas se tromper car, très vite, les feuilles se déforment et se crispent. Puis, cette poussière grise gagne les sarments et se dépose sur les grains. Quand les baies sont attaquées, on assiste à leur éclatement. Les pépins sont à nu. Ces lésions sont favorables à la pénétration de la pourriture grise et la récolte peut être compromise. Quand les grappes sont atteintes, elles risquent de transmettre de faux goûts au vin.

— Une catastrophe quand ce mal frappe, soupire Flora.

— Cela dit, aujourd'hui, on sait lutter. Mais c'est une bataille sans fin, poursuit Simon.

Sa fierté, c'est évidemment la renommée de cette terre incomparable. Ce terroir qu'est le Kaefferkopf.

— Nous ne sommes qu'une cinquantaine de vignerons sur un peu plus de soixante hectares. Nous voulons conserver à ce terroir des limites qui assurent la qualité exceptionnelle de nos vins. Nous sommes d'ailleurs d'une sévérité quasi exemplaire. Evidemment, il y a des jaloux.

— Sinon, la culture que vous pratiquez est la même que pour tout vignoble.

— Oui, mais nous veillons aussi à ne pas produire trop sur un territoire donné. Chaque pied doit offrir et exprimer le meilleur ; pour cela, il faut limiter les quantités. Si la vigne est trop vigoureuse, le même potentiel d'exception de chaque pied se disperse et c'est toujours au détriment de la qualité. Nous réduisons donc de façon drastique le nombre de grappes sur chaque pied.

La végétation doit être aérée. Au Domaine des Vignes d'Obertor, nous espaçons nos rangées d'environ un mètre cinquante pour laisser passer de petits engins de labour quand c'est nécessaire. Sur les pentes plus escarpées, sur le sommet de la colline, nous avons la charrue et le cheval. La vigne est de ce fait obligée de puiser dans le sol pour se nourrir. Et le raisin prend ainsi les odeurs de cette terre unique.

— Pratiquez-vous l'épamprage de façon mécanique ?

— Jamais. Nous utilisons nos mains pour éviter de blesser les pieds de vigne en les frottant avec les machines qui suppriment les gourmands. D'ailleurs, on ne peut pas effectuer cette opération mécanique sur de jeunes plants. La vigne est une femme, il faut l'approcher avec délicatesse, précise-t-il l'air malicieux. Au printemps, nous surveillons son développement très scrupuleusement. Nous pratiquons l'ébourgeonnage au maximum, puis ce sera l'effeuillage au niveau de la zone des grappes et, dès qu'elles seront formées, nous interviendrons encore. Il ne faut jamais épuiser le pied de vigne. Comme vous pouvez le constater, nous vendangeons à la main. Nous ne voulons pas de ces machines qui arrachent et broient trop vite les grappes avec parfois des feuilles. Le jus ne doit être que celui des raisins et rien d'autre. Vous le verrez dans les jours à venir, nous pressons les raisins avec délicatesse, doucement, lentement et de façon personnelle selon la variété du raisin, et ce afin de libérer les arômes progressivement. C'est tout un art, n'est-ce pas ?

— Je suis de votre avis.

Soudain Simon s'arrête, fronce le nez, palpe quelques grappes. Il prélève religieusement quelques grains d'un pied de vigne à un autre, les porte un à un en bouche avant de les faire craquer sous ses dents. Il semble les garder longtemps entre langue et palais avant d'analyser le fruité du produit, son goût. Il hoche la tête, satisfait et réjoui. Sa main plonge dans l'une des poches de son gilet et il en sort un petit calepin. Il note qu'à la parcelle 36, le raisin est à point. Dans deux jours, les cueilleurs pourront œuvrer. Auparavant, il faudra effeuiller l'essentiel de chaque pied, ce qu'il en reste, la récolte sera plus aisée et le rendement bien meilleur.

— Une superbe maturation. Vous voyez, les grappes ne sont pas très fournies en grains. Mais la qualité de ceux-ci est exceptionnelle. Ce millésime produira sans doute moins d'hectolitres, mais le vin sera fameux[1]. Cet été sec est une bénédiction pour nous. Aucune pourriture malsaine n'est venue perturber le développement de cette récolte. Le ciel nous a été favorable.

— Notre-Dame surtout, taquine Flora.

— Celle de Joséphine, sans doute. Goûtez et dites-moi si, malgré mon grand âge, j'ai raison.

Avec un évident plaisir, Flora s'exécute. Les papilles en éveil donnent à son regard un plaisir extrême.

— Alors ? interroge Simon.

— Votre grand âge, comme vous dites, n'altère en rien votre capacité d'appréciation, le félicite-t-elle.

— Mais encore...

— M'est avis que ce gewurztraminer sera moelleux et aura une bonne longueur en bouche.

— Sans jouer sur les mots, chère Flora, nous voici donc sur la même longueur d'onde, conclut Simon l'œil vaguement coquin.

---

1. Ce fut le cas en 1976.

Il arpente encore les allées, les mains croisées derrière le bas du dos, et rompt le bruit des pas qui fait crisser la terre sèche. D'une voix basse, il interroge Flora :

— Je suis curieux et je vous en demande pardon, dites-moi, comment cela se passe avec ma fille ?

Flora hausse les épaules, avant d'offrir une petite moue rigolote.

— Vous la connaissez, je pense.

— Oui, et parfois je suis inquiet.

— Pour l'instant, je ne me plains pas d'elle et je ne pense pas qu'elle ait à le faire de moi. Il me semble que le travail est fait et que les vendanges qui débutent dans la parcelle de muscat lui donnent satisfaction. Les premiers étudiants arrivés sont charmants et paraissent heureux de l'accueil. C'est important, ils auront du cœur à l'ouvrage, n'est-ce pas ?

— Donc, tout va pour le mieux, lui répond Simon d'un air soulagé. Trouvez-vous le temps de vous livrer à vos travaux ?

— Madame Grete s'est montrée fort compréhensive et me laisse la chambre pour moi seule. Ainsi, je peux travailler le soir sans gêner personne. Sans doute y êtes-vous pour quelque chose ? Mais je vous avoue que, jusqu'à présent, mes travaux se limitent à quelques retranscriptions de notes et à l'écoute de la musique dont je ne puis me passer. A peine suis-je installée au charmant petit bureau que le sommeil pique mes yeux et que la *Symphonie concertante pour orgue et orchestre* de Saint-Saëns susceptible de me donner la pêche me laisse de marbre. Et pourtant, j'aime cette symphonie héritière du romantisme dans ses passages lents mais déjà empreinte d'une étonnante modernité. Le marchand de sable passe bien vite en Alsace, surtout à Ammerschwihr, il y est fort efficace, dit

Flora sur un ton amusé. Il doit survoler le vignoble, se saouler de beauté et avoir envie de dormir lui aussi.

— A moins que le chant du veilleur de Turckheim ne vous berce dans l'inconscient ? Vous connaissez ?

— Oui, quand j'ai vendangé à Bestheim, je suis allée avec des copains à Turckheim et naturellement nous avons suivi le veilleur qui, dès vingt-deux heures, sillonne le village, chante et invite les villageois à dormir, promettant de veiller sur eux. J'ai trouvé cette coutume intéressante et très charmante.

— Disons que c'est pour le folklore.

— Certes, j'ai raconté tout cela à mémée Desprès qui m'a dit qu'avec le travail de toute une journée, elle n'avait besoin ni d'un marchand de sable, ni du veilleur pour s'endormir.

— Qui est cette femme ?

— Elle m'a élevée. Je vais vous dire un secret : c'est ma grand-mère préférée.

Flora s'arrête. Surtout ne rien révéler, songe-t-elle. Continuerait-on d'accorder une entière confiance à une pupille de l'Assistance publique ? Flora s'est écrit une histoire de famille sur mesure et veille à garder la même version en tout lieu, afin de demeurer crédible.

— Vous n'avez pas de famille ?

— Mais si. Mon père vit au Canada, à Toronto. Mes parents ont divorcé quand j'étais toute petite. Maman est morte peu après, pas de chagrin, une banale chute de vélo. Sa tempe a heurté une bordure de trottoir. Elle est tombée dans le coma qui l'a emportée en un ciel merveilleux, selon les dires de mémée Desprès.

— C'est triste.

— Pour mémée, oui, ça a dû l'être, moi, j'ai peu de souvenirs de ma mère. Mémée est une femme épatante qui a pensé à moi et a fait face. J'ai été très heureuse avec elle. J'ai grandi dans les vignobles de Bourgogne où elle travaillait depuis son plus jeune âge. Mon grand-père avait été maître de chai au Clos Saint-Jean. Le propriétaire n'a pas chassé mémée à la mort de son mari. J'avais une dizaine d'années ; mémée faisait peine à voir et répétait : « Ambroise, pourquoi tu m'as fait cela et que tu es parti avant moi ? » Moyennant quelques services comme l'entretien de la maison des maîtres du Clos Saint-Jean et des caves de dégustation, elle a conservé sa petite maison dans la propriété. Puis, je suis allée à l'Ecole hôtelière de Metz avant de revenir étudier le vin à Beaune. Je devrais soutenir une thèse en œnologie l'an prochain. Voilà, vous savez tout.

— Fort bien.

Flora est soulagée. Elle a tout dit ou presque en ayant seulement « arrangé » son histoire. Comme pour le vin, songe-t-elle, elle a procédé à quelques assemblages. Le résultat donne de l'ampleur au breuvage. Simon est satisfait.

— Pas d'amoureux, de futur mari ?

— Non, uniquement l'amour du vin, c'est très prenant, rigole-t-elle. On ne peut pas courir deux lièvres à la fois, n'est-ce pas ?

— Oui, admet-il. Le vin est un amant puissant, tout aussi exigeant qu'un homme.

— Je ne dis pas qu'un jour, je n'y songerai pas, mais je voudrais terminer ce que j'ai commencé. Si je ne le faisais pas, j'aurais des regrets, quelque chose manquerait à mon équilibre. Autrefois, on élevait les filles pour en faire de parfaites maîtresses de maison. Dès leur plus jeune âge, on leur racontait des histoires de prince charmant qui allait les enlever sur un beau cheval blanc pour les emmener dans un magnifique château où elles vivraient heureuses et auraient beaucoup d'enfants. C'était un peu stupide et surtout très réducteur. Les femmes sont tout aussi capables de décider et de diriger. Elles doivent prendre leur place dans la société. Leur bonheur n'est pas uniquement entre le fourneau et les enfants, même si tenir une maison ou veiller à l'éducation des enfants qui seront les acteurs de demain est important.

— J'ai en partie élevé ma fille en lui vantant la noblesse de sa condition pour seconder un époux qui serait le chef et sur lequel elle pourrait se reposer. Mais elle m'a forcé à changer d'avis.

— Vous voyez.

— Je comprends pourquoi vous vous entendez bien, toutes les deux.

— Nous n'en sommes pas aux confidences. Madame Grete est secrète, très secrète. Je crois qu'elle a raison. C'est ainsi qu'elle a de l'autorité sur le personnel du Domaine.

— Oui, sur sa famille aussi, hélas. C'est un héritage. Quand je l'observe, je revois ma mère, Ruth. Parfois, je suis bien soucieux pour le petit Clément, mais cela est une autre histoire.

Flora ne répond pas. Elle ne veut pas questionner. L'indiscrétion, dit mémée Desprès, est un très vilain défaut.

Le soleil est maintenant couché derrière la colline. L'Obertor est dans l'ombre. Le soir enveloppe Ammerschwihr d'une sombre beauté.

15

— Ce n'est pas possible, cet enfant me rendra folle ! Où est-il encore ?

C'est Grete qui se lamente et va de l'atelier à la tour d'habitation familiale en revenant aux cuisines des bâtiments destinés aux vendangeurs.

— Et François ? reprend-elle en interrogeant son père. Tu l'as prévenu ? Tu lui as dit que Clément était introuvable depuis le goûter ?

Simon hausse les épaules et désigne les vignes au-delà du Domaine.

— Bien évidemment, toujours occupé à la vigne et avec qui, je me le demande, bougonne-t-elle. Jamais présent quand j'ai besoin de lui. Et dire que je devais ne jamais voir l'orage à l'horizon si je l'épousais ! Qu'il me comblerait ! Il veut tout, n'a jamais assez. C'est un éternel enfant qui a besoin de se rassurer sur son pouvoir de séduction. Jusqu'à présent, je n'aurai fait que fermer les yeux sur ce qui pourrait me blesser. Il devait me protéger, il me l'avait promis, juré même. Un parjure permanent à mesure que passent les années. Certes, pour les travaux de la vigne, il est à la hauteur… Mais je dois toujours louer ce jeune monsieur qui quémande mes encouragements ou mes compliments. Il me fatigue. J'en suis à regretter ce mariage. Oh ! je te demande pardon, père, je ne voulais pas te blesser.

Simon affiche une attitude franchement désolée et pose une main compatissante sur le bras de sa fille. Il sait que rien n'est facile et que la prospérité de l'entreprise passe par bien des renoncements qui vont jusqu'au sacrifice personnel. Aujourd'hui, en son for intérieur, il s'interroge. A-t-il bien fait d'orienter sa fille vers François ? Et puis, à l'âge qui est le sien, un peu plus de soixante-quinze ans, on fait souvent le bilan d'une vie. Si lui n'a rien sacrifié, s'il a pu imposer la femme de sa vie, il sait que Joséphine n'aura pas été heureuse au Domaine des Vignes d'Obertor.

Son mariage avec Joséphine n'a pas été une réussite. Il se reproche encore d'avoir fait le malheur de la jeune femme qui a simplement caché et tu son dépit. Le chagrin a mangé Joséphine et l'a précipitée dans la tombe. Elle a tout fait pour s'exposer au tir des balles allemandes en voulant sauver un gamin d'Ammerschwihr et en narguant l'ennemi. Le gamin a expiré dans ses bras et elle a osé faire un bras d'honneur aux vert-de-gris qui étaient de faction à la porte de l'hôtel de ville. C'est bien ce qui est arrivé. Il veut chasser de telles pensées et se tourner vers Grete qui est une explosion permanente, a-t-il coutume de dire avec le sourire.

En ce jour, il se sent impuissant face à la fureur de sa fille.

La colère de Grete serait-elle à la mesure de ce qu'elle vient de lire en cachette dans son ancienne chambre de jeune fille ? Elle n'a pas résisté à plonger dans le carnet de moleskine trouvé dans le coude du tuyau d'évacuation du petit Godin. Ce carnet évoque son retour après dix ans d'absence. Dix ans, un si long calvaire dont elle ne verrait la fin qu'en acceptant les désirs de son père. Elle y raconte la rencontre avec François. Elle l'a cru ou a fait semblant de le croire, mais elle sait bien qu'elle n'a pas été très honnête à son égard. Une attitude davantage dictée par un esprit de revanche, un besoin d'exister. Car elle s'est moquée de lui. Cela, elle s'était acharnée à l'oublier. Elle s'est ensuite composé un personnage sur mesure de femme hautaine, maîtresse des lieux qui comprenait les désirs de Simon, son père. L'entreprise familiale devait continuer d'exister coûte que coûte. Mais ce carnet révèle une Grete inquiète, voire révoltée et jamais apaisée parce que la blessure de l'absence du seul être aimé est trop vive.

Henriette arrête le robinet d'eau au-dessus du grand évier de grès rouge et regarde Louis qui dépose sur la table de chêne les légumes nécessaires pour une salade géante. Tomates, concombres, céleris, choux rouges, salade verte, pommes de terre déjà cuites, tout comme les œufs.

— Le cervelas et le comté sont dans la chambre froide, précise Louis. Je vais chercher les fines herbes au petit potager.

Henriette prend son regard sombre en apercevant Flora qui entre dans la cuisine.

— Non, Henriette, se défend-elle. Je ne rentre pas des vignes. Je n'étais pas en compagnie de qui vous pensez. Moi aussi, je cherchais le petit Clément. Je reviens du caveau de dégustation. Figurez-vous que l'autre jour, alors que Simon venait de quitter les lieux après le départ d'un car de touristes, j'ai trouvé le gamin en train d'escalader le plus gros des pressoirs. Que voulait-il y faire ? Je l'ignore. Je l'ai attrapé par le fond de la culotte et il s'est mis à me rire au nez. Un rire étrange qui m'a collé le frisson.

— Oh ! se défend Henriette, je ne vous accusais pas.

— Mais de quoi, grands dieux ?

Henriette fait signe à Flora d'un air entendu pour qu'elle s'approche tout près d'elle afin de lui parler sur le ton de la confidence, car Grete est dans la réserve qui s'ouvre sur la cuisine.

— Non seulement elle cherche le gamin, mais aussi son mari, dit-elle à voix basse. Il paraît qu'il serait encore dans les vignes en charmante compagnie.

Flora ouvre des yeux immenses.

— Faites pas l'étonnée, dit Henriette à son oreille pour être certaine que Grete ne peut entendre. Vous le savez aussi bien que moi. Même à vous, il fait du gringue.

— Aucun danger. C'est pas mon genre.

— Oui, mais vous êtes le sien... Il aime bien les grandes bringues à la tignasse fournie.

— M'étonnerait, Henriette.

Et comme Grete s'apprête à ressortir de la réserve, Henriette change brusquement de ton pour lui faire reproche.

— C'est vous, se lamente-t-elle, qui avez eu l'idée de ce menu ? Vous vous rendez compte du temps qu'il faut pour éplucher et préparer des salades ?

— Mais je vais vous aider et j'ai prévu que Louis en fasse autant, Henriette. Regardez, il s'installe pour éplucher. Les salades mélangées, c'est toujours rafraîchissant le soir et les vendangeuses comme les vendangeurs apprécient. J'ai découvert cela en Suisse et je trouve que c'est formidable. On mange ainsi de tout autour des charcuteries alsaciennes, du fromage et des fruits, et tout le monde est content.

— Oui, avec un petit pichet de vin, c'est encore meilleur, marmonne Louis. Ce soir, on aura droit au vin de l'année dernière, on pourra même donner son avis.

— Je prends les chiens, interrompt Grete, et je monte jusqu'aux parcelles 35-36. Mon père qui vient de repartir pour un deuxième voyage ne tardera pas. Le pressoir se remplit doucement. Les vendangeurs ne vont plus tarder à rentrer. Vous vérifierez que les seaux et les grilles du pressoir qui sera utilisé demain sont bien lavés. Faites en sorte que le repas soit servi à l'heure, je vais récupérer Clément. Les chiens le trouvent toujours.

— Mais qu'a donc cet enfant à sans cesse se sauver ces jours-ci ? se lamente Henriette. Lui qui était si sage !

— Il surveille son père, grogne Louis. Il a bien remarqué que François faisait le joli cœur et surtout, il sait que sa mère est au courant. Il a d'ailleurs tout fait pour qu'il en soit ainsi. Il ne parle pas, mais entraîne sa mère dans les parcelles où le père va folâtrer. Ce soir, ça va barder.

— Tiens ta langue, Louis. Simon va arriver et il n'aime pas qu'on parle sur la famille.

— Moi, ce que j'en dis... C'est que le gosse voit clair dans le jeu des adultes et qu'il est bien malheureux.

Flora se tait. Elle écoute Henriette et Louis et songe au gamin. Pourquoi voulait-il escalader le plus gros des deux pressoirs dans le caveau de dégustation ? Il aurait pu tomber, s'assommer sans que personne s'en aperçoive. Elle a encore dans les oreilles le rire étrange du gamin. Etait-il donc heureux de la bonne farce qu'il venait de faire ? Cette interprétation en vaut sans doute une autre. Etait-ce d'ailleurs une farce ? Il a ri, bien sûr, mais peut-être se réjouissait-il de la peur lue sur le visage de Flora qui craignait de ne pas parvenir à le récupérer. Pourtant, elle en est sûre, malgré le rire fou de l'enfant, il semblait heureux. Heureux que Flora l'ait attrapé et grondé en fronçant les sourcils. Flora l'a suivi dans cet étrange jeu de piste. Pour un peu, elle en est presque certaine, elle aurait pu le bercer et il se serait laissé faire.

16

Grete rentre au Domaine. Les deux chiens la précèdent, suivis de Clément récupéré à la parcelle 35, entre deux rangées de vignes qui seront vendangées après l'ultime effeuillage. C'est une belle situation pour observer la parcelle 36. L'enfant était allongé sur le dos et gisait au milieu des raisins qu'il avait soigneusement égrappés et répandus sur le sol. Les grains posés à terre faisaient des dessins de fleurs et les feuilles apportaient la touche de feuillage vert à la composition. Grete a soupiré. Qu'avait-il encore inventé, cet enfant ? Que voulaient dire ces dessins ? Il y en avait deux. L'un semblait symboliser un bouquet et l'autre un cœur dans lequel apparaissaient un G et un F barrés. Grete a compris. Son mari et elle-même n'étaient plus ensemble dans le cœur de l'enfant. Pourquoi ?

Si elle se doutait de quelque chose, elle n'avait aucune preuve. Comment aborder le sujet avec François qui avait déserté le vignoble à cette heure-là ? Les vendangeurs ont quitté les lieux avant l'arrivée de Grete. Elle en avait d'ailleurs croisé quelques-uns la hotte remplie à ras bord qui se dirigeaient vers les tracteurs et leurs remorques en bas des rangées. La benne se remplissait à une belle cadence. Les vendangeurs ont reconnu la maîtresse du Domaine et agité la main avec amitié en l'apercevant. La colère la porte jusqu'au sommet du vignoble. Elle se souvient des mises en garde de tante Hannah.

« Un jour, la différence d'âge se verra et ton beau François posera ses yeux sur d'autres minois. »

On y est. D'ailleurs, il semble à Grete qu'il en a toujours été ainsi. Il a eu beau lui jurer amour et fidélité... C'est le terroir qu'il voulait. Son obtention ne pouvait se faire que dans une corbeille de noces. Chez les autres viticulteurs, les filles étaient trop jeunes ou bien il n'y avait que des garçons à marier. Chez les Boehler, il y avait Grete...

Par deux fois, elle se baisse, ramasse de la terre, bien sèche, crache dessus pour la malaxer et la lier jusqu'à en faire une motte qu'elle lance loin devant elle avec rage. Jusqu'à présent, la vue du vignoble a toujours réussi à la calmer. Mais ce soir, trop c'est trop. Et en pleine vendange, au moment où Clément ne va pas bien. D'ailleurs, s'il en est ainsi, c'est que ses parents vivent en pleine turbulence. C'est ce qu'a dit le psychologue qui a analysé les dessins de Clément. Grete s'est défendue, a tenté de nier, mais elle sait bien que cet homme ne se trompe pas. En tout cas, ce qu'elle vient d'apercevoir dans l'allée du vignoble où Clément était couché en est bien la preuve. Le psychologue a raison.

« Votre fils perçoit des tensions qui existent sous le toit familial. Trop de non-dits pourraient expliquer son retrait, son refuge dans le silence. Son père comme sa mère doivent lui parler.

— Mais pour lui dire quoi ?

— Ce que vous avez à lui dire, madame. Ce qu'il devine et imagine. Il a besoin de vérité.

— Mais on ne peut pas tout révéler à un enfant. C'est gênant.

— C'est le silence qui l'est. Osez la vérité. Même énoncée avec maladresse, elle sera toujours moins traumatisante que ce silence qui finit par générer l'angoisse.

— Mais Clément n'est qu'un enfant.

— Parlez à Clément, il peut comprendre. Son attitude prouve qu'il en est capable et espère une parole de ses parents, une aide. En attendant, je voudrais voir une fois encore le père de Clément. Ce père est trop éloigné de lui. Il doit restaurer le lien paternel. Et les parents ont besoin de dialoguer. »

Ce médecin de l'âme demandait l'impossible. Grete avait serré les dents, inspiré profondément avant d'explorer son sac pour trouver de quoi payer cet homme de sagesse qui devinait et dévoilait leur vie en tentant de guérir Clément. C'était agaçant à la fin, plus que cela même, humiliant.

C'est cela que voulait ce psy, qu'on dise à Clément que l'amour qui l'avait fait naître était un leurre ? François s'en allait danser ailleurs, haut dans le vignoble avec d'autres jeunes femmes. Fallait-il lui révéler que François n'aimait Grete que pour ce qu'elle représentait, pour les milliers de ceps plantés ? Plus de huit mille ceps à l'hectare. Une plantation serrée pour obliger les racines de la vigne à plonger profond dans cette terre d'exception qui donnait au vin produit cette saveur à nulle autre pareille.

Grete pensait à tout cela en furetant dans son sac. Ainsi, il fallait expliquer à Clément que Grete, sa mère, avait du chagrin parce que son père ne l'aimait plus.

Mais d'amour, dans ce couple, il n'avait jamais été question. Un homme et une femme avaient joué la comédie, c'est tout.

Il fallait être honnête. Grete n'avait pas épousé François par amour, aussi les escapades d'un mari devenu volage ne l'émouvaient-elles pas outre mesure. Son cœur ne souffrait guère. Ce qui lui faisait mal en revanche, c'étaient les coups de griffe à sa fierté.

Grete arrive au chai. Une bonne odeur de fruit flotte dans les lieux. Elle ferme les yeux. Le vin sera bon, elle ne veut pas douter. Elle entend, dans la grande cour sur la gauche, l'eau qui ruisselle sur les grilles du premier pressoir. Les seaux ont été rincés et sont retournés sur les égouttoirs. Restent quelques vendangeurs qui rient en s'aspergeant d'eau. Sous le grand tilleul, des filles qui ont fini leur tâche chantent tandis qu'un garçon les accompagne à la guitare. Le tableau est touchant et met un peu de baume au cœur de Grete qui se souvient des mêmes jeux d'eau avec Charles et des chansons reprises à deux voix. Elle ferme les yeux pour chasser d'inutiles regrets. Demain, les saisonniers repartiront à l'assaut des parcelles 35 et 38. Voilà bien sa raison de vivre. La seule. Celle capable de consoler tous les chagrins. Cette vue sur le vignoble, cette terre et ses parfums. Que François s'envoie en l'air de temps à autre importe peu au fond. Il suffit qu'il soit un peu plus discret. Elle le lui rappellera. Elle sait qu'il ne la quittera jamais. La seule chose qui les unisse – et elle a honte – n'est même pas l'enfant qu'ils ont fait, mais ces ceps qui courent sur la colline du soleil levant au soleil couchant.

Plus jeune, par amour pour Charles, elle eût pu y renoncer. L'amour de Charles coiffait tout. En dehors de cet élan d'une force inouïe pour elle qui la tendait vers le ciel tout en la soumettant à la passion, rien ne pouvait advenir, surgir. Elle trouvait tellement stupides les disputes des uns et des autres à propos de ce terroir ! Or, c'est pourtant ce terroir qui l'a consolée. Comme les ceps, elle a dû s'enfouir, creuser au cœur du calcaire et de l'argile, trouver de quoi se sustenter et survivre. Quand François a surgi, deux décennies plus tard, si les plaies de cet amour suintaient encore, elle n'a pas refusé son aide. Il savait qui elle était. Elle n'ignorait rien de lui et de ses désirs secrets. Il n'y a pas eu erreur sur les personnes et le terroir les a tous deux payés au centuple.

Pour cette année, elle sait avoir été bien aidée par Flora qui a l'œil à la fois sur la maison, sur Henriette et sur le travail de quelques équipes de jeunes vendangeurs qu'elle conseille. Sans oublier la besogne qui se fait en cave. Flora a passé des heures à regarder Simon et Louis organiser le travail autour des pressoirs, un processus très lent qui doit se faire dans la douceur et peut durer une dizaine d'heures selon les cépages. Ensuite il a fallu débourber, séparer le vin clair des déchets, pépins et restes de végétation. On passera ce liquide pour obtenir le marc. Puis l'essentiel de la récolte fermentera dans les foudres de chêne. Le Domaine s'est équipé d'appareils contrôlant régulièrement la température. Les premiers soutirages auront lieu au printemps et toujours en lune descendante.

Grete se confiera donc au médecin, puisque c'est nécessaire. Du moins, elle fera une tentative.

SECONDE PARTIE

1

Début novembre 1976

Flora pédale joyeusement jusqu'à Kaysersberg. Simon a fait remettre en état la bicyclette de Ruth pour qu'elle puisse aller et venir à sa guise.

— J'ai l'impression que vous êtes bien une fille faite et taillée pour les vignobles, admet-il chaque fois qu'il la voit enfourcher l'engin.

Parfois, il glisse une confidence :

— Ma mère, jusqu'à son dernier souffle, a roulé dans tout le vignoble. Grete aimait aussi pédaler, mais pas dans les vignes, la coquine. Il faut bien que jeunesse se passe.

Flora rit et affirme que non, elle n'a pas envie d'une voiture ou d'un engin motorisé. Elle n'en a pas les moyens, du reste. De toute façon, le sport est excellent pour la santé. Et puis, sentir l'air, le vent, respirer à pleins poumons, c'est grisant, non ?

Elle a enfin obtenu un week-end qu'elle peut passer loin du Domaine. Grete ne pouvait rien lui refuser. La première partie des vendanges s'est bien passée.

Personne n'a été mécontent. Elle a parfaitement géré tout ce qui concerne la domesticité du Domaine.

L'accueil des cars de touristes et l'animation qui s'ensuit au caveau de dégustation n'ont guère de secret pour elle. Simon a même affirmé que Flora n'avait plus grand-chose à apprendre. Sa passion est joyeuse, ardente et communicative. Et si le Domaine a engrangé quelques commandes intéressantes, son enthousiasme n'y est pas étranger. Simon l'a reconnu. Mais pas Grete, tout juste aimable, et qui reste relativement distante. Pour elle, la jeune femme ne fait que son travail. Même Louis qui entend parfois Flora loue ses qualités, ce qui a le don d'agacer un peu plus Grete. Le ferait-il exprès ? Henriette pense que oui.

Flora sait expliquer ce qu'est la technique de dégustation, qui met en action trois sens, la vue, le nez et l'odorat. D'abord dans le verre, on *voit* la *robe* du vin, ensuite le *nez* respire le vin, analyse les arômes et enfin, porté et roulé en *bouche* avec un peu d'air, le vin exprime le *goût* qui s'apprécie en *longueur* après la déglutition. Si la persistance aromatique dure longtemps en bouche, c'est la marque de la qualité du vin. Il y a un terme bien particulier pour mesurer cette longueur, c'est la *caudalie*, qui est égale à une seconde. Quand la longueur d'un vin atteint dix caudalies, le vin est bon, mais si elle atteint vingt caudalies, on peut affirmer que le vin est magnifique. Flora joint le geste à la parole en ouvrant ses mains et en les tournant vers le ciel. Elle anime avec une pincée d'humour et en plongeant dans le registre amoureux si proche. Elle conquiert ainsi le public, sans oublier d'expliquer comment le « premier nez » peut détecter l'origine d'un vin...

— Lorsque le vin est versé dans le verre, le premier nez le respire sans le faire tourner dans le verre. Il décèle ainsi les premières odeurs et peut ainsi déterminer l'expression d'origine de ce vin, c'est-à-dire qu'il révèle les conditions climatiques qui ont encadré les vignes. Ainsi les odeurs chaudes un peu enivrantes montrent que le vin vient du sud, tandis que les odeurs froides, un peu métalliques, prouvent que le vin vient du nord et, dans certains cas, on peut déjà percevoir l'odeur fruitée du jus. Celui de la cerise par exemple, si agréable à renifler. Après avoir fait tourner le vin dans le verre pour l'oxygéner, le « deuxième nez » va apprécier un ensemble d'odeurs. Ce sont des odeurs très spécifiques qui vont être perçues ; celles boisées ou de jasmin sont le propre des vins élevés en fûts de chêne et pourront même exprimer des arômes vanillés.

En l'écoutant ce jour-là, Simon a susurré à l'oreille de Flora que Grete envisageait de la garder. Flora a secoué la tête. Certes, son contrat a déjà été prolongé jusqu'à Noël, un avantage à ne pas négliger pour poursuivre son travail et ses recherches.

Après les vendanges tardives, à part quelques visites plus rares, la vigne entrera en dormance et elle aura davantage de temps pour elle. Elle ne l'ignore pas. Cependant, elle n'envisage pas de s'établir à demeure au Domaine des Vignes d'Obertor où François est partout et agit tel un beau cavaleur. Pendant le temps des vendanges, elle a connu une relative paix. Elle a pu aller et venir sans être surprise par le surgissement de ce Don Juan qui a trouvé ce qu'il cherchait parmi les saisonnières. Les jolies jeunes filles ne manquent pas et ses fringales de chair fraîche sous de jolis jupons ont pour l'instant été satisfaites. Mais après ? Il reviendra à l'assaut, sous prétexte de chercher Clément, il frappera à la porte de sa chambre. Il l'a déjà fait. Il la forcera...

Elle avait dû se défendre, un soir. Serait-il allé jusqu'au viol ? Flora s'était vigoureusement débattue face à cet homme qui se comportait tels les maîtres d'autrefois qui troussaient les servantes sur le coin d'une table de cuisine, dans une remise ou dans l'office. Flora lui avait expédié une magistrale paire de gifles et avait appelé Simon qu'elle savait être dans le proche atelier.

« Si vous revenez encore une fois, j'avertis votre femme et je vous troue, l'avait-elle menacé en se saisissant de son coupe-papier à la lame aussi finement aiguisée qu'un poignard. Je ne suis pas une fille qu'on culbute.

— Mais j'ai des sentiments, avait-il mollement protesté et de façon niaise.

— Ils ne sont pas partagés. »

Il insistait encore quand Simon courroucé avait surgi. François avait dû battre en retraite, pour ce soir-là.

« Il paraît qu'il arrive toujours à ses fins », avait dit Henriette quand elle lui avait relaté l'incident.

Henriette pense que le beau François est un malade de la chose.

« C'est de la même graine qu'Henri, avait soupiré Louis.

— ?

— Henri IV, vous savez ce qu'on disait de lui ? avait repris Henriette qui venait de terminer un ouvrage sur le Vert Galant.

— Je ne sais pas, ou si je l'ai su, j'ai dû l'oublier.

— *Yeses Gott !* Est-elle naïve, notre Flora ? Ce brave Henri IV si populaire dans le royaume se comportait tel un goujat avec les dames, un chaud lapin qui pensait avoir un os à la place de son sexe. Chez lui, c'était un lever de drapeau permanent. Toujours prêt à l'assaut des jupons. Il troussait comme il bataillait, l'épée à la main. »

Flora, qui buvait une infusion avant d'aller se coucher, avait failli s'étrangler, tant le rire l'avait secouée. Le contenu de la tasse s'était répandu jusque dans son décolleté. Henriette en avait fait autant. Un fou rire communicatif auquel s'était jointe Grete qui venait d'entrer.

« On parlait des hommes qui ont la chose en feu comme Henri IV, avait repris Henriette. Oh ! madame, notre Flora l'ignorait. C'est trop drôle. »

Colmar-Kaysersberg via Kientzheim à bicyclette, il ne faut pas seulement vouloir, il faut surtout pouvoir. C'est un vrai parcours du combattant, faux plat, route en lacets. Mais Flora y parviendra, elle le sait. Elle tient une superbe forme. Du moins veut-elle s'en persuader. Depuis Ammerschwihr, elle s'est d'abord rendue à Colmar à bicyclette sans difficulté, la route descend un peu. Un détour nécessaire pour faire quelques achats indispensables pour son week-end chez Maria et Wilhem à Kaysersberg. Elle ne voulait pas arriver les mains vides. Plusieurs véhicules utilitaires se sont arrêtés et les chauffeurs lui ont proposé de la conduire, en chargeant le vélo à l'arrière. Elle a poliment décliné l'offre en affirmant qu'elle s'entraînait pour des courses à venir.

Pendant qu'on pédale, on pense, on clarifie les situations. On remet de l'ordre dans les affaires en cours, songe-t-elle. Il n'est pas question de se laisser distraire.

Flora fait le point. Elle parvient parfois à se rendre au centre-ville d'Ammerschwihr, elle entre à la poste et téléphone. Récemment, elle est allée, en train cette fois, jusqu'à l'hôpital de Strasbourg, munie d'une lettre de Solange et d'une autre de la directrice de l'Assistance publique de Beaune. Elle est heureuse, car elle y a été bien accueillie et a pu consulter les registres des naissances de tout le mois de novembre 1945. Evidemment, elle n'y figure pas, puisqu'elle a été déclarée à Beaune. Mais elle a tout de même découvert des choses intéressantes. Cette année-là, Elisabeth Vogel, la fonctionnaire zélée qui a rempli la déposition concernant les circonstances de sa naissance, travaillait à l'hôpital de Strasbourg. Flora a donc poussé un peu plus loin ses investigations afin de savoir, trente ans après, ce qu'était devenue cette personne. Au moment des faits, en 1945, ladite Elisabeth Vogel avait trente-cinq ans. En 1976, elle doit donc avoir soixante-six ans. Il est tout à fait possible qu'elle vive encore. Flora rêve de cette rencontre, a envie de l'entendre raconter... Après tout, il s'agit d'elle, de son histoire. Mais comment retrouver son adresse ? Elle doit être retraitée. Avec son numéro de Sécurité sociale, tout cela est possible, lui a-t-on dit à l'hôpital. Bien que ce ne soit pas habituel, on lui a promis de faire les recherches et de la tenir informée.

« Ce que l'on peut vous dire, a précisé la chef du service administratif et social de l'hôpital, c'est qu'en 1945, Elisabeth Vogel avait une chambre à l'hôpital, car elle n'avait pas de famille en Alsace. D'où était-elle originaire ? Nous l'ignorons ; ce que nous savons, c'est qu'elle se rendait régulièrement à Colmar. Des amis lui ouvraient leur porte. Nous avons une aide-soignante ici qui l'a connue et a travaillé avec elle durant les dernières années la menant à la retraite. Peut-être a-t-elle gardé des contacts avec elle ? En tout cas, elle saura peut-être où elle demeure maintenant. »

Flora a donc obtenu l'adresse d'une certaine Christine Schaffen résidant à la Petite France, non loin du temple. Elle a déjà tenté de lui téléphoner, mais n'a eu que le mari qui lui a dit que son épouse avait profité de deux jours de congé pour visiter et soigner sa mère tout près de Colmar. Elle devrait renouveler son appel.

Flora pédale avec bonne humeur, elle est comme une araignée qui tisse sa toile. C'est la toile de ma vie, songe-t-elle. Aboutirai-je un jour ? Trouverai-je cette vérité dont j'ai besoin ? Elle est riche d'espoir sur le sujet. Elle s'y accroche.

Cette certitude lui donne des ailes. C'est à peine si elle ressent les muscles des cuisses qui tirent jusqu'à la douleur et lui donnent le souffle court.

Elle a eu la confirmation, en discutant avec la chef du service administratif et social de l'hôpital, que l'assistante sociale qui officiait avant Solange à Beaune, la fameuse mademoiselle Guérin, avait elle aussi travaillé dans ce même hôpital avant d'être mutée en Côte-d'Or. Cette demoiselle Guérin a probablement bien connu Elisabeth Vogel, comme l'avait laissé entendre madame Cerbère à Dijon. Flora a le sentiment que ces femmes ont agi de concert pour donner une famille au petit bébé oublié sur la banquette arrière d'un taxi. A moins qu'elles n'aient aidé une mère en détresse. Peut-être que Christine Schaffen a reçu des confidences d'Elisabeth ? Enfin, cette hypothèse est encore à démontrer. Flora doit trouver le lien entre Strasbourg et Beaune. Pourquoi cette mademoiselle Guérin est-elle ensuite venue s'installer à Beaune ? Pour surveiller l'épanouissement du bébé ? Et si c'était le sien ?

Alors que le ciel nuageux laisse parfois entrevoir un bout de ciel bleu, Flora pédale dans le vent ou contre le vent, c'est selon la route et les courbes qu'elle lui offre. Elle aime ces paysages de carte postale, ces maisons à colombages, dégoulinantes de géraniums et de pétunias aux couleurs vives. Le temps est resté beau et les plantes s'efforcent de suivre cet été exceptionnel, un été indien que prolonge l'été de la Saint-Martin. Les clochers pointent vers le ciel. Rien de mal ne peut arriver. Les toits de tuiles plates, parfois de couleur, témoignent de la permanence des traditions dans les demeures. Dans ces villages, c'est ainsi qu'il a été possible de faire face à l'ennemi. La survie fut à ce prix. Tout est en ordre à présent.

Flora pédale, parfois sa robe chemisier de cotonnade imprimée liberty à la mode Cacharel remonte et découvre ses cuisses. Si elle est seule dans ce paysage, elle ne fait rien pour rajuster sa tenue. Le vent se faufile et se fait caresse sur son corps. Elle offre son visage aux légères bourrasques pour qu'elles sèchent la sueur qui lui vient dans le cou avant qu'elle ne dégouline sur ses seins. Pas de frisson. Non, rien que la douceur d'un automne qui consolide son alliance avec une fin d'été qui ne veut pas mourir.

2

Maria et Wilhem sont occupés derrière le comptoir lorsque Flora pousse la porte de la *Winstub*. Ils l'attendent. Ce n'est pas la première fois qu'elle vient leur rendre visite depuis qu'elle est arrivée au Domaine des Vignes d'Obertor. Parfois, Maria ouvre son cœur quand Wilhem s'éloigne. Maria raconte ce temps de la guerre en Alsace. La présence des Allemands. L'étroite surveillance imposée à tous. Les filles enrôlées dont on n'a encore jamais parlé[1]. Maria, un peu plus âgée que Grete, y avait échappé, a-t-elle confié, il y a trois semaines, grâce au secrétaire de mairie déjà en retraite et devenu expert en faux papiers. Le vieil homme se réjouissait de faire ainsi la nique aux Boches. Le pasteur Junger était l'intermédiaire et le porteur de documents entre Kaysersberg, Ammerschwihr et jusqu'à Colmar. Qui se serait méfié d'un homme de Dieu ? L'ancien secrétaire de mairie avait trafiqué la date de naissance de Maria et de

1. Aujourd'hui, on vient de reconnaître les « Malgré-elles », comme on a reconnu les « Malgré-nous », c'est-à-dire comme des victimes de la guerre de 1939-1945, enrôlées contre leur gré pour combattre ou servir dans les rangs allemands.

tant d'autres jeunes filles ! Cela avait été le cas pour Grete, l'actuelle maîtresse du Domaine.

« Ni Grete ni moi ne voulions partir. Grete, par patriotisme. Une fille courageuse et frondeuse qui a pris bien des risques au nom de la France. Moi, à cause de Wilhem qui se cachait à la cave depuis qu'il s'était évadé d'un camp de prisonniers en Pologne. Mais je vous casse les pieds avec mes histoires de vieux.

— Ah ! non, pas du tout, avait dit Flora, j'adore les histoires d'autrefois. Quand ma grand-mère commence, je resterais toute la nuit à l'écouter. Parfois, elle se fait rabrouer par son fils. Mais jamais par moi.

— Et comment ça va avec Grete ? questionne régulièrement Maria, toujours quand Wilhem n'est pas là.

— Elle est toujours sévère et trimballe l'agacement en tout point du Domaine. Rien ne lui échappe. Elle doit rigoler quand elle se brûle, mais avec moi, tout va bien. Enfin, presque. Quand elle m'énerve, je disparais. Et comme elle a besoin de moi...

— Mais ce ne doit pas toujours être facile. J'en ai connu des saisonnières qu'elle a fait pleurer. Des petites jeunes filles envoyées par Solange. Entre nous, Solange mérite une médaille. En plus de son boulot, elle s'occupe de toutes les paumées de la terre.

— Mais savez-vous pourquoi c'est ici qu'elle les envoie ? Enfin, dans la région, avait questionné Flora.

— Elle ne vous a jamais rien expliqué ?

— ?

— Elle a des attaches en Alsace. Son frère aîné y vit. Il travaille dans une agence de placement. Toutes les entreprises agricoles ou vigneronnes qui ont besoin de main-d'œuvre pour l'été font appel à son agence. C'est ainsi que Solange envoie des jeunes gens qui cherchent à se faire un peu d'argent. Parfois, ce sont des cas difficiles qu'elle rencontre dans le cadre de son métier. Des gosses qui n'ont pas connu leurs parents ou ont été retirés à leur famille. Pour eux, le travail, c'est un des moyens de reprendre goût à la vie. Vous, c'est différent, non ?

— Oui, oui. Je connais Solange depuis gamine. C'est une relation de ma grand-mère. Je cherchais à m'employer dans un domaine viticole puisque je termine une thèse sur le vin. Et puis, j'ai une passion pour la généalogie. Comme la famille de mon père, d'origine alsacienne, est peu connue de moi, du fait du divorce de mes parents, je fais, comme dirait ma grand-mère, d'une pierre deux coups.

— Mais vous avez bien une famille ?

— Oui, oui. Enfin, elle a été un peu bousculée, ma mère est morte peu après le divorce.

— Ah ! j'ignorais.

— Ben, comme cela, vous savez. »

Flora a le cœur léger. Elle va passer deux jours chez Maria qui a accepté de l'héberger. Flora, qui ne veut pas être une charge, a bien précisé qu'elle aiderait, participerait au service. Maria s'est mise à rire quand elle l'a prévenue de ses intentions par téléphone.

« Ça vous fera du bien d'être chouchoutée après tous ces jours à veiller sur le Domaine et sur le confort d'une vingtaine de vendangeurs. »

Voilà, elle y est. Ouf, finalement la fatigue lui a mangé les mollets en plus des cuisses. Elle rêve d'une bière bien fraîche avec un col géant.

Maria l'accueille, comme toujours, avec son plus beau sourire.

— Il y a une surprise pour vous, Flora, s'écrie Wilhem. La surprise commence par un S.

— Sucrerie… soierie… sylvaner ? Non, trop ordinaire, admet Flora.

— Rien de tout cela. Le S est peut-être une personne.

— Sainte-Odile, non merci, je ne viens que du Haut-Rhin. Simon ? Et pourquoi, grands dieux ?

— Vous chauffez….

— Solange ?

— Mais oui, ma jolie Flora ! s'exclame Solange en se dressant de derrière le comptoir où elle s'était un instant cachée. Tu ne penses guère à moi pour avoir mis tellement de temps à trouver.

— Je ne pense qu'à vous… jour et nuit. J'espère vos lumières pour acquérir un supplément de sagesse. Parlons peu, mais parlons bien, j'ai avancé…

Plus doucement, elle ajoute à l'adresse de Solange :

— Je serais la fille secrète de l'assistante sociale qui vous a précédée sur Beaune et les environs.

— Chut, fait signe Solange, allons nous installer au fond de la salle. Mademoiselle Guérin aurait du mal à être ta mère. Elle a un peu plus de quatre-vingts ans actuellement.

Toutes deux trouvent une table joliment nappée face à la tête de cerf qui semble les fixer et lire dans les pensées de Flora.

— Mademoiselle Guérin, chuchote Flora, travaillait à l'hôpital de Strasbourg, tout comme la fonctionnaire zélée qui a rempli la déposition qu'elle a glissée dans une enveloppe qui m'a été remise. Puis, on m'a expédiée à Beaune chez mémée Desprès. N'était-ce pas pour brouiller les cartes ? Or, mademoiselle Guérin a suivi. Il faudrait retrouver une certaine Christine Schaffen qui a copiné avec Elisabeth Vogel ensuite. Elle a aussi des attaches à Colmar, tout comme la demoiselle Guérin.

— Tu es en train d'écrire un roman sur l'enfance orpheline, à moins que tu ne veuilles pondre un nouveau manuel de généalogie. Et si on mettait tout cela au clair et dans l'ordre ? propose Solange, car tu me donnes le tournis.

— Je l'ai aussi, après tous ces coups de pédales sur une route en lacets, plaisante Flora.

— Il va falloir que je te fasse part de mes recherches, car je ne suis pas inactive et j'ai la chance, grâce à ma profession, d'avoir accès à certaines archives. Mademoiselle Guérin…

— C'est ma mère quand même, c'est ça ? la coupe Flora.

— Pas si vite. Non, c'est impossible. Je te l'ai déjà dit, il est plutôt rare qu'une femme de cinquante ans soit mère. Mais je crois effectivement qu'elle a connu Elisabeth Vogel et sans doute Christine Schaffen. En tout cas, cette demoiselle Guérin est actuellement hospitalisée à l'hôpital de Colmar.

— Ah ! bon, et pourquoi pas à Beaune ou à Strasbourg ?

— Elle était originaire de Colmar et y avait de la famille. Quand elle est tombée malade à Beaune, où elle s'était installée pour y finir ses jours, la famille qui s'occupait d'elle a conseillé une hospitalisation à Colmar afin de la visiter régulièrement.

— Mais pourquoi est-elle venue à Beaune peu après mon arrivée ? Qu'est-ce que cela signifie ? Qu'elle voulait veiller sur moi ?

— Je ne le pense pas. Ce n'est qu'une coïncidence. Ce dont on est certain, c'est qu'elle avait fait une demande de mutation en septembre 1945. Donc bien avant que tu ne pointes le bout de ton nez sur le vaste monde. L'Administration avait donné son accord à la demoiselle Guérin qui voulait prendre ses distances avec Strasbourg pour des raisons personnelles. Peut-être voulait-elle voir du pays ou bien oublier un chagrin d'amour, qui sait ? Sa mutation devait être effective dès janvier 1946. Or, toi, tu es née à fin novembre 1945. C'est vrai qu'elle a peut-être œuvré pour que tu ailles à Beaune. C'est ce point qui est une énigme. As-tu questionné mémée Desprès ?

— Toujours la même chose. Elle ne sait pas, ne sait plus. Et puis à quoi bon, résume-t-elle d'un revers de main. Elle voulait garder des enfants et on lui a remis le bébé alors que Jeanjean était déjà un petit homme. Petit homme, mon œil, il n'avait que dix-sept ans, son Jeanjean, quand je suis arrivée. Et il est bien resté encore sept ou huit ans avant de s'acheter la ferme de La Caille qui avait appartenu à un cousin de mémée Desprès. De toute façon, entre lui et moi, il y avait eu une petite Gisèle que sa mère a reprise quand elle s'est mariée. N'espérez pas en apprendre davantage de mémée Desprès qui trouve que je me complique un peu trop la vie. Et si je la force à me révéler une vérité – qu'elle cache comme je le pressens – elle se met à pleurer en me disant : « As-tu donc été si malheureuse avec moi ? Ne t'ai-je pas aimée comme si tu étais mienne ? Qui t'a soignée, qui t'a bercée, qui t'a fait réciter tes leçons ? » C'est elle, bien sûr. J'ai beau l'aimer, je l'adore, je le lui répète en la câlinant, elle ne comprend pas que j'aie besoin de connaître mon histoire, ma généalogie. Quand je lui confie que je suis bancale parce que je vis dans le doute et les suppositions, elle s'écrie : « N'importe quoi ! » Mes états d'âme la dépassent.

— Cela se comprend. Elle a donné le meilleur d'elle-même, ne sois pas trop dure, ni trop exigeante avec elle.

— Je voudrais seulement qu'elle le soit moins avec moi, afin que je ne culpabilise pas. Car c'est ce qui arrive. Et dans ces cas-là, j'ai envie de tout laisser tomber et d'aller me perdre au plus profond des forêts. Sans blague, Solange, c'est la vérité.

— Sois raisonnable, Flora. Ne mets pas du drame là où il n'y en a pas.

— D'accord, je ne suis pas si malheureuse, si c'est ce que vous voulez que je vous dise. J'ai de la chance, je suis vivante, je fais les études que j'aime, je devrais avoir un avenir... Ah ! et puis, je sais aussi regarder autour de moi. Je ne dois pas rester centrée sur ma petite personne, n'est-ce pas ? Alors, je vais vous faire part de mes observations. Vous voulez bien ? Cela ne vous rase pas ?

Solange sourit et secoue la tête. Elle tend une main ouverte vers Flora pour l'inciter à continuer.

— Je vois bien que la vie n'est facile pour personne. Par exemple, au Domaine des Vignes d'Obertor où vous m'avez expédiée, les problèmes existent aussi. Rien n'a l'air simple dans la famille de Grete. Elle a au moins dix balais de plus que son mari qui cavale jour et nuit et pourrait jouer Don Giovanni, l'opéra que nous sommes allés voir à Aix-en-Provence en juillet dernier. J'ouvre une parenthèse, ça, c'était extra, je n'arrête pas de l'écouter comme Saint-Saëns, ma plus récente découverte, surtout la *Symphonie concertante pour orgue et orchestre*, je ferme la parenthèse pour en revenir aux gens du Domaine... Si vous connaissiez leur gamin... Le pauvre gosse ne fait que des bêtises et s'est mis à ne plus parler. Moi, depuis que je suis arrivée, j'ignore encore le son de sa voix. Sauf son rire. Un rire parfois idiot et qui fout la trouille à tout le monde. Même Démon, son chat, se sauve quand il le voit de loin. Heureusement, dans cette famille, il y a la cuisinière Henriette, une marrante. Louis, le jardinier, que j'aime bien. Mais surtout, il y a Simon, le père de Grete. Un vrai grand-père, comme j'aurais aimé en avoir un. Vous voyez bien, Solange, que je ne suis pas si dure, ni centrée sur ma petite personne... J'observe, j'analyse.

— Allez, bois, tu dois être desséchée d'avoir autant pédalé et parlé, glisse malicieusement Maria qui vient de poser deux verres emplis d'un breuvage doré qui pétille.

— Je vais être pompette, je le sens ! s'écrie Flora. A nous deux, n'est-ce pas, dit-elle en tendant sa chope vers Solange qui rit.

— A nous tous, renchérit Wilhem, qui reprend place derrière le comptoir. Est-ce que nos deux cigognes, lance-t-il en riant, se joindront à nous ce soir ? Nous fermons à vingt-deux heures hors saison. Je pourrais expliquer à Flora ce qu'était Ammerschwihr, le Domaine des Vignes d'Obertor, et lui parler de la plus ancienne confrérie du vin qui a donné naissance à la confrérie Saint-Etienne des vins d'Alsace. A Ammerschwihr, il y avait la « Herrenstubengesellschaft » qui décidait des vins propres à la consommation ou non. S'ils étaient étiquetés impropres à la consommation, ces vins devaient alors obligatoirement être transformés en vinaigre. Et il valait mieux être dans les petits papiers des gens de la confrérie, sinon ils pouvaient ruiner un vigneron, malgré les serments prêtés. Les mauvais sujets existent partout, fait Wilhem d'un air sérieux. Il me semble que pour la thèse que Flora soutiendra, l'historique des Domaines où elle aura effectué quelques stages lui sera fort utile. Je me trompe ?

— N'est-ce pas pour cela que je suis venue ? le taquine Flora.

— Pour cela et sans doute d'autres choses, glisse-t-il mystérieusement.

— Cela est mon secret.

— Gardez-le bien, jolie cigogne, plaisante-t-il encore.

3

Ce soir-là, la table familiale de Maria et Wilhem compte deux couverts supplémentaires. Solange et Flora étaient prévues, mais la surprise, c'est l'arrivée des deux enfants du couple, juste au moment de passer à table. Ont-ils agi de concert ? Maria porte une main à sa bouche, mais se ravise aussitôt. Le plat termine de mijoter dans le four. Quand elle cuisine, elle multiplie par deux ou trois les quantités nécessaires. Il y aura donc suffisamment de quoi restaurer son petit monde.

Marguerite se présente à Flora et à Solange et précise qu'il faut l'appeler Margotte, car elle déteste qu'on l'effeuille.

— Les parents ont eu une idée bien biscornue en m'affublant de ce prénom. C'était bon au début du siècle. Mais dans les années cinquante, quelle stupidité !

Pas de mois, quand elle était gamine, sans essuyer les taquineries, voire les quolibets, parfois méchants, des camarades de classe. Si, avec le temps, elle a fini par s'habituer, dès qu'elle a été en âge de s'affirmer, Margotte a surgi. Margotte, c'est sympa et ça sonne joyeusement. En tout cas, c'est plus moderne que Marguerite...

— Marguerite, raconte-t-elle à table, qu'on le veuille ou non, cela fait penser à *La Vache et le Prisonnier*, ce film tragi-comique avec Fernandel. Marguerite, c'est la brave vache qui sert de camarade de fugue au pauvre prisonnier de guerre qui s'évade de l'Allemagne. De là à me comparer à elle... Il n'y a eu parfois qu'un pas et j'ai dû bagarrer sec, se justifie Margotte dans un bel éclat de rire.

Son frère écoute sans faire aucun commentaire. Il faut le regarder, l'observer avec attention pour percevoir chez lui un regard autant amusé qu'approbateur. Grégoire, le silencieux, comme disent ses parents. Un beau ténébreux, assure sa sœur, sauf les yeux qu'il a si clairs. Et de vanter la profondeur du ciel qui illumine son front.

— C'est vrai, affirme-t-elle, prenant Flora à témoin. Mes copines sont raides dingues de lui. Mais monsieur ne voit rien.

— Autant Margotte est bavarde, comme sa mère, précise Wilhem, autant Grégoire est avare de ses paroles.

— Mais il sait tout des uns et des autres rien qu'en les écoutant, ajoute Maria. Un peu comme son père.

Les enfants finissent par rire des présentations et des étiquettes collées.

— C'est toujours ainsi, lance Margotte. Nous avons l'habitude. Les parents nous ont catalogués : la Pipelette et le Silencieux, ça ferait un beau titre de film ou de roman. Mais, puisque cela leur fait plaisir... concède-t-elle.

Grégoire approuve encore d'un sourire engageant avant de s'adresser à sa sœur.

— Tu le tournes quand, ton fameux court-métrage sur un frère et une sœur ? Depuis le temps que tu en parles.

— Les sous ! Nous n'avons pas de producteur. Tu n'aurais pas un gros richard dans tes relations ? Un mec qui aurait fait fortune et jouerait les mécènes ? C'est ce que nous cherchons dans notre association. Pour l'instant, c'est plutôt dur dur. Mais nous ne désespérons pas. Pour la musique du film, je compte toujours sur toi, n'est-ce pas, Grégoire ?

— C'est comme si c'était fait, avec un soupçon de jazz, tu veux bien ?

Margotte termine des études de cinéma.

— J'ai dû lutter, rigole-t-elle. Une révolution dans la famille et dans ce charmant village. Tout le monde s'accordait à penser que je serais bien mieux à seconder les parents dans le but de reprendre un jour l'affaire avec, pourquoi pas, Grégoire, animateur de soirées musicales, sauf que lui, c'est le jazz qu'il aime et, en Alsace, on préfère le folklore classique.

Flora qui observe Maria et Wilhem lit dans leur regard un soupçon de scepticisme quant à l'orientation des enfants. Mais ils sont des parents aimants qui, à défaut d'approuver le choix de leur progéniture, ont fini par l'accepter. Que pouvaient-ils faire d'autre ? Les rendre malheureux ?

— Mais nous avons quand même exigé un minimum de bagage. Les artistes ne réussissent pas toujours malgré leurs dons et il faut pouvoir assurer ses arrières, comme on dit chez nous, concède Wilhem.

On parle, on rit, on trinque, les verres s'entrechoquent et l'on s'adresse de pieux vœux de réussite.

Les jeunes gens ne déplaisent pas à Flora. Elle va apprendre à les connaître au cours de la soirée. La famille ne les attendait pas, c'est une heureuse coïncidence pour les parents qui précisent qu'il est de plus en plus difficile de réunir à la même table « ces deux saltimbanques ». Il paraît que la chère Margotte a des choses importantes et de première urgence à dire aux siens. Elle ne peut plus attendre pour de telles confidences. C'est sûr, elle va filer à la cuisine sitôt le repas terminé, glisse Grégoire à Flora. Aurait-elle trouvé l'âme sœur ? songe Wilhem, le sourcil gauche relevé. Pourvu qu'il ne s'agisse pas d'une affaire d'argent pour monter une société. Elle s'est parfois risquée dans des entreprises hasardeuses. Ce qu'espèrent les parents, c'est que la famille s'agrandisse... S'ils pouvaient enfin devenir grands-parents ! Tous les copains de leur génération le sont, ou sont sur le point de l'être.

— Et Grégoire qui n'a même pas de fiancée à vingt-neuf ans ! On sera morts avant d'être grands-parents, se désole Maria tandis que Grégoire rigole.

— Sa fiancée, c'est la musique, constate Wilhem.

— Et la musique, c'est exigeant, c'est bien pis qu'une maîtresse, ajoute Maria.

Ce soir-là, « la fiancée-maîtresse » a joué les filles de l'air. Grégoire joue du saxophone dans un groupe de jazz. Il avait une répétition avec sa formation. Mais deux des musiciens ont eu un empêchement de dernière minute, la répétition a donc été reportée. Un événement qui réjouit Maria. Elle ne cache pas sa joie d'avoir autant de monde à sa table.

— Quand ses deux petits chéris (!) sont là, admet Wilhem, elle roucoule de contentement.

Pour l'heure, les deux petits chéris ouvrent de grands yeux et se retiennent de pouffer de rire en écoutant les commentaires de leur père.

— Nous pouvons nous éclipser, propose Solange, et vous laisser en famille.

— Mais non, plus on est de fous, plus on rit, glisse Wilhem. Nos enfants aiment que nous ouvrions les albums de famille et de la région. D'ailleurs, l'univers de Grégoire n'est pas si éloigné de vos préoccupations, suggère-t-il à l'intention de Flora.

— J'aime certes la musique, admet-elle.

— Je veux parler des vins, dont s'occupe Grégoire avec sérieux, gronde Wilhem.

— Ça, c'est la partie alimentaire, rectifie Grégoire, mais la musique, c'est aussi fort sérieux, père, proteste-t-il.

— Je veux bien, mais ce n'est pas ce qui remplit ton assiette.

— Cela viendra, père, et quand cela viendra, je te rachèterai ta *Winstub*... pour la revendre... tousse-t-il pour masquer la taquinerie.

— J'espère voir cela, mon fils, en attendant allons boire, et manger, naturellement.

Grégoire a juste le temps d'adresser un clin d'œil de résignation à Flora. Wilhem est ainsi. Le concret, les comptes... L'estomac. Mais il y a autre chose dans la vie, a-t-il le temps de lui glisser à l'oreille avant l'irruption de Maria qui tient en mains un plat énorme rempli de *Schiffele*[1].

— En accompagnement, j'ai préparé des *Spatzele*[2] et j'ai ajouté des pommes de terre avec naturellement une sauce au raifort et une salade verte.

— On va ainsi oublier tous nos griefs, admet Grégoire.

---

1. Palette à la diable : plat alsacien de viande de porc légèrement fumée cuite avec de la moutarde et de la bière ou avec une sauce au raifort.

2. Pâtes alsaciennes.

— Et remettre à demain le régime, conclut Margotte en se pinçant la taille. Lorsque l'on vient chez les parents, il faut jeûner deux jours avant et huit jours après. Au fond, c'est très économique pour notre porte-monnaie.

Grégoire approuve. La bonne humeur se lit sur toutes les lèvres. La nuit promet d'être belle.

4

Quand Flora va se coucher, alors que l'aube n'est plus loin, elle se sent bien. La sagesse l'a conduite à la chambre que lui a réservée Maria, après une longue promenade nocturne jusqu'au mont Caeseris [1] où est édifiée la forteresse médiévale qui domine le village. Il reste une tour et quelques murs prisonniers de la nature. La ville de Kaysersberg s'est construite au pied de ce château qu'aurait bâti Frédéric Barberousse. Mais c'est sans doute une légende, a assuré Grégoire. Ce dont on est sûr, c'est que la ville a fait partie de la Décapole [2]. Même Lazare de Schwendi, à qui l'Alsace doit d'avoir rapporté quelques pieds du fameux cépage tokay, a veillé sur la ville. Pour l'heure, c'est surtout l'âme d'Albert Schweitzer qui hante les lieux. Au point que la ville a fait de sa maison natale un musée. C'est au pied de ce château que Grégoire a conté son enfance à Flora et lui a parlé de l'Alsace, mais aussi de la musique qui le fait vibrer, du jazz dont les intonations si sensuelles sont

1. Mont de l'Empereur.
2. Ligue de dix villes d'Alsace fondée en 1353-1354 ; elles ne furent totalement intégrées à la France que lors de la Révolution.

capables de traduire la joie et la tristesse. On peut aimer toutes les musiques, a-t-il souligné, le jazz n'est pas l'ennemi des symphonies de Mozart, Beethoven ou Saint-Saëns, il n'est que le prolongement de l'histoire des hommes qui ont toujours eu besoin de s'exprimer à travers la création. Il a parlé de Saint-Saëns. Comment sait-il qu'elle aime Saint-Saëns ? Qui le lui a dit ? Est-ce une coïncidence ? A-t-elle rêvé ?

Elle essaie de rassembler ses souvenirs. Elle ne veut rien oublier de cette nuit étoilée et nimbée de magie autant que de charme.

Grégoire voulait aller plus loin, ressentir les vibrations que provoquaient ses paroles qui comblaient Flora. Mais elle n'a pas bougé. Elle est restée assise sur le bord du chemin escarpé, ses bras entourant ses jambes, le menton posé sur les genoux. Si le sourire lui venait, ou quelques rougeurs de confusion, grâce à la pénombre, Grégoire n'a rien vu. Il a risqué une main et l'a posée sur l'épaule de Flora qui a réprimé le tressaillement naissant. Ne pas être une vierge folle, a-t-elle songé.

Oui, elle est heureuse de cette soirée. Le courant est bien passé entre Grégoire et elle. Tous deux aiment le vignoble alsacien et la musique. Quand Margotte s'est éclipsée, un peu avant deux heures du matin, dès que Wilhem a refermé les albums photos de la famille et des amis, Grégoire et Flora se sont regardés un bref instant, presque complices. Lui, le silencieux, avait le désir d'aller à la rencontre de cette grande jeune femme échouée au Domaine des Vignes d'Obertor. Sous des airs de jeune femme moderne, en phase avec son époque, elle ressemble à une jeune biche aux abois. Que cherche-t-elle sur ces terres ? s'est-il demandé. Cette quête intriguait le jeune homme qui avait presque l'envie de se mettre à son service. Jouer le chevalier servant, l'homme protecteur le séduisait déjà. Mais le désirait-elle ?

Il l'avait observée au cours du repas, et avait soudain ressenti cette impression de déjà-vu, de connu. Pourtant ce n'est pas à Beaune qu'il a étudié le vin. Lui a choisi Bordeaux et le Sud-Ouest. Alors, où a-t-il croisé cette grande fille à la tignasse épaisse, au regard vert et aux pommettes constellées de taches de soleil que la nuit et les rayons de lune gommaient ? C'est une curieuse impression que celle de ressentir les bienfaits d'une présence.

C'est étrange, il y a le temps de l'avant, quand un homme et une femme sont encore des étrangers l'un pour l'autre parce que la vie ne leur a pas permis de se croiser, de se frôler. Et il y a le temps du pendant et de l'après, car voici qu'autour d'une table, ils ont fait connaissance, plongé dans le même plat, bu et mangé ensemble. Une chorégraphie presque parfaite avec le ballet des fourchettes et des couteaux en pleine action. Les yeux pétillaient, les narines frémissaient de contentement et flottait dans l'air ce sentiment d'union, prélude à une sorte de plénitude retrouvée. Etre entre vieux amis, cousins, frères et sœurs, simplement, et se sentir bien.

Flora tire les couvertures sur elle, la fraîcheur du matin surprend toujours après une nuit de veille. Elle voudrait dormir, mais le sommeil se dérobe. Je n'aurais pas dû boire de café, se dit-elle. Je voulais demeurer éveillée, poursuivre la conversation commencée avec Grégoire.

L'entendre évoquer l'opéra et ses règles. C'était grisant, il mettait le grand art à sa portée. Ses jeunes élèves – car il donne quelques cours à l'école de musique de Colmar – ont une chance folle, a-t-elle songé. Elle avait aussi le désir qu'il lui parle de Grete. Qui était la maîtresse du Domaine des Vignes d'Obertor ? Wilhem, d'ordinaire si réservé, avait fait preuve d'une éloquence rare ce soir-là. Le vin avait délié sa langue. Il avait évoqué la jeune fille en totale opposition avec ses parents, qu'elle ne trouvait pas assez engagés pendant la guerre. Or, la jeune rebelle ignorait qui était réellement Ruth, sa grand-mère, qui s'en allait vaillamment ici et là. Ruth, toujours complice du pasteur. Qui savait qu'elle avait caché des évadés dans l'une des caves ? Personne. Pas même Jean-Ulrich, le mari. Ruth rejoignait régulièrement le pasteur Junger qui rend encore quelques services comme aumônier à l'hôpital de Colmar. Un homme d'une rare et profonde humanité, avait insisté Wilhem.

« C'est peut-être tout à la fin de la guerre que Grete et Ruth ont fait alliance, mais pas pour longtemps. L'autre, la Faucheuse, guettait l'instant… »

Chacune avait appris le rôle de l'autre. L'aïeule et sa petite-fille s'étaient un jour croisées et embrassées. L'une revenait des Trois Epis, l'autre s'en allait à Colmar. Elles avaient eu le temps de se lancer le mot de passe. Cela n'était pas prévu. Mais Grete avait eu une intuition en suivant Ruth à la cave. A qui parlait-elle près du foudre vieux de deux cents ans, une pièce de musée dans laquelle on ne mettait plus de vin ? Le pasteur avait dit à Grete : « Lance-lui le mot de passe et tu verras bien à l'occasion. » Et il avait mis un doigt sur sa bouche.

Le mot de passe contenait forcément un message. Il parlait de biscuits et selon l'adjectif utilisé pour les qualifier, durs, tendres, sans goût, on savait quelle attitude adopter.

« *Mi Kiachle esch a betsi hert*[1].

— *Mins o*[2] », avait répondu Ruth, inquiète puisque le beignet était dur, mais apparemment ravie par la complicité familiale.

Elle avait donc eu à cœur d'appuyer énergiquement sur les pédales.

Depuis son plus jeune âge, Grete avait toujours préféré le grand-père. Le seul être capable de lui manifester la tendresse dont elle avait besoin. Simon, son père, se montrait d'une sévérité excessive. Il évoquait régulièrement l'honneur de la famille Boehler. Quant à Joséphine, en ces années noires, elle avait la tête ailleurs. Jusqu'à la balle fatale, elle ne pensait qu'à une chose, fuir, fuir à jamais les atrocités qu'elle soupçonnait. Elle eût aimé émigrer en Amérique où une partie des femmes de sa famille avait trouvé refuge. Cette belle terre d'Alsace s'était refermée sur ses rêves d'amour tel un piège dont elle ne pouvait s'extraire. Certes, cette terre était celle du mari qu'elle aimait, mais elle y étouffait et ne pouvait s'en ouvrir à personne. Les vignes, la production de vins réputés ne lui apportaient guère de satisfaction. Elle se contentait de dire que la région allant de Kaysersberg à Colmar en passant par les Trois Epis était « pittoresque » mais tellement rurale, soufflait-elle d'une voix basse et déjà déçue. « Une belle endormie. » On était si loin des villes ! Joséphine cachait son ennui en phrasant avec une pointe de condescendance, reconnaissait Jean-Ulrich. Jamais elle ne serait des leurs. Lui, le déplorait. A la différence de son épouse, il avait accueilli cette charmante jeune fille avec bienveillance. Ce mariage n'avait satisfait

1. « J'ai un beignet un peu dur. »
2. « Moi aussi. »

que Simon, toujours amoureux de la belle qui représentait pour lui l'évasion, l'inaccessible rivage. Mais à qui le dire, se confier ? C'étaient des sentiments contradictoires qui lui vrillaient le cœur et les sens. Avait-il espéré une autre vie ailleurs que dans le vignoble ? Il n'en avait jamais parlé. Mais il avait eu l'audace de penser convertir la belle au vignoble quand elle avait accepté d'arpenter les rangées de ceps accrochée à son bras. Dans le regard de Simon, mais oui, bien sûr, la chose était possible. C'était le temps où Joséphine aimait poser sa tête sur le bras fort de Simon. Tandis qu'il rêvait de la garder en ses terres, elle s'imaginait ailleurs avec lui. Il avait de la classe, connaissait la littérature, lisait parfois les poètes les soirs d'hiver. Tous les possibles s'ouvraient pour eux deux, sauf qu'il y avait les autres, il y avait Ruth.

Flora avait écouté, ravie, en regardant les quelques photos que Wilhem avait extraites des albums, et elle avait découvert une jolie femme à la taille mince.

« Ruth était grande, et quelle chevelure !

— Ah ! Ça ! Tiens, un peu comme vous, sauf que la sienne flamboyait tout comme celle de Grete, mais avec les cheveux courts de Grete, c'est moins flagrant, avait précisé Maria. Ruth faisait sensation, car elle nattait rarement ses cheveux et rendait jalouses les vieilles du village. On jacassait sur son passage. Elle ne s'en plaignait pas. Elle aimait fronder. Grete a hérité de sa grand-mère.

— Imaginons un instant, avait repris Wilhem, que Joséphine ait désiré prendre sa place au cœur du Domaine. Ruth ne l'eût point permis. Joséphine était une fille de la ville, issue du monde industriel. On tolérait la fantaisie de Simon, car elle avait rapporté de l'argent au Domaine, mais il fallait que Joséphine reste à sa place !

— *Mein Gott, Yeses, Maria !* Les femmes n'avaient pas la vie facile autrefois. On leur coupait bien vite les ailes. Pauvre Joséphine, obligée de filer doux. C'était pourtant une jolie et gentille jeune femme. »

Wilhem avait encore expliqué :

« Elle fut parfaite dans le rôle d'épouse de... Elle comprenait difficilement les attraits de la terre, c'était acquis. Elle garda le silence sous le masque du sourire de jeune femme bien élevée. Elle ne se plaignit jamais, mais s'offrit quelques libertés ; régulièrement elle passait quelques jours à Strasbourg. Le besoin des siens, expliquait-elle en souriant. Simon la crut acquise à la cause familiale ou fit semblant, c'est ce que je me dis maintenant. Il se contenta de la combler de délicates attentions et se hissa progressivement au rang de futur maître des lieux sous l'autorité de Ruth que Jean-Ulrich ne contredisait point. Simon fit même preuve d'intransigeance, enfin, sous la coupe de Ruth. »

Flora avait ouvert de grands yeux.

« Simon, intransigeant ? Il a bien changé ; aujourd'hui, c'est l'homme le plus tolérant que je connaisse.

— La mort de Joséphine pendant la guerre a été un choc pour lui. Elle eût pu le révolter, car il a aimé Joséphine la catholique envers et contre tous. Il ne faut pas en douter. Ce mariage avait été un vrai mariage d'amour. La disparition de Joséphine fut un cataclysme dans sa vie, un chagrin immense qu'il a surmonté avec courage et foi. C'est vrai que le pasteur Junger ne l'a pas laissé tomber et ne lui a pas dit, comme Ruth sa mère, que le Très-Haut avait de la monnaie pour payer son monde. Que tout était inscrit dans le grand livre du Jugement dernier. L'homme de Dieu, le pasteur a trouvé les paroles de bonté aptes à réconforter Simon. Il a insisté sur le sacrifice de Joséphine, qu'il ne faudrait jamais oublier. Et comme Ruth n'avait plus de rivale, le Domaine des Vignes d'Obertor a connu un peu de sérénité pour se refaire. La guerre avait été une telle catastrophe sur Ammerschwihr ! Ruth régnait sur tout et savourait la situation. Enfin, son fils n'était plus prisonnier de la catholique !

— Et Grete ? »

Wilhem avait soupiré.

« Grete restait une énigme. Petite fille, elle était déjà solitaire, et se jouait de l'antagonisme que nourrissaient Ruth et Joséphine à l'égard l'une de l'autre. Elle n'aimait que son grand-père, Jean-Ulrich. Jeune fille, elle s'échappait sans cesse, personne ne pouvait la raisonner.

— La raisonner ?

— Mais oui, Flora. Grete ne voulait pas entendre parler du vignoble.

— Elle a bien changé, avait répondu Flora. C'est aujourd'hui sa seule raison de vivre.

— Le temps a su lui indiquer le bon chemin, avait glissé Maria.

— Simon a dû user de son influence, il sait y faire, se montrer charmant pour obtenir gain de cause, avait admis Flora qui commence à bien connaître Simon Boehler.

— Charmant ! Pas tant que cela, avait corrigé Wilhem. Certes, il a, comme on dit, arrondi les angles, et Grete, avec le temps, a mis sa révolte dans sa poche. Ruth aussi avait changé, surtout après la mort subite de Jean-Ulrich peu après la Libération. A part sa mère, Simon n'avait plus à qui parler. Tout naturellement, il fit une tentative vers sa fille chez qui il espérait rencontrer une certaine écoute. Grete pouvait rentrer dans le rang, n'est-ce pas,

Maria, avait risqué Wilhem, c'est aussi ce que tu penses ? »

D'un battement de cils, Maria avait approuvé.

Flora avait baissé la tête, pas vraiment convaincue. Elle avait besoin de réfléchir à la situation et d'analyser davantage l'attitude de sa patronne.

« Il faut dire qu'elle a dû surmonter un chagrin. Elle avait été très éprise et l'homme aimé dans le secret, ça je l'ai su, n'est jamais revenu de la guerre. Une situation qu'ont connue un grand nombre de jeunes filles dans toute la France. *Mein Gott*, avait repris Maria, la pauvre Grete après la guerre n'était plus que l'ombre d'elle-même. Un fantôme. »

Et Flora s'était souvenue de Germain Festmann qui avait interpellé Simon un peu vivement au marché juste avant le début des vendanges.

« Elle n'a pas trouvé un gentil jeune homme du village pour la consoler ?

— Elle aurait pu. Elle restait un beau parti et les prétendants ne manquaient pas. Mais personne ne trouvait grâce à ses yeux. Elle a même dû se sauver pour échapper aux assiduités de celui que la famille lui avait désigné.

— Germain ? avait hasardé Flora.

— Vous savez, vous le connaissez ?

— Simon m'en a touché deux mots. Nous étions au marché du vendredi à Ammerschwihr quand ce pauvre homme a surgi.

— Si c'est pas malheureux, avait soupiré Wilhem. Germain et moi on est de la classe. Germain, c'était un type bien avant que Grete ne se moque de lui. Il est d'une bonne famille de viticulteurs. Quand on voit comment il a tourné, ivre du midi au soir...

— Elle a bien fait de ne pas le prendre, avait coupé Maria. C'est une loque.

— C'est peut-être le chagrin qui l'a rendu ainsi ? avait risqué Grégoire qui écoutait.

— Pas seulement. Il avait un réel penchant pour l'alcool. C'est dans leur famille. Les Festmann ont toujours compté un ou deux boit-sans-soif par génération. Sans compter qu'ils ont le vin mauvais. Le pauvre Germain n'a pas su refuser cet héritage. »

Maria comprenait que Grete ait pris la poudre d'escampette.

« Elle est partie longtemps ? avait risqué Grégoire.

— Comme si tu ne le savais pas ! avait grondé Wilhem. Elle est partie juste après la guerre et est revenue quelques semaines ou mois – je ne sais, le temps passe si vite – à la mort de Ruth pour repartir ensuite. Dans la région, personne ne savait où elle se trouvait. Simon devait être bien informé, car c'est lui qui est allé rechercher sa fille et l'a convaincue de revenir pour les funérailles de Ruth. Il a cru faire rentrer sa fille dans le rang, mais Grete avait toujours la tête ailleurs, se noyait dans un océan de souvenirs. Elle devenait lointaine, étrangère à elle-même. Simon n'a pas voulu s'apitoyer. Il a agi comme Ruth pour qui la compassion n'a jamais été sa qualité première. C'est bien Ruth qui répétait : “Le destin ! Et Dieu qui sanctionne.” Mais à cela, Simon ajoutait en s'adressant à Grete : “Ce qui te sauvera, ma fille, c'est la vigne.”

— *Mein Gott !* avait gémi Maria. Wilhem, tu me fais penser à la mort de Ruth peu après la guerre. Alors qu'elle pédalait sur la route menant à Colmar, et qu'elle jouissait d'une santé à toute épreuve, un autobus dont le conducteur levait le coude plus souvent qu'à son tour la percuta. Il ne s'arrêta pas. Il a dit ne s'être aperçu de rien. On retrouva Ruth le lendemain matin dans le fossé. Elle vivait encore et expira dans les bras des sauveteurs. Longtemps, Simon s'est senti coupable. Moi, je suis sévère... Je le confesse, j'ai pensé, comme Ruth : Dieu a de la monnaie pour payer son monde. C'est mal, je le sais, et j'ai honte d'avoir eu de telles idées. »

Grégoire avait haussé les épaules avant de lâcher :

« Moi, je trouve de telles histoires un peu bêtes quand elles sont des freins au bonheur. Ce que l'on dit de Grete la rend plutôt sympathique.

— Allons, après la mort de Ruth, Grete est repartie pour plusieurs années. Simon affirmait être désespéré tout en pestant contre cette fille indigne. Qu'elle aille au diable ! Or, un jour, Grete est revenue, et c'est toi qui es allé la récupérer, quand sa voiture était en panne un peu avant Colmar, il y a une bonne dizaine d'années.

— Ah ! tu parles ! s'était exclamé Grégoire, j'avais le permis depuis deux jours ! Il fallait jouer le gars qui sait tout des itinéraires et de la route et je n'avais que dix-huit ans. J'étais hésitant et à mes côtés, Grete n'arrêtait pas de chialer. »

Oui, la demoiselle Boehler rentrait au bercail, après des années de silence, et n'osait se présenter seule au vignoble. Elle voulait éviter les reproches. Elle savait que son père n'oserait pas élever la voix devant un étranger. La présence de ce très jeune homme était donc son rempart. Bien inutile d'ailleurs, Simon avait-il enfin compris ? Ou bien ce retour traduisait-il sa victoire sur l'indocilité de Grete ? Ses yeux se voilèrent un bref instant et sur son cœur, il put serrer la fille prodigue. C'est ainsi qu'il raconta l'histoire aux intimes.

5

Flora se réveille en sursaut ! A-t-elle rêvé ? On a frappé à sa porte. Mais quelle heure est-il ? Le beau soleil de novembre, plutôt exceptionnel et fort lumineux, filtre au travers des volets qui n'ont pas été totalement fermés. Il entre dans sa chambre et se pose au pied du lit. Mais d'ordinaire, ce n'est pas par cette fenêtre-là que les rayons pénètrent. Pourquoi cette chambre est-elle toute blanche, avec des poutres ? Que fait cette commode Empire surmontée d'un plateau de marbre ? Où suis-je ? se demande Flora. Ah ! oui, chez Maria. Elle se tourne vers la petite table de nuit de chêne foncé à sa droite pour y lire l'heure, quand elle entend qu'on frappe à nouveau.

— Oui, dit-elle en se levant, j'arrive.

Elle lit avec horreur sur le petit réveil de poche qu'il est neuf heures et demie. Elle saute dans son jean, passe son tee-shirt, remet de l'ordre dans sa tignasse avec ses mains et avale un peu d'eau qu'elle recrache autant pour se réveiller que pour expulser les restes de la nuit et ce qu'elle nomme les odeurs de sommeil. Elle ne se sent pas vraiment en forme.

— Grégoire, je suis désolée de me réveiller si tard.

— Chut, dit-il, en la poussant pour entrer. Vous permettez, naturellement... Vous le voyez, vous ne pourrez pas me dire : « *Ehr kumma do inne wia na Schwob ! Bis uns werd äklopft. Use, un Klopfa ä*[1]. »

— Je ne comprends rien à ce charabia.

— C'est de l'alsacien. C'est ce qu'on disait à une personne qui osait entrer sans frapper comme le faisait l'occupant allemand autrefois. Les Alsaciens montaient alors sur leurs grands chevaux et répondaient sans crainte ce que je viens de vous dire.

— C'est le fameux humour alsacien ?

— Hum, hum ! Il y a de cela et si vous êtes sage, je vous l'apprendrai. En attendant, ce plateau pèse... Puis-je déposer votre petit déjeuner ?

— Et si je n'ai pas faim ?

— Mais vous devez avoir faim, cette longue promenade, il y a peu, cette courte nuit, ça creuse. Et les vendanges ont dû vous épuiser. Vous avez une petite mine, belle enfant.

— Mais vous me parlez comme à une gamine ! Alors que je suis plus vieille que vous, se défend-elle. Vous me devez le respect, hop'là, jeune homme, fait-elle en agitant l'index droit telle une institutrice.

— Oh ! pour ça ! La valeur n'attend pas le nombre des années.

— Et il connaît ses classiques, soupire-t-elle.

— Ah ! Je n'étais pas si mauvais en classe. En vrai, si. Je ne pensais qu'à la musique.

— Et au vin ?

---

1. « Mais vous entrez ici comme un *Schwob* ! Chez nous, on frappe. Sortez et frappez. » (Le *Schwob*, un cochon, était l'Allemand qui occupa l'Alsace de 1870 à 1918.)

— Un peu, mais à propos du vin, j'imagine que l'essentiel des vendanges est sans doute déjà encavé au Domaine des Vignes d'Obertor. Le temps s'y est prêté. M'est avis que vous avez suivi toutes les opérations.

— Ça se pourrait. J'ai même pu observer que la couleur et les tanins se sont bien transférés et répartis dans le jus. Une opération réussie, puisque le pressurage a été très doux, comme toujours pour des vins blancs. Au Domaine, la macération est le plus souvent pelliculaire, donc toujours brève. Quelques heures, un simple contact des pellicules et du jus pour permettre la diffusion des précurseurs aromatiques dans le jus.

— Alors, vous ne savez pas grand-chose du remontage ou du pigeage ? conclut-il.

— Stop, lance-t-elle avec autorité. Faudrait pas me prendre pour une gourde ! J'ai bossé à Beaune. En Bourgogne, les vins sont plutôt rouges. Le remontage, c'est l'action de verser un peu de moût sur le chapeau de marc qui flotte à la surface des cuvées, ainsi l'extraction des tanins est-elle parfaite ou presque. Le pigeage vient ensuite et consiste à enfoncer le chapeau de marc dans le jus en fermentation tout en l'émiettant pour favoriser la diffusion des arômes. Après, on passe à l'écoulage, c'est-à-dire à l'extraction du vin de goutte en le séparant du chapeau de marc et de la lie. Vous vouliez me coller, jeune homme ?

— Elle marche à tous les coups ! Bravo ! J'imagine que le pressage du marc n'a guère de secret pour vous, pas plus que la fermentation malolactique qui permet de réduire l'acidité des vins.

— Cette étape-là se fait à vingt degrés, je crois. Vous pouvez vous abstenir de me questionner sur les vins rouges. Dans ce registre, j'ai déjà donné. Très sincèrement, c'est la région Alsace qui m'intéresse, parce que le travail du vin s'y fait en douceur. On travaille à la main. Il y a un respect de la terre, des ceps. On n'a pas besoin de laisser macérer, on presse et on clarifie une première fois après égrappage. J'aime bien le terme de « clarifier », mais cette opération a un vilain nom, le débourbage.

— ...

Grégoire reste sans voix.

— Alors, suis-je à la hauteur ? questionne-t-elle. Je peux vous dire qu'au Domaine, la fermentation est même en cours.

— Vous méritez un peu plus que la moyenne, affirme-t-il. J'ajouterai qu'on peut vous encourager à poursuivre et pour le faire, j'ose vous donner un baiser, dit-il doucement en risquant ses lèvres sur son front. Nous verrons pour la suite des travaux, taquine-t-il. Préparez-vous, je vous emmène ensuite aux Trois Epis et je vous déposerai au Domaine quand nous reviendrons, je saluerai ainsi la maîtresse des lieux, la flamboyante Grete.

Bien que surprise par l'audace de Grégoire qui ne lui déplaît pas, Flora ne montre rien et poursuit la conversation. Cela dit, elle entend protester. On ne décide pas de son sort à son insu.

— Mais je ne suis pas venue pour partir, ni pour vous obéir, lui dit-elle en tapant du pied, ce qui provoque le rire de Grégoire. Et que vont dire vos parents ? Et Solange ? Et Margotte ?

— Et rebelle et frondeuse, et ceci, et cela, tralala... J'aime la résistance. Procédons par ordre : j'ai le sentiment que vous ne détestez pas ma compagnie. Ensuite, Margotte file le parfait amour avec son amoureux venu la chercher tôt ce matin. Les présentations ont été faites.

Les parents sont ainsi au courant. Quant à Solange, elle a dû repartir un peu vite. Sa sœur est souffrante. Elle vous transmet toutes ses excuses et vous appellera dès demain. En attendant, elle m'a chargé de vous transmettre ce petit mot. Elle avait oublié de vous dire quelque chose d'important.

Flora prend l'enveloppe cachetée et hésite.

— Lisez, puisque c'est important. Je peux attendre.

Belle Flora que j'abandonne plus vite que prévu.

Je voulais que tu saches qu'Elisabeth Vogel est morte en avril 1960, un stupide accident à la sortie de l'hôpital de Strasbourg. Elle a traversé la chaussée alors que le feu était au rouge. Une voiture qui arrivait un peu vite n'a pu l'éviter. C'est dommage, elle devait avoir quelques informations te concernant. Je te rappelle dès demain. Profite bien de ta journée avec Grégoire. Il est charmant et digne de confiance, comme ses parents.

Je t'embrasse affectueusement.

Solange

Flora replie le message et le glisse dans sa poche. L'enquête se limite… Deux femmes au lieu de trois et un chauffeur de taxi introuvable… Elle demeure un instant songeuse avant que Grégoire ne la tire de ses pensées.

— Je suis persuadé que ma proposition de promenade ne peut que vous faire le plus grand bien…

— Vos parents…

— Ils viennent d'accepter une table de dix personnes au dernier moment et n'ont pas beaucoup de temps à nous consacrer.

— Raison de plus pour rester et les aider.

— Vous savez vous reposer, parfois ? Les parents ne veulent ni de vous ni de moi pour le travail. Ils ont le personnel nécessaire. Ils ont dit de revenir dans l'après-midi, pour la plonge. Non, je ris. Alors, vous le prenez, ce petit déjeuner, on le partage ?

— Ici, dans ma chambre ? Mais on va jaser, dit-elle.

— J'adore jazzer. Je jazzerai tout à l'heure si le cœur vous en dit. Pour la porte, on la laisse ouverte, plaisante-t-il. Comme ça on verra bien que je ne cherche nullement à nuire à votre bonne réputation. J'ai l'impression de vous connaître, depuis longtemps, en tout cas, je suis certain de vous avoir déjà vue, mais où ? A Paris, dans un club de jazz ? A Saint-Germain-des-Prés ? Ou alors à Berlin ? A Londres ?

— Et baratineur avec ça. Vos parents vous méconnaissent. Pas si silencieux que ça, ce Grégoire-là. Les jazzeux, c'est bien connu, sont de grands dragueurs. Grégoire est bien l'un d'eux, seul avec une fille, il pourrait faire un malheur. Je le leur dirai.

— Mais je suis sincère, proteste-t-il, je vous ai déjà vue quelque part. Peut-être dans une autre vie, belle mystérieuse, vous croyez à la réincarnation ?

— J'ai déjà du mal à croire à l'Incarnation. Je me pose tellement de questions. Tenez, en ce moment, rêvons-nous ? Sommes-nous incarnés ? Vivants ? Ou sommes-nous le reflet d'une illusion qui pourrait nous donner la possibilité de naître ? Nous serions en gestation. Le désir de quelques créatures. Parfois, je m'interroge, surtout quand le soir tombe, et personne n'a jamais pu m'expliquer pourquoi.

— La correction m'empêche de vous prouver que nous sommes vivants.

— Ah ! oui, dit-elle, vous feriez comment ?

— Ne me mettez pas au défi, ou je vous croque, lance-t-il.

— Non pas, la porte est ouverte, proteste-t-elle.

— S'il le faut, je saurai la fermer, rigole-t-il en servant le café, et vous serez obligée de croire à votre existence, à la mienne et à la nôtre. Mais ce que vous avez dit précédemment me bouscule. Nous serions en gestation... Nous serions le désir de quelques créatures. Vous bouleversez les lois du passé, du présent et de l'avenir.

— Pour qui croit en Dieu, c'est possible...

— Je ne comprends pas.

— Dieu est un esprit qui a toujours été, est et sera toujours. L'unité de temps divin ne se mesure pas à l'aune des simples mortels que nous sommes.

— Bigre.

— Avouez, c'est plus difficile que les vendanges et la fabrication du Kaefferkopf.

— Mangez, ordonne-t-il, le pain et les croissants existent et ne demandent qu'à être croqués, là, c'est le présent.

— Ils sont trop bons, concède-t-elle, je me rends.

6

Wilhem et Maria ont jeté un œil par la petite fenêtre de la cuisine où ils s'affairent pour ce repas inattendu. Dix personnes, une famille qui au dernier moment décide de venir fêter l'anniversaire de la grand-mère... Pourquoi pas, mais un tel événement se prépare d'ordinaire.

— Regarde, Wilhem, *mein Gott*, Grégoire en pince pour la petite...

— Petite, petite, c'est toi qui le dis. Elle mesure pas loin du mètre soixante-dix. Si elle met des talons hauts, elle est aussi grande que moi.

— *Yeses Gott !* Il lui ouvre la porte de la voiture, toi, tu ne m'as jamais fait cela, Wilhem.

— Ça ne risquait pas, quand je te faisais la cour, je te transportais sur le cadre du vélo de mon père.

— C'est vrai, la voiture n'est venue qu'après la guerre, mais tu ne l'as jamais fait, de m'ouvrir la porte, pas même quand tu es revenu du garage avec la Panhard.

— Nous avions déjà pris de l'âge, Maria.

— Alors, tu regrettes et tu ne m'aimes plus.

— Et voilà, c'est reparti. Toutes les femmes sont pareilles. Elles voudraient que le temps s'arrête sur l'amour. Et que plus rien ne bouge. Un éternel baiser...

— Et alors, c'est pas bien ?

— Si, si... mais on pourrait se lasser.

— Wilhem, proteste Maria, si tu continues, je te laisse te débrouiller avec la table de dix.

Flora ne connaît pas les Trois Epis et se demande pourquoi Grégoire tient absolument à lui faire découvrir ce haut lieu alsacien qui flirte avec les sept cents mètres d'altitude.

— La vue y est superbe sur Colmar et Turckheim, déclare Grégoire qui se montre enjoué en conduisant.

Il précise avoir pris des pulls pour tous deux.

— L'air est plus vif en hauteur, chantonne-t-il sur tous les tons de la gamme. Et nous sommes en novembre même si en plein midi le thermomètre affichait dix-neuf degrés. Ce qui est exceptionnel. Enfin j'avais commandé le temps pour vous, pour nous.

Flora éclate d'un rire sonore et cascadeur qu'il aime bien.

— Elle rit sur quatre notes, lance-t-il... C'est le début d'un air que je composerai et que j'intitulerai : « Le Rire sauvageon ».

— Ah ! bon, et pourquoi ? demande-t-elle, faussement ingénue.

— A cause de votre tignasse. Je me demande combien de temps il vous faut pour passer la brosse dans vos cheveux et les lisser.

— Ce n'est pas si difficile, la brosse est en acier et les mains qui la guident énergiques, déclare-t-elle.

Après un moment de silence, elle risque une question.

— Je sais que vous êtes musicien. Je ne vous croyais qu'interprète, or j'ai cru comprendre que vous composiez.

— Bonne déduction, mais je ne vous montrerai rien tant que le morceau ne sera pas achevé et cela peut prendre très très longtemps, ou ne jamais aboutir.

— Dommage, soupire-t-elle. Mais vous me jouerez quelque chose ?

— De moi ?

— Oui, par exemple.

— Vous n'aimerez pas, je le crains. Et vous m'en voudrez. Aussi, je préfère garder tout cela pour moi. Pour ne point vous déplaire.

— C'est si important que cela, mon jugement sur ce que vous composez ?

— Hum, hum... A partir de cet instant, je pourrais le jurer, lance-t-il très sérieusement en glissant une œillade de velours à Flora.

— Fichtre, lui répond-elle dans un bel éclat de rire.

— Et quatre autres notes ! note-t-il. Le morceau sera presque composé ce soir si nous continuons ainsi.

Ce jeune homme la fait rire. Depuis combien de temps n'a-t-elle pas ri ? Rire des propos d'un jeune homme qui lui fait un brin de cour est une sensation qu'elle croyait enfouie, disparue même. Elle était certaine d'avoir réglé son compte aux fantaisies du badinage qui ne mènent nulle part. Et ce dimanche-là, elle y cède et doit admettre que c'est une agréable sensation. Elle tente de se ressaisir, mais y renonce. Va pour la parenthèse après toutes ces heures passées dans le vignoble, après tout ce temps à essayer de comprendre Grete et son mystère. Au Domaine, le rire n'est cependant pas absent des lèvres de Flora, mais ce n'est pas le même qu'avec Grégoire.

Parfois, elle rit avec Henriette, elle sourit, attendrie, aux propos de Simon ou de Louis. Mais en ce jour, ce rire qui saisit et se prolonge par une sorte de bien-être apaisant, elle le redécouvre. L'a-t-elle réellement connu ? Elle ne sait pas, ne sait plus. Peut-être préfère-t-elle éluder la réponse à cette question.

C'est plus fort qu'elle. Pourtant elle n'ignore pas qu'il est inutile de comparer l'incomparable. Alors que la voiture de Grégoire épouse parfaitement les lacets de la route menant au sommet des Trois Epis, elle songe encore aux amoureux qui auraient pu la faire rire. Le compte est vite fait, admet-elle dans son for intérieur. Il y eut Frédéric, ce jeune garçon qui, le premier, fit battre son cœur. Une grande histoire demeurée inaccomplie. C'étaient les premiers émois, les frôlements furtifs dont on se souvient entre deux rencontres espacées. Des frôlements capables de tenir le sujet épris éveillé toute une nuit avec une accélération du rythme cardiaque. Oui, elle a connu cela. C'était douloureux, excitant autant que jouissif. Tous deux étaient encore trop jeunes pour pousser plus loin la romance et la sagesse vertueuse des adultes y a mis bien vite fin.

Avec Lucas, la romance fut différente. Flora osa ce qu'une fille sage ne faisait pas, comme disait mémée Desprès. Elle avait tellement cru en lui qu'elle s'était, comme on dit, donnée corps et âme. Une fougue qui pouvait surprendre ce jeune homme de bonne famille qu'elle mit à la porte quand elle prit conscience de sa différence et lut chez lui les hésitations qu'elle suscitait. Les garçons de bonne famille épousent difficilement les filles nées de parents inconnus. Elle le savait ; même s'il n'y a que dans les contes que les princes épousent les bergères, elle espérait.

Depuis Lucas, personne n'a eu ses faveurs. Elle n'a plus jamais voulu écouter les verbiages amoureux. Mieux, elle les a fuis. Elle a préféré oublier ce périlleux exercice de l'amour pour se consacrer à ses études et à sa quête. Elle ne voulait plus s'engager, risquer l'humiliation et la défaite, comme elle l'a souvent confié à Solange. Souffrir d'amour laisse trop de cicatrices. Elle préfère laisser ce mal d'aimer si délicieux, disent les poètes et les romanciers, à d'autres.

L'urgence, pour elle, en cet automne, se résume à connaître ses origines. Elle ne veut plus marcher de travers, mais pouvoir lever la tête. Aussi est-elle surprise d'avoir accepté de suivre Grégoire sans se poser de question. Elle n'a même pas eu l'ombre d'une hésitation. Est-ce parce que Grégoire est le fils de Wilhem et de Maria ? Tous deux l'aiment bien et elle le leur rend. Que savent-ils d'elle ? Sans doute bien plus qu'ils ne le disent. Solange a dû parler. Et pourtant, lorsque Grégoire a lancé à la cantonade en fin de matinée : « Nous allons aux Trois Epis », personne n'a trouvé à redire. Maria était même tout sourire.

— A quoi songez-vous ? questionne Grégoire.

Il doit répéter la question. Elle ne peut pas mentir, mais elle ne veut pas lui parler de son passé.

— Je m'étonnais de vous avoir suivi aussi aisément, parvient-elle à lui dire, sans trop d'effort.

— Figurez-vous que je suis tout aussi surpris que vous ayez accepté. J'en suis ravi. Je me félicite. Mon charme a opéré.

— Eh ! Vos chevilles, gronde-t-elle, elles n'enflent pas ?

— Pas encore, les pieds sont bien à l'aise dans les baskets.

— Pourquoi vouliez-vous que nous allions aux Trois Epis ? Et pourquoi est-ce que je vous suis ?

— Vous tenez à connaître la vérité ?

— ...

— On ne me résiste jamais.

— Par exemple ! Et sûr de lui avec ça, le moque-t-elle.

— Connaissez-vous l'histoire des Trois Epis ?

— Je me suis empressée de la demander à Maria qui m'a parlé d'une apparition de la Vierge à un pauvre forgeron chargé d'avertir la population qu'elle devait retrouver la piété, sans quoi les malheurs fondraient sur elle. Pour preuve, la Vierge tenait un glaçon dans une main. Et si la population retrouvait le droit chemin, elle trouverait la prospérité. Le symbole en était les trois épis tenus dans l'autre main. Le forgeron a d'abord oublié sa promesse et, au marché, il a été incapable de soulever les sacs de blé qu'il venait d'acheter. Alors, il a révélé à tous le message de la Vierge et tout est rentré dans l'ordre. Cette histoire se serait passée à la fin du XVe siècle, semble-t-il. Je trouve cette légende assez jolie.

— Bravo... Moi, du haut de cette colline, je voudrais vous montrer l'Alsace, toute la plaine, le Sundgau, le Jura et, comme le temps est clair, la Forêt-Noire. Beau cadeau, n'est-ce pas ?

Flora constate la fraîcheur des lieux et accepte le pull tendu par Grégoire qui lui offre l'Alsace, le bras droit grand ouvert.

— Je suis éblouie, concède-t-elle.

— Il y a d'autres sommets d'où la vue est jolie. Mais j'aime ce lieu qui va jusqu'au Jura sans m'obliger à aller très loin. Je l'aime en toute saison. Surtout à l'automne. Vous voyez, les arbres sont encore pourvus de leurs parures flamboyantes, le vent n'a pas trop soufflé. Le ciel est clair et le regard se perd.

— Et l'on dit que vous êtes silencieux, taquine-t-elle. Je vous trouve plutôt lyrique.

— C'est votre présence qui délie ma langue aussi bien qu'un verre de vin. A propos de vin, Grete prend-elle le temps de vous parler du pays ?

— Nnnon... Avec Grete, nos échanges sont purement professionnels. Parfois, elle soupire, je devrais être disponible quand elle l'a décidé, quand ça l'arrange. Elle est toujours sur le qui-vive. Rien ne doit lui échapper, elle veut tout contrôler. Je perçois beaucoup d'agacement chez elle quand elle pose les yeux sur Clément, son fils. Vous le connaissez ?

— Oui, un peu.

— Vous savez que le gamin est devenu mutique...

— Ma mère m'a dit cela. Il se pourrait que les problèmes du couple rejaillissent sur l'enfant.

— Sont-ils si importants ?

— Vous avez dû vous en apercevoir ? François, son mari, a le cœur multiple.

— C'est joliment dit. Moi, je vais traduire en termes un peu osés et plus rudes. Le boss, c'est un grand cavaleur et trousseur de filles à l'occasion.

— J'imagine aisément qu'il n'est pas insensible à votre charme.

— Avec moi, il fait fausse route, ce qui ne l'empêche pas d'être lourdaud et d'insister. Sa mignonne petite gueule ne m'impressionne pas, bien au contraire. Je réagis bien différemment des filles de mon âge. Je me méfierais plutôt des mecs trop bien faits. Bien des saisonnières un peu naïves croient ses belles paroles et qu'il a des sentiments pour elles. Les pauvres espèrent qu'à la fin de la saison, il quittera Grete ou la renverra. Un jour, cela fera des histoires.

— D'où, sans doute, l'attitude de Clément ?

— En partie, mais cela n'explique pas tout. J'ai l'impression que le mutisme de l'enfant vient d'ailleurs... Simon, qui me fait parfois quelques confidences, demeure cependant très secret sur ce sujet.

— Je suis curieux, Flora. Et je me demande ce qui vous retient dans ces lieux, souffle Grégoire.

— Figurez-vous que je me pose les mêmes questions, lui répond-elle. Je n'ai pas un caractère facile et je m'accroche. Je n'ai encore jamais vraiment frondé la patronne. Il m'en a fallu, de la patience, et je dois dire que, souvent, Simon est venu à mon secours.

— Je vois, concède-t-il, vous êtes forte. Finalement, vous avez fait un bon bout de chemin quant à la connaissance de la science du vignoble. Vous devez aussi rencontrer d'autres personnes susceptibles de vous guider dans vos recherches sur le sujet. Avez-vous déjà visité le château de Lazare de Schwendi à Kientzheim ?

— Mais bien sûr ! Simon et Henriette m'ont accompagnée tout au début de mon arrivée. Je sais même que le château va abriter le futur Musée régional du Vignoble et des Vins d'Alsace. La Confrérie Saint-Etienne l'a acheté il y a trois ans. Les restaurations vont bon train. Je crois que ce lieu sera magnifique. Le musée devrait s'étendre sur trois étages. Je m'étonne que l'Alsace ait mis autant de temps pour songer à ce musée [1].

— C'est que mettre en route un tel musée n'est pas une petite affaire. Je suis un peu dans le coup, confie Grégoire, puisque je m'occuperai avec le fils du peintre

1. Il est ouvert au public depuis 1980.

Emile Knecht de la partie exposition temporaire. Pour le moment, nous rassemblons toutes les toiles, sculptures, gravures traitant de la vigne en Alsace.

— Ce n'était pas la peine de vous moquer de moi ce matin : vous aussi, vous faites sans cesse des choses ! s'exclame-t-elle.

— Faire ce que l'on aime est rarement une contrainte, lui rétorque-t-il. Revenons à vous-même, se risque Grégoire, que vous manque-t-il pour terminer votre thèse ?

— Vivre la dormance du vignoble alsacien, mais aussi la préparation de son réveil au printemps, c'est-à-dire la taille, le liage... J'y tiens, affirme-t-elle. Evidemment, assister au soutirage du premier vin en lune descendante est, sans vouloir faire de jeu de mots, un peu grisant.

— Etes-vous obligée de rester au Domaine des Vignes d'Obertor ?

— Le mystère des lieux me fascine sans doute, et ce petit Clément, qui parfois s'accroche à mon regard, m'interpelle. Et puis, j'enquête aussi sur moi-même... J'ai beaucoup à faire en la matière. Le Domaine est un point de chute intéressant pour moi qui dois parfois pérégriner loin, jusqu'à Strasbourg. Où irais-je ? Ici, je travaille et je suis logée. A mon âge, je ne vais pas faire un retour chez mémée Desprès, même si je l'adore. Elle serait fort soucieuse si je devais rentrer au bercail, comme elle dit. Elle imaginerait que je vis un chagrin d'amour, que mon avenir professionnel est brisé...

— Promettez-moi, si la situation devenait douloureuse pour vous, de me faire signe, insiste-t-il les mains dans les poches et d'un air un peu grave.

— Pourquoi ?

— Je n'aimerais pas savoir que le rire déserte vos lèvres.

— Charmeur ! Je suis une grande fille, vous savez, lui lance-t-elle, frondeuse mais sensible, elle le reconnaît, au désir de protection de ce jeune homme à son égard.

Elle donne soudain un coup de pied dans un caillou qui file de l'autre côté du sentier.

— But, concède-t-il. J'ai votre promesse ?

— J'essaierai.

7

Alors que la voiture de Grégoire vient de tourner pour emprunter la grande allée bordée de tilleuls au bout de laquelle se dresse l'imposant Domaine des Vignes d'Obertor, Flora frissonne.

— Vous avez froid ? interroge doucement Grégoire.

— Un peu, nous sommes quand même en novembre et j'ai l'impression que le temps va changer. A moins que ce ne soit une vague angoisse. Mais cela passera, se force-t-elle à dire. Grégoire, je voudrais vous remercier pour cette belle journée, pour les Trois Epis et pour la promenade de Colmar qui a suivi. Je ne verrai plus cette ville de la même façon. J'ai adoré le musée Unterlinden qui abrite des collections qui vont de l'archéologie à nos jours, mais surtout, j'ai vu dans le chœur de la chapelle des Dominicaines le retable d'Issenheim de Grünenwald. On peut rester des heures à le contempler, ouvert, fermé, première et seconde ouverture. C'est l'œuvre d'un homme qui a exprimé sa foi à travers l'art. Une foi, un absolu. En la collégiale Saint-Martin, j'ai ressenti de la tristesse. Ce lieu est celui qui abritait le retable de *La Vierge au buisson de roses* peinte sur bois par Martin Schongauer en 1473. Il est bien indiqué que l'œuvre a été dérobée en 1972[1]. Je n'en connais que la reproduction. J'aimerais tant voir cette œuvre... J'aime cette vierge tout de rouge vêtue, à l'abondante chevelure et dont le visage est d'une extraordinaire modernité.

— J'y suis ! s'écrie Grégoire. Vous lui ressemblez. La même crinière, le visage allongé et un front intelligent. Je disais que je vous avais déjà vue... C'est cela, je vous imagine drapée de rouge et un enfant dans les bras et c'est vous, c'est extraordinaire, n'est-ce pas ? Vous eussiez pu poser pour Martin Schongauer. Je vous assure, je ne me moque pas.

Flora secoue la tête en souriant.

— Au printemps, je prends une option pour une promenade à la Petite Venise, dans une barque à fond plat, poursuit-il. Vous êtes d'accord ?

— Chiche, lance-t-elle. Et vous me chanterez « O sole mio » en alsacien, c'est ça ? Oh ! voici Grete qui s'avance ; à son pas et à la façon dont elle lance des regards un peu partout, elle cherche Clément qui lui joue encore un des tours dont il a le secret. A bientôt, risque-t-elle à l'adresse de Grégoire en tendant la main droite.

Il la prend vivement et la porte à ses lèvres. Elle ne proteste pas, mais descend prestement de voiture. Si elle a été agréablement surprise par le geste de Grégoire, elle a eu soin de ne pas le montrer. Prudente, comme toujours, car la patronne regarde dans sa direction.

— Ah ! vous tombez bien, vous ! Il est dix-huit heures. Vous prenez vos aises.

— Madame, c'est dimanche et j'avais fait préparer le repas du soir, comme c'était convenu.

1. Et qui a été retrouvée par un heureux hasard à Lyon.

— Clément est encore introuvable, ce gamin, ce gamin...

— Ce n'est pas mon problème, madame, c'est votre enfant, que je sache. Je n'ai pas été embauchée pour jouer les nurses, répond-elle avec une pointe d'arrogance que perçoit Grégoire qui n'est pas reparti immédiatement.

Il a bien remarqué l'opposition des deux femmes et le mouvement de colère de Grete. Il choisit de descendre de voiture et d'aller saluer Grete qu'il connaît, sans doute avec le secret espoir de détendre l'atmosphère.

— Parce que vous sortez avec elle ? lance Grete furieuse à Grégoire.

— Non, mais cela ne me déplairait pas, rectifie-t-il. Bonsoir, Grete. Quelque chose ne va pas ?

— Clément est introuvable depuis le début de l'après-midi. Il fait cela de plus en plus souvent et je le retrouve dans des lieux inimaginables.

— Voulez-vous mon aide ?

— Je ne veux pas vous obliger, mais si vous avez un peu de temps, oui, avec plaisir. Le soir tombe vite maintenant et je suis inquiète.

— Et son père ?

— Il n'est pas encore rentré. Il s'est rendu chez ses parents, ou ailleurs. Il vit sa vie, lâche-t-elle douloureusement. Vous savez sans doute aussi bien que moi ce qu'il en est.

Faut-il que Grete soit à bout pour se confier à ce jeune homme ! Elle devine qu'il est au courant de la situation. Qui ne le sait pas, du reste ? Mais jusque-là, les histoires du Domaine n'ont jamais franchi les murs. Grete s'efforce de garder la tête haute en toute circonstance. Une attitude trop souvent proche de l'inhumanité. Face à Grégoire venu un jour la récupérer en pleurs au centre de Colmar, elle laisse apparaître la fêlure de sa vie. Faiblesse ? Grégoire garde le silence, l'écoute en lui souriant. Que peut-il faire d'autre sinon lui signifier son empathie ? Grete est une femme blessée qui use et abuse de l'orgueil comme pansement. Dommage que l'amour n'ait pas permis à cette âme sans doute généreuse de rayonner pleinement ! Au lieu de cela, elle fait souffrir pour garder la main haute sur tout événement.

Toutes les personnes du Domaine cherchent en tout lieu où a bien pu se cacher Clément. Les chiens qui semblent en avoir assez de ce petit jeu sont bien peu actifs et sont repartis vers l'atelier. C'est que l'enfant n'est pas très loin. Mais où ? se demande la maîtresse des lieux au bord de la crise de nerfs. Elle voudrait avoir réglé le problème avant le retour de François afin de s'expliquer avec lui. Une fois de plus et en vain, elle le sait. Il lui jurera ses grands dieux qu'il n'aime qu'elle et que les petits coups de canif dans l'étoffe du contrat qui les lie ne sont que broutilles sans importance. Il sait y faire et Grete, soucieuse du paraître et pas décidée au partage des biens en cas de séparation, est souvent obligée de mettre un genou à terre. L'humiliation ne lui va pas. Ne lui convient pas. Elle voudrait envoyer cet encombrant époux au diable. Mais il ne partira jamais les mains vides, elle le sait.

Henriette et Hans, son mari venu la rejoindre, Louis, Grete, Grégoire et François qui est maintenant de retour se sont rassemblés dans le bâtiment des saisonniers pour faire une pause après avoir parcouru le domaine de long en large. L'épuisement se lit sur les visages. Grete se dit que cette fois, elle va devoir faire appel à la gendarmerie. Le gamin a dû quitter les terres. Ce qu'il n'a encore jamais fait. Et soudain, des bruits de pas font crisser le gravier. Grégoire s'est levé d'un bond pour ouvrir la porte. Flora surgit avec l'enfant inerte dans les bras.

— Mon Dieu, gémit Grete.

Flora secoue la tête.

— Non, il est vivant, il a seulement, je le crains, bu un peu trop de vin. Il dormait dans la chambre au-dessus de l'atelier. Sur le lit, à côté de lui, se trouvait une bouteille de vin vide et une autre à moitié pleine, mais qu'il a dû renverser.

— Comment êtes-vous entrée dans ce lieu ? rugit Grete.

— Mais par la porte. Elle était ouverte. La clé était dans la serrure. Les chiens reniflaient d'ailleurs l'endroit. J'ai seulement poussé cette porte entrebâillée et j'ai découvert Clément. Je vous rassure, je n'ai rien fouillé. Seul comptait l'enfant qui m'a fichu une de ces peurs... Car j'avais beau le secouer pour le réveiller, il ne bougeait pas.

— Pourquoi ne m'avez-vous pas appelée ?

— Et pourquoi n'avez-vous pas cherché vous-même dans ce lieu ? J'en ai marre de vos histoires, madame. Je vous retrouve votre marmot et vous vous permettez de me soupçonner. Vous savez mieux que personne ce que sont vos chiens, si j'avais touché quoi que ce soit, ils m'auraient taillée en pièces. Depuis que je suis ici, vous ai-je lésée ?

— Non, soupire Grete. Trop d'inquiétude fait réagir vivement. C'est même étonnant que vous ayez pu saisir Clément, dit-elle encore en allongeant l'enfant sur la table.

Elle constate l'état de son fils qui s'est vomi dessus, et détourne la tête pour échapper à l'odeur repoussante de vinasse aigre.

— *Yeses Gott,* se lamente Henriette qui commence à le nettoyer. Sans vouloir vous commander, madame, faites couler un bain, pendant que je fais vomir le garnement, éventuellement appelez un médecin. Ah ! on dirait que l'eau fraîche le réveille. Ce ne sera pas grave, heureusement qu'il a rendu, sinon c'était un coma éthylique. Si c'était le mien, marmonne-t-elle pour elle-même, je te lui collerais une bonne fessée dont il aurait le souvenir pendant quelques jours. Les fesses n'ont pas reçu l'eau bénite du baptême et cela lui remettrait les idées en place. *A Rüat màcht di Knàppa güat*[1]. Peut-être crierait-il un bon coup et que la parole lui reviendrait.

Gênée, Grete s'astreint au silence. Clément fuit son regard et pose ses yeux sur Flora qui caresse ses joues du bout des doigts, bouleversée par l'enfant qui semble implorer sa tendresse et s'agrippe à sa main. Grégoire observe et se tait. Flora voudrait parler au gamin, le prendre dans ses bras, c'est ce qu'il demande, mais Grete est drapée, figée dans l'habit de maîtresse du Domaine des Vignes d'Obertor. Clément est pourtant son enfant... Il convient de ne point lui en ravir la tendresse. Flora observe cette mère, tout en retenue. Elle est telle une statue... Celle du commandeur, songe-t-elle, psychorigide, alors que le gamin n'est qu'attente. S'il a certes bu, s'est grisé, c'est probablement dans le but d'attirer l'attention. Et s'il est devenu mutique, c'est sans doute pour les mêmes raisons. Il ne parvient plus à communiquer avec les adultes censés le protéger, lui

1. « La verge rend les enfants gentils. »

montrer le chemin. Alors il cherche l'éclat jusqu'à la démesure. Elle laisse l'enfant à sa mère et, bouleversée, sort, suivie de Grégoire qu'elle raccompagne à sa voiture. Il prend ses mains dans les siennes. Elle ne les lui retire pas. Elle appuie même son front contre son torse, quêtant un peu de secours. La solitude de cet enfant lui est insupportable. Grégoire l'attire à lui et caresse ses cheveux dans un silence complice qu'il ne faut pas griffer d'une parole maladroite. Elle aimerait que le temps s'arrête sur ce geste. Mais elle s'interdit de rêver. Le temps n'est pas venu.

— Promettez-moi de me faire signe si quelque tourment brouille votre esprit et vos jolis yeux, finit par dire Grégoire en s'éloignant.

Elle hoche la tête en signe d'acquiescement et le regarde partir avant de courir au Domaine et de rejoindre sa chambre, en s'étant assurée auparavant que Clément va mieux. Elle n'ira pas dîner, elle n'a pas faim. Elle va écouter un peu de musique et se coucher. Peut-être lira-t-elle. Si les pensées qui l'agitent lui laissent un peu de paix. Il s'est passé tant de choses en une journée et surtout, avant de saisir Clément, elle a ramassé trois feuillets qu'elle a fourrés dans son jean sans que les chiens l'en empêchent. Elle n'aurait pas dû, mais cela a été plus fort qu'elle. Elle ne culpabilise pas trop. Sa trouvaille gisait non loin du litre de vin vide. Peut-être sont-ce ces feuillets qui ont perturbé l'enfant. Il semble que ce soit vers elle que le gamin cherche du secours. Si elle pouvait l'aider.

Elle a le sentiment d'avoir vécu des instants bien peu ordinaires. Sa journée avec Grégoire ne ressemble à aucune autre. En tout cas, cela n'a rien à voir avec Frédéric ou Lucas. Et puis, cet enfant du Domaine l'interpelle dans sa quête personnelle. Elle pensait n'être venue que pour elle. Pour ses études et les objectifs fixés. Le reste ne devait avoir que si peu d'importance. Or, elle perçoit qu'elle n'est pas insensible à la souffrance de cet enfant.

De souffrance, il est bien question, une souffrance si intense qu'une réelle détresse pointe. Flora perçoit alors un sentiment inconnu d'elle. Les fibres de son corps se tendent alors qu'elle n'est pas mère. Si elle repousse ce désir d'aider l'enfant, songe-t-elle, elle sera une criminelle. Une femme indigne. Ce gamin a eu le pouvoir de pointer cette part d'enfance blessée en elle. Cette enfance dont elle ne guérira qu'en trouvant ses origines. Qui peut vivre en ignorant à jamais qui est sa mère, son père ? Comment vient-on au monde ? Qui le décide ? Est-elle née d'une fabuleuse histoire d'amour ou d'un viol, d'une atrocité de fin de guerre ? Toujours elle a songé à cela. Est-ce pour cette raison qu'elle aurait été oubliée sur la banquette arrière d'un taxi ? C'est ce qu'elle ne peut pas confier à Grégoire. Pas encore. Comprendrait-il ? Ou ferait-il comme d'autres en se défilant ? Ce jeune homme ne ressemble à aucun autre. Il ne demande rien, ne promet rien, ne questionne pas. Son attitude est seulement celle d'un homme qui tend la main et offre son sourire. Flora serre les poings, elle se défend de rêver. Les rêves se brisent si souvent avant d'avoir éclos.

8

Flora s'est allongée sur son lit et a glissé l'enregistrement de *Don Giovanni* de Mozart dans sa radiocassette. Un immense besoin de beauté et d'élévation la saisit. Et puis, la curiosité coincée au fond de sa poche commence à la démanger. Elle veut lire les trois feuillets froissés ramassés près du lit et que Clément venait de dénicher Dieu sait où. C'est une toute petite écriture qu'elle ne connaît pas et qui évoque vraiment le temps passé. Sont-ce les pages d'un journal intime d'une femme de ce domaine ? L'écriture est légèrement penchée. La calligraphie est jolie et fait courir des lignes de lettres d'une encre bleue qui a légèrement pâli avec les années. Les pleins et les déliés ajoutent une pointe de nostalgie et sont aptes à faire surgir l'émotion. En tout cas, Flora est réceptive. Elle constate que quelques taches sont venues altérer la belle écriture, la délaver par endroits, mais la lecture reste possible et assez aisée. On comprend fort bien ce dont il est question.

« J'aimerais avoir l'âge de ma tante Hannah, je n'aurais pas de question à me poser. Ma vie serait en grande partie derrière moi... et j'aurais été heureuse. Tante

Hannah peut mourir d'un jour à l'autre, elle le dit avec lucidité et sans regret. J'admire sa sérénité. C'est parce que j'ai été aimée et que j'ai aimé, confie-t-elle. Et de fait, tante Hannah a pu vivre ses amours comme elle l'entendait. Elle est restée fille, mais pas vierge. Il paraît que le pasteur grondait, mais qu'elle prenait un malin plaisir à l'envoyer promener. J'aurais aimé assister à ces conversations. J'imagine le pasteur fronçant le nez, arquant les sourcils, lui tournant le dos, tapant du pied et la sermonnant ou la menaçant de l'enfer. Je vois tante Hannah, frondeuse et effrontée face à l'homme de Dieu qui ne pouvait que hausser les épaules. Elle a eu mille fois raison, ce qui ne l'a pas empêchée de gérer ses affaires et de se faire respecter. En ce qui me concerne, personne ne peut me comprendre. Je me moque bien des vignes du Domaine. Elles ne m'intéressent pas si je ne puis aimer qui je veux. Est-ce réclamer l'impossible que la liberté d'aimer ? »

Qui, se demande Flora, a pu écrire ces pages ? A la manière d'un inspecteur de police, elle réfléchit et énonce les données connues concernant les habitants du Domaine des Vignes d'Obertor. Certes, Joséphine, la femme de Simon, n'aimait pas le vignoble. Mais ce n'est pas elle, puisque est évoquée la tante Hannah. Hannah, c'est la sœur de Ruth et par conséquent d'abord la tante de Simon. Simon a passé un après-midi à expliquer à Flora la généalogie familiale. Mais ce feuillet qu'elle vient de lire pourrait tout autant avoir été écrit par Grete quand elle était très jeune et voyait dans la chère tante Hannah une vieille personne. Grete était donc vraiment si malheureuse ? C'est vrai qu'elle n'aimait pas les vignes dans sa jeunesse... Elle rêvait de liberté et tout autant d'amour. L'auteur de ces lignes déplore un manque. La grand-tante aurait eu plus de chance. Elle a réussi à échapper au mariage.

Flora replie soigneusement ce premier feuillet et se penche sur le deuxième alors que Don Giovanni susurre une sérénade à la camériste : « Deh vieni alla finestra ». Les histoires d'amour sont rarement simples et linéaires, songe Flora. Et les êtres humains s'y connaissent pour les compliquer en diable.

« Je l'aimais et il m'aimait. Jamais un homme ne pourra m'émouvoir comme lui. Nos rencontres ont été furtives mais intenses et je ne regrette rien. J'assumerai les conséquences de nos actes. Qu'il revienne ou non. J'essaierai d'être la digne petite-nièce de tante Hannah. Elle a tout su de moi, de nous. Elle m'a encouragée et m'a dit d'envoyer paître autant mon père que ma grand-mère, sa chipie de sœur. Sauf que Ruth mérite le respect, a-t-elle précisé, car elle a tenu tête aux Boches. Moi aussi, d'ailleurs, ainsi que toute notre famille unie dans le même élan patriotique. Les Allemands avaient trop méprisé notre culture et nos savoir-faire en ce qui concerne la vigne. Il fallait produire, produire au détriment de la qualité. Sans compter les morts injustes, stupides dont ils se sont rendus coupables. Et celle de Joséphine… J'ai aimé la virulence de tante Hannah. Elle a pétri ma conscience, mais je voulais aller plus loin parce que j'étais amoureuse. Moi, j'aurais voulu avoir le droit d'accompagner les armées, j'aurais pu suivre celui que j'aimais et, puisque le destin devait le priver de la vie, c'eût été dans mes bras. J'aurais cueilli son dernier souffle. J'aurais joint le mien au sien. Qui peut comprendre cela ? J'ignore ce que furent les derniers jours de Charles. On n'a pas retrouvé son corps. Ne rien savoir du corps qui vous a tenue, fait vibrer est la pire des choses. Charles méritait une sépulture digne. Je ne peux pas supporter l'idée de la décomposition d'un corps ni l'idée des chairs putréfiées livrées aux charognards. Charles méritait mes baisers et mille fleurs. »

Le doute n'est pas permis. Il s'agit bien du journal intime de Grete. Et soudain, tout devient clair pour Flora saisie par l'émotion à l'idée de cet amour que la guerre a terrassé à jamais. Elle se souvient de la fureur de la maîtresse du Domaine quand elle a dit avoir découvert Clément dans la chambre bleue au-dessus de l'atelier qui fut le refuge de Grete quand elle était jeune fille. Dans ce sanctuaire, Clément avait donc fouillé et éparpillé quelques secrets. Et la crainte de Grete, c'est que Flora se soit penchée sur cette page d'histoire intime. Crainte en partie fondée, mais qui n'est pas une volonté de la part de Flora. Elle a découvert ces feuillets par hasard. Quoi qu'il en soit, sa curiosité est piquée, la démange, et elle est bien décidée à poursuivre sa lecture quand elle entend que l'on frappe à sa porte. Prestement, elle fait disparaître les feuillets dans ses poches et se lève pour aller ouvrir. Elle regarde d'abord par le trou de la serrure, elle ne veut pas avoir affaire à François et être obligée de le repousser.

C'est Grete qui se dresse devant sa porte.

— J'ai à vous parler, Flora.

La voix est neutre, dépourvue d'autorité. Flora, qui commence à bien connaître la personnalité de sa patronne, perçoit que celle-ci va lui demander un service. Mais son orgueil fait qu'elle le formule de la même manière qu'elle donnerait un ordre. « J'ai à vous parler », au lieu de « J'ai une demande à vous faire »... La maîtresse ne descendra donc jamais de son piédestal. Elle ne s'abaissera pas. Etait-elle ainsi dans les bras de Charles ? Est-ce l'héritage de Ruth ? L'austère et sévère Ruth...

Flora regarde sa patronne lentement du pied à la tête, une manière de lui montrer qu'elle n'est pas dupe et ne pliera pas au premier claquement de doigts.

— Où ? questionne Flora.

— Ici, si vous le permettez. Oh ! je vous en prie, arrêtez Mozart.

L'ordre est donné, sévère. Pas d'alternative possible.

— Même si c'est très beau.

Grete tente d'adoucir le propos.

— J'aime bien Mozart, mais pas *Don Giovanni.* Pour Don Juan, j'ai déjà donné et j'en paie les intérêts chaque jour, se force-t-elle à dire d'un air faussement léger en joignant le geste à la parole.

Elle use du langage avec une maîtrise impressionnante. Flora n'en revient pas. Cette fois, Grete se fait humaine et éprouve le besoin de se confier. Mais ce n'est pas pour cela qu'elle est venue. Flora fait taire l'opéra et invite Grete à entrer. Elle s'assoit très naturellement au pied du lit.

— Voilà, c'est au sujet de Clément, soupire-t-elle.

— Comment va-t-il ?

— Mieux, bien mieux, physiquement en tout cas. Il est dans sa chambre, mais refuse de m'embrasser. Il ne supporte pas davantage la présence de son père et se tourne vers le mur. Je me demandais si vous ne pouviez pas aller lui faire une petite visite. Peut-être aurez-vous plus de chance que moi, que nous. Il m'inquiète et le psy qui le suit est absent pour une dizaine de jours. Je suis épuisée par cette situation qui nous précipite, je le crains, au fond d'un gouffre sans fin.

— Vous l'avez grondé pour ce qu'il a fait ?

— Pour le vin, non. Je crois qu'il est puni, car il a beaucoup rendu et a mal au ventre. Henriette s'en est occupée, car moi, il me repousse. En revanche, je l'ai grondé pour cette incursion dans ce lieu interdit et pour le désordre de la pièce.

— Le désordre ? se force à dire Flora.

— Il a fouillé partout, percé des édredons, une sorte de rage folle exprimée peut-être dans un état anormal provoqué par cette quantité de vin bu. Vous n'avez pas remarqué l'état de la chambre ?

— J'avoue que non. J'ai soulevé Clément qui gisait en travers du lit et j'ai essayé de le réveiller avant de le prendre dans les bras, c'est tout. Il respirait, c'était bien. Et puis, pour être honnête, l'odeur de vinasse était tellement écœurante que je n'avais pas envie de m'attarder dans cette pièce, vous pouvez l'imaginer.

Grete exprime une moue contrariée que Flora ne peut traduire. L'a-t-elle convaincue ? Rien n'est sûr. Le doute ombre encore le visage de Grete qui se force à sourire avant d'insister d'une voix qu'elle veut douce :

— Vous voulez bien ?

— Je veux quoi ?

— Rendre une visite à Clément, lui parler. Je ne voudrais pas qu'il s'endorme fâché. Cela n'est jamais arrivé même depuis cette maladie qui, comme dit le psy, le verrouille.

— Je vais voir ce que je peux faire. A mon tour de vous demander quelque chose. Gardez votre François près de vous. Je suis lasse de ses poursuites, je peux vous le dire, vous le connaissez mieux que moi. C'est fatigant de subir ses assiduités, d'être sans cesse obligée de se préserver, de demeurer sur ses gardes. C'est comme cela que l'on peut dire… Non ?

Grete esquisse un sourire douloureux. Flora aurait presque l'envie de la consoler. C'est un peu fort, songe-t-elle en se ressaisissant. Je dois en plus jouer « mademoiselle Bons Offices ».

— C'est pour Clément que je vous dis oui. Je crois que votre fils est très intelligent, mais qu'il ne sait pas comment traduire et exprimer ce qu'il ressent. C'est plutôt un enfant sage, trop sage. Mais comme chez tous les enfants sages, quand les verrous sautent, c'est une grande turbulence qui sévit. Toutefois, certaines tempêtes peuvent être salutaires.

— Le ciel vous entende ! murmure Grete qui a envie de croire cette jeune femme qu'elle trouve posée et qui a les mots pour dire l'indicible.

9

La mission de Flora n'est pas difficile. Elle a même l'impression que Clément l'attend. Quand elle s'assoit sur le bord du lit, il frémit et retient un son rauque. Elle caresse son visage du bout des doigts et, presque naturellement, il se tourne vers elle.

— Allons, Clément. Tu te sens malheureux, très malheureux. Tu as fait une bêtise cet après-midi et tu n'oses plus regarder papa et maman, tu as peur d'être puni ? C'est ça ? Il faut que tu saches qu'un papa et une maman ne sont jamais contents de gronder leur enfant. S'ils le font, c'est pour lui apprendre à devenir un petit homme dont ils seront fiers. Ce que tu ignores, c'est que les parents sont inquiets pour l'enfant qui a fait une bêtise. Ils s'interrogent. Souvent, ils peuvent en parler avec l'enfant. Ils lui demandent : « Pourquoi tu as fait ça ? Raconte-nous ce qu'il y avait dans ta tête pour que la grosse bêtise soit venue. » Parfois, cela marche bien, l'enfant explique et après, tout le monde peut s'embrasser. Mais avec toi, c'est plus difficile. Tu n'arrives pas à parler avec tes parents et peut-être que eux non plus n'y parviennent pas. Leurs mots ne sont pas ceux que tu voudrais entendre.

Flora s'arrête. Une étrange lueur passe dans le regard de l'enfant. Pour l'instant, elle ne fait pas fausse route. Elle peut continuer. Il est important de lui montrer que l'on est attentif à son état et que la porte reste ouverte. Elle se dit aussi qu'il serait vain de s'étendre sur ce sujet du verrouillage. Et très vite, lui vient à l'esprit une histoire.

— Veux-tu que je te raconte l'histoire d'un petit ours qui avait une grosse épine dans le cœur ? Je crois que oui. Tu es d'accord, je vais commencer et si nous n'avons pas le temps de poursuivre, tu auras la suite demain. Donc, notre petit ours avait une grosse épine dans le cœur et cela lui faisait si mal qu'il ne pouvait plus manger le miel de Maman Ours. Mais de cette épine, il ne pouvait pas parler avec Maman Ours. Depuis trop longtemps, elle était inquiète et quand elle partait pêcher dans le petit torrent qui dévale la montagne, son pas avait changé. Petit Ours savait tout cela. On aurait dit que Maman Ours avait elle aussi un chagrin, un chagrin si fort qu'elle ne savait plus pêcher dans le torrent. Elle était pitoyable au bord du torrent et les autres mamans ours la moquaient, la traitaient de nulle. Ça, Petit Ours ne pouvait pas le supporter. Maman Ours grognait de colère, levait une patte et la laissait retomber lourdement dans le bouillonnement de l'eau. En plus de son chagrin, son bébé ours ne mangeait pas son miel. Pourquoi son bébé ours était-il ainsi ? Il ne voulait même pas la regarder. Avant, il venait mettre sa tête dans sa fourrure, cherchait son cœur qui faisait comme une petite musique. Maintenant, il se cachait derrière les plus gros troncs et ne répondait pas à l'appel de Maman Ours qui ignorait l'épine dans le cœur. Dans la patte, une épine, cela se voit, on peut soigner. Les mamans ours savent bien retirer les épines. Leurs grosses et grandes dents savent saisir l'épine et la tirer sans faire mal à leur bébé ours. Ensuite, elles lèchent la patte blessée qui va guérir, comme par miracle. Mais dans le cœur, on ne voit rien, sauf que cela fait si mal que ça empêche de rire, de grogner, et même de pleurer chez les oursons. Parfois, Maman Ours s'énervait et Petit Ours avait envie de se sauver loin, très loin, dans une forêt si épaisse que jamais on ne le retrouverait. Il croyait qu'il y serait bien tranquille et pourrait apprendre à vivre avec son épine. Tu comprends, toi, Clément, ce petit ours ? Tu es d'accord avec moi, il faut trouver un moyen d'arracher cette épine, mais comment faire ? Quel est le plus sûr moyen d'y parvenir ?

Flora s'arrête un instant avant de poursuivre. Il faut laisser le temps à l'enfant d'absorber l'histoire, de la faire sienne avant de lui permettre de faire le parallèle entre le conte et sa propre histoire et ce, sans le culpabiliser. Si Clément se sent proche de Petit Ours, c'est gagné. Pour l'instant, elle ne peut que constater la souffrance de l'enfant. Un enfant en état de détresse.

— Je sais que tu n'as pas voulu peiner maman, mais elle ne comprend pas ce qui t'arrive car tu enfermes tout dans ta tête et ton cœur. Et elle imagine mille choses, peut-être fausses. En tout cas, elle est aussi malheureuse que toi. Toi, parce que tu ne peux pas dire et elle, parce qu'elle ne peut t'entendre. Je ne sais pas ce que tu cherchais dans la chambre bleue. On dirait que tu veux découvrir une sorte de secret enfoui dans la maison. Toutes les maisons ont connu des histoires. Beaucoup de gens ont vécu avant toi dans ces murs. En ce moment, c'est ton grand-père, tes parents, toi. Un jour tu auras une amoureuse, des enfants, eux aussi vivront leur histoire. C'est vrai que parfois on découvre des histoires bizarres, tiens, comme dans les contes, et c'est tellement étrange que ça fait une épine. Il vaudrait mieux arracher cette épine et que tu puisses parler du secret qui te fait mal ou que tu ne comprends pas bien. C'est sans doute une histoire de grandes personnes, et tu crois qu'elle empêche papa et maman de t'aimer ? Regarde-moi, Clément. Je suis sûre que tu as envie de parler, mais c'est difficile maintenant que tu as pris l'habitude du Scotch sur ta bouche. C'est un Scotch invisible, mais qui est plus collant que mille rouleaux de Scotch... Il va falloir qu'on trouve un moyen pour l'arracher. Serre ma main pour me dire que tu as compris. Je compte sur toi et en échange, je te promets que tu peux aussi me faire confiance. Tu verras, avant le printemps, tous deux, nous chanterons, tu veux bien ? Serre ma main, Clément.

C'est quitte ou double, songe Flora qui attend. D'abord, Clément se dérobe, ferme les yeux, se tourne de nouveau vers le mur. Il résiste, résiste. Les secondes passent. C'est elle qui serre la petite main et, soudain, Clément qui était immobile commence à s'agiter et se retourne. Il la fixe intensément et jette sur elle un regard d'une profondeur qui lui mord l'âme. Elle voit les yeux qui se troublent. D'une main, elle retient l'enfant et de l'autre main, elle remet de l'ordre dans ses cheveux bouclés. Un geste de tendresse effleurée. Clément est un bel enfant.

— Tu es libre, tu n'es pas obligé de chanter avec moi. J'irai le faire avec Grégoire qui joue de la musique et je te souhaite une nuit peuplée de jolis rêves. Dors bien, Clément.

C'est au moment où Flora se lève pour s'en aller qu'elle perçoit la pression de la main de l'enfant dans la sienne. Il veut la retenir. Elle dépose alors un baiser sur son front.

— Maman voudrait t'embrasser, tu veux bien, n'est-ce pas ? Demain, je te dirai comment Petit Ours a pu guérir.

Clément bat des cils. Il faut interpréter ce mouvement du regard tel un acquiescement. Ce léger tressaillement des paupières chez l'enfant a le pouvoir d'émouvoir Flora et de soulever son cœur.

— Allez-y, dit-elle à Grete qui attend et ne trouve que sa main à poser sur son avant-bras pour dire merci.

10

Mais dans quoi me suis-je fourrée ? se gourmande Flora de retour dans sa chambre. Qu'est-ce qui me prend de jouer les psys de service ? Elle se remémore la scène surréaliste, pense-t-elle, une scène étrange et émouvante au bord du lit de Clément. Où a-t-elle été chercher les mots qui semblent avoir produit quelques effets, pour ce soir-là, du moins. Et cette idée d'épine dans le cœur qui a fonctionné à merveille, qui la lui a soufflée ? Elle ne se croyait pas capable d'une telle invention à l'égard des enfants qui souvent sont des énigmes pour les adultes qui n'imaginent pas que les enfants comprennent et sont réceptifs au-delà des silences. L'enfant est une personne à part entière. Merci, madame Dolto, se murmure-t-elle. Je vous lisais pour moi, je vous écoute aussi pour moi chaque jour à la radio [1] et voici que votre clairvoyance, votre bon sens m'aident à aller aux autres.

Pourquoi ai-je promis de chanter avec l'enfant ? Il y a été sensible. Chanter, ce n'est pas parler. Le chant est

1. Les premières émissions de Françoise Dolto sur France Inter ont démarré en octobre 1976.

une expression, comme l'écriture et le dessin. Voilà, se dit encore Flora, ce qu'il faut tenter avec Clément. L'ennui, dans cette promesse un peu précipitée, elle le reconnaît, c'est qu'elle y a associé Grégoire. Maintenant, il faudra tenir. On ne doit jamais mentir à un enfant. La tâche paraît immense à Flora saisie soudain par d'affreux doutes. Je n'ai plus le droit de reculer, réfléchit-elle. Me voilà aspirée dans une histoire qui n'est pas la mienne alors que je suis incapable de m'occuper de mes affaires.

Qui m'aidera à trouver mes origines ? Certes, mémée Desprès dit toujours qu'il est vain de pleurnicher. Elle ajoute que c'est en s'oubliant dans les autres qu'on grandit. Pour faire de l'humour, en ce qui me concerne, j'ai atteint une taille plus qu'honorable, cent soixante-dix centimètres.

Elle s'allonge un instant sur le lit et perçoit dans ses poches les papiers qu'elle y a fourrés. Un feuillet n'a pas été lu. Elle veut, elle doit le lire. C'est le plus court, car il est en partie déchiré. Des mots manquent à demi ou en totalité. Le vin répandu a causé quelques dégâts à ces états d'âme déversés sur le papier.

« ... Jamais je ne poserai un seul pied dans leur foutu vignoble. Personne n'a compris mon chagrin... m'aider... Mais comment ? Qu'une autre vie était... Et on m'enfermera... Le droit de revenir quand... Il a quoi dans le cœur ?

Il veut un héritier pour leur... Mais... mien... qu'en a-t-il fait ?

Faudrait partir, seule, mais où... sans force... *Je n'aurai plus jamais d'enfants. Je dois les haïr, les haïr jusqu'à la fin de mes jours* pour ne jamais avoir l'idée d'en faire un dans l'intérêt des vignes. Ils n'auront pas d'hé… »

Mon Dieu ! gémit presque à haute voix Flora. Clément sait lire. Qu'a-t-il compris ? En tout cas, après avoir parcouru un tel feuillet, il est en droit de douter de l'amour de sa mère. « Je dois les haïr, les haïr jusqu'à la fin de mes jours… » Et lui, il est né. Parce que sa mère est revenue et qu'elle a daigné chausser les souliers d'une famille qui ne regarde que les ceps sur la colline. Elle a même fait un enfant. Mais que veut dire : « Je n'aurai plus jamais d'enfant » ? Un enfant serait né et mort ? L'enfant de ce bel amour ? Voilà une des blessures de cette femme qui se promettait d'assumer les conséquences de cet amour qu'on lui refusait. Flora compatit du fond du cœur. L'émotion affleure. Puis elle se ressaisit, se traite d'idiote. J'ai aussi mes problèmes, moi, je ne sais pas qui je suis et je ne joue pas les princesses pour autant, songe-t-elle. Je ne suis pas odieuse avec tout le monde.

Voilà qui rappelle à Flora qu'elle est loin d'avoir terminé ses recherches quant à ses origines. Oui, elle fera ce qu'elle peut pour aider Clément puisqu'elle le lui a promis. Mais elle doit aussi penser à elle. C'est bien pour cela qu'elle est venue en Alsace. Elle trouve qu'elle n'a que trop tardé. Elle n'est allée à Strasbourg qu'une fois. Elle retournera dans cet hôpital. Solange lui a indiqué des noms de personnes susceptibles de lui ouvrir les archives. En attendant, elle se fait une promesse et elle jure de s'y tenir.

Demain, c'est décidé, elle ira à Colmar. Que Grete soit d'accord ou non, elle fera cette visite à mademoiselle Guérin, histoire de raviver sa mémoire. Elle la forcera à dire ce qu'elle sait. A-t-elle connu Christine Schaffen qui a travaillé avec Elisabeth Vogel, laquelle ne lui sera pas d'un grand secours puisqu'elle n'est plus ? C'est dommage, elle devait se souvenir de ce chauffeur de taxi. Un homme qui dépose un bébé trouvé sur la banquette arrière de son véhicule, ce n'est pas banal.

Tout se brouille dans la tête de Flora qui tente de comprendre ce gamin qui trouve des feuillets écrits par sa mère et les lit... Maintenant, Flora imagine que cette lecture a probablement bouleversé l'enfant au point qu'il a eu l'envie de prendre une cuite mémorable. Comment en est-il arrivé là ? S'il parlait... S'il parlait, ce gamin est un jeu de piste... Et elle rit de la comparaison. Il faut décoder ce comportement étrange.

Que cache Grete ? Un journal intime qui comporte ce que tout le monde ou presque dans son proche entourage connaît. Enfin, à peu près. Il faudrait lire l'intégralité de ces écrits du cœur et reprendre à l'origine cette histoire familiale qui abrite un secret de Polichinelle. Grete aimait un homme que la famille ne portait pas en haute estime. C'est fréquent et cela n'a rien de tragique, sauf pour les deux amants contrariés. Cette révélation écrite par l'intéressée à peine âgée de vingt ans est touchante, songe Flora. Dans sa faiblesse, dans sa blessure, Grete brosse ainsi un portrait plus humain d'elle-même. Mais pourquoi joue-t-elle les grandes dames ? Est-ce pour donner le change ? Parce qu'elle n'est pas heureuse avec François ? Elle a besoin d'être autre pour exister ? Au fond, Clément, son fils, joue le même jeu, renvoie une autre image de lui-même à ses parents pour que ceux-ci tombent les masques. Mais ce gamin est en droit de se sentir blessé. Une mère qui dit : « Je n'aurai pas d'autre enfant. Je les hais, je les hais », c'est grave et perturbant pour les survivants. Clément est un survivant face à la détermination négative de sa mère.

Flora est sur le bon chemin. Madame Dolto et Bruno Bettelheim, qu'elle est en train de lire, lui ouvrent les chemins de l'esprit. Il faudra qu'elle en parle à Grégoire. Si le sujet l'intéresse. En tout cas, elle a promis de chanter avec Clément et de mettre Grégoire dans le coup. Il ne pourra pas le lui refuser. Il s'était d'ailleurs proposé de lui venir en aide.

Curieuse, elle se demande comment elle pourrait visiter la chambre bleue que ce gamin a quelque peu chahutée. Elle aimerait tout lire du journal intime de sa patronne. Elle pourrait ainsi aider efficacement l'enfant. Mais comment faire ? Grete est souvent là. La porte est fermée à clé. François peut rôder. Sans compter Henriette ou Louis, ou même Simon. Et puis, tout aussitôt, elle a honte de ses pensées. Aider Clément, n'est-ce pas un prétexte pour avoir accès au secret de la maîtresse du Domaine des Vignes d'Obertor ? Grete passionne Flora. C'est une curiosité malsaine. Je n'ai pas le droit, se gendarme-t-elle. Elle a un peu honte et tente de se rassurer. Je me complique trop la vie, songe-t-elle. Il est temps de se laisser porter par Mozart. Un peu de *Don Giovanni* que Grete a interrompu. Elle écoute la grande Elisabeth Schwarzkopf dans le rôle de Donna Elvira. Don Giovanni, c'est Eberhard Wächter, un magnifique baryton [1]. Elle ferme les yeux un instant pour savourer le chef-d'œuvre de Mozart et le sommeil l'entraîne malgré elle.

1. Enregistrement de 1961 avec The Philharmonia Orchestra and Chorus, direction de Carlo Maria Giulini.

Elle se réveille plus tard que prévu et elle est en colère. Grete va encore lui faire des remarques, surtout quand elle lui dira : « Il faut que j'aille à Colmar... »

Il y a beaucoup à faire au Domaine des Vignes d'Obertor. Même à l'aube d'une journée qui sera ordinaire. Veiller sur les caveaux qui doivent toujours être impeccables. Deux cars de touristes belges sont attendus pour le lendemain et un autre en fin de semaine. Si tout n'est pas archiprêt pour quatorze heures, Flora sait qu'elle peut mettre une croix sur la visite qu'elle espère effectuer à l'hôpital de Colmar. Dans ce cas, il faudrait la reporter à la semaine prochaine. Car les travaux de labour avant l'hiver vont commencer dans le vignoble entré en dormance et elle doit y participer. Une tâche nécessaire pour sa thèse. Le découragement la saisit. Pour passionnant que soit ce travail, il est trop prenant... Elle s'est trouvée piégée. Elle pensait avoir davantage de temps dès que les vendanges seraient terminées et le vin encavé. Il n'en est rien. Elle se dirige vers la cuisine pour absorber son petit déjeuner avec un vague à l'âme terrible quand elle croise Grete.

— Flora, je vous remercie pour hier soir. Ce matin, avant d'entrer en classe, Clément n'a certes pas parlé, mais m'a tendu sa joue sans que j'aie besoin d'insister. Que lui avez-vous dit ?

— Rien de particulier. J'ai raconté l'histoire d'un petit ours qui avait une épine dans le cœur. Clément saura la suite ce soir... Pendant que j'y suis, je voulais vous dire que j'avais besoin d'aller à Colmar pour affaires personnelles. Si je n'y vais pas aujourd'hui, ce sera reporté à la semaine prochaine vu le programme qui nous attend, et ce serait fort ennuyeux pour moi.

— Je comprends, allez-y, je me débrouillerai. Soyez rentrée pour dix-huit heures, vous comprenez, c'est pour Clément...

— Je ferai de mon mieux, cela devrait être suffisant.

— C'est dommage que vous ne conduisiez pas, je vous aurais prêté ma voiture.

— Merci, mais j'aime autant la bicyclette.

Flora doit se retourner pour cacher le trouble qui lui vient. Grete, c'est Grete qui est si gentille avec elle ! Est-ce parce qu'elle s'est occupée de Clément avec un résultat positif assez palpable ? Pourvu que ces bonnes dispositions durent ! pense Flora qui n'ose se réjouir trop vite.

Alors qu'elle s'apprête à enfourcher son vélo posé près de l'atelier, François surgit. Merde, rage Flora en serrant les dents, il va encore m'enquiquiner.

— Flora...

— Je n'ai pas le temps.

— Je peux vous conduire.

— Surtout pas. Vous savez bien que je tiens à mon indépendance. A tout à l'heure avec Clément.

Et elle fonce sur le vélo alors que Simon se montre. Ouf ! François ne va pas la suivre si son beau-père a remarqué son petit manège.

Se laisser conduire par François ! Et quoi encore ! Il serait capable de me faire le coup de la panne, ce zozo-là, se dit-elle en appuyant avec férocité sur les pédales pour s'éloigner très vite du Domaine.

11

Demain, j'irai dans les vignes, chantonne Flora sur un air qu'elle invente, demain, je conduirai le tracteur pour labourer entre les parcelles. Demain, ou plus tard, nous taillerons, nous taillerons, tralalala, Guyot double, Guyot simple [1], afin de conserver une hauteur de tronc régulière et choisie et qui régule la production.

Flora se force à garder un cœur joyeux. On travaillait ainsi dans certaines parcelles bourguignonnes, se rappelle-t-elle. « La taille est importante », lui répétait Jeanjean qui revenait aider Ambroise, le mari de mémée Desprès, peu avant sa mort. Flora a bien retenu les leçons, c'est la taille qui va décider du choix de la charge du raisin. Quand tout a bien été orchestré, on peut compter sans se tromper le nombre de bourgeons qui vont éclore... Une bonne taille permet un bon palissage et, de ce fait, un entretien plus aisé. Après la taille, on passe au liage, et pour cette tâche, les doigts de femme sont précieux. Tiens donc, rit-elle, parce que nos gestes

1. Nom de la taille préconisée par le docteur Jules Guyot, né en 1807, mort en 1872 à Savigny-lès-Beaune. Médecin physicien, ce sont ses travaux sur la vigne qui l'ont rendu célèbre.

sont plus délicats, on plie la baguette restante doucement pour la faire courir sur le fil. Flora se souvient des félicitations du maître de chai du Clos Saint-Jean. En voyant les femmes à l'œuvre, Ambroise Desprès prenait un réel plaisir à chanter : « Je le proclame, les mains de femme sont des bijoux dont je suis fou. » Et de fait, en pliant la baguette, on crée un léger pincement qui limite l'excès de sève vers l'extrémité. Les bourgeons du bout de la baguette ne débourreront pas. Le cep garde ainsi sa force, la sève reste concentrée et ne s'éparpille pas. Simon est, a dit Grete, expert en taille, liage, palissage. Ruth lui a tout appris. Demain, a promis Flora, elle aidera Simon assez fatigué ces derniers jours. Une mauvaise toux qui ne veut pas passer et ralentit son entrain. Elle espère surtout avoir le geste aussi précis que Jeanjean ou Simon et ne point faire de sottises.

Pour l'heure, elle pédale alors que le vent pique ses mollets et ses cuisses. Plus frais, pinçant même. Il faut le braver, le contrer, redoubler d'ardeur. Hier, il faisait doux encore. Cette fois, l'automne montre le bout de son nez. Simon lui a dit qu'avant la fin du mois, des gelées blanches se produiraient et si le vent tournait au nord-est, ce ciel lourd qui traverse le pays pourrait bien envoyer quelques chutes de neige. Cette semaine doit être mise à profit pour préparer le vignoble au sommeil hivernal. Le reste se passera dans les caves... Dans les fûts, une vie insoupçonnée se déroule. Jeanjean disait que depuis la nuit des temps, le dieu du vin vient en chaque cave, colle son oreille aux parois des fûts et écoute le chant du breuvage qui régale les humains parfois jusqu'à l'excès. Quand les lieux lui plaisent, racontait encore Jeanjean, le dieu grogne son contentement et tapote les foudres du pied, et le breuvage se fait nectar. Mais il arrive que le dieu soit en colère et fasse tout le contraire. Les dieux ont leurs humeurs et alors le pauvre vigneron, pris de subites insomnies, entend les terrifiants glougloutements dans les tonneaux, ce qui ne laisse rien présager de bon. Il peut se lamenter, il sait qu'il ne lui restera qu'à ouvrir les vannes et à renvoyer dans les égouts le breuvage qui ne sera jamais que du vinaigre. Les hommes auront travaillé pour rien et la réputation des lieux sera à jamais ternie. Jeanjean précisait que les vignerons qui avaient vécu pareilles mésaventures disparaissaient très vite, peut-être bien emportés dans les tonneaux du dieu du vin que les nuages d'orage transportent et qui font craindre le pire. Jeanjean connaît mille histoires de cet acabit. Il a une imagination débordante qui peut tenir en haleine les fans de contes et légendes une nuit entière. Petite fille, Flora les a entendues et y a cru. Elle aussi collait son oreille à la paroi des foudres pour entendre le chant du breuvage. Plus tard, Jeanjean lui a expliqué qu'il tenait cette science d'Ambroise Desprès, l'ancien maître de chai.

L'hôpital de Colmar se dresse devant elle. Finalement, la route n'a pas été si longue. Penser à la vigne est un puissant moteur, songe-t-elle. Elle a d'abord rendez-vous avec l'infirmière-chef du service de gériatrie. Quand elle a téléphoné, elle a bien précisé qui elle était et qu'elle venait de la part de Solange, l'assistante sociale qui a succédé à mademoiselle Guérin qui vivait à Beaune avant que sa famille alsacienne ne la fasse revenir dans ses terres.

« Mademoiselle Guérin n'est pas trop mal en ce moment, vous pourrez parler avec elle, a indiqué l'infirmière. Vous ferez attention à ne point trop la fatiguer. Sinon, elle pique une petite crise et nous devons la droguer pour la calmer. Ce que nous n'aimons pas, naturellement, vu son âge, ce n'est pas conseillé. C'est que mademoiselle Guérin a quatre-vingts ans. »

L'accueil est cordial. L'infirmière est souriante et rappelle à Flora qu'il ne faut point brusquer la vieille dame.

— Oui, je sais, répond Flora. Elle a quatre-vingts ans, vous m'avez dit tout cela au téléphone. Mademoiselle Guérin a pris sa retraite vers soixante ans, quand j'avais huit, neuf ans. J'ai de vagues souvenirs d'elle, et puis Solange est arrivée. Parfois, elle venait encore rendre visite à mémée Desprès avant de disparaître de ma vie quand elle est repartie dans sa famille. Solange a dû vous faire part de ma quête.

L'infirmière acquiesce. Elle hoche la tête et sourit. Un signe d'encouragement à l'adresse de Flora qui l'incite à plonger dans son passé. Elle veut se rappeler les traits de mademoiselle Guérin. A part un chignon natté, des cheveux poivre et sel encadrant un visage parfois grave, elle s'interroge : la reconnaîtrai-je ? Elle était vêtue comme une assistante sociale. Une jupe plissée bleu marine et un chemisier blanc boutonné jusqu'en haut du cou. Elle portait une veste sombre ou un gilet, c'était selon la saison. De quelle couleur étaient ses yeux ? Flora ne sait pas, ne sait plus.

— Vous trouverez mademoiselle Guérin dans la chambre vingt-six, précise l'infirmière. Elle est prévenue de votre visite, mais n'attendez point de miracle, elle n'a pas eu une réaction spectaculaire lorsque nous avons essayé de lui dire qui vous étiez. Peut-être qu'en vous voyant, le nuage qui voile sa mémoire se dissipera. Bon courage !

Flora hausse les épaules, garde le sourire et s'éloigne dans le long couloir d'une saisissante propreté. Les murs fraîchement repeints sont décorés et accueillent quelques reproductions invitant au voyage pour casser l'effet aseptisé de l'hôpital. Flora retient son souffle en frappant à la porte vingt-six. Personne ne lui répond. Elle insiste quand une aide-soignante lui conseille d'entrer.

— Entrez, la dame du vingt-six n'entend pas toujours.

Elle se trouve face à une vieille femme fatiguée par les ans. Mais elle reconnaît le chignon. Simplement, la chevelure a pris ce ton de la sagesse et fait une auréole blanche à un visage pas vraiment ridé malgré l'âge. Les paupières tombent un peu sur les yeux, d'où cet air très doux qui nimbe ce visage qui fut autrefois un peu sévère, du moins dans les souvenirs de Flora. Les yeux sont bleus, un joli bleu sombre donnant de la profondeur au regard. Les cheveux ne sont pas ternes du tout, un reflet bleuté les parcourt et la natte du chignon est impeccable, une coiffeuse doit venir s'en occuper, constate Flora. Mademoiselle Guérin est assise de trois quarts dans un fauteuil face à la fenêtre. Elle regarde Flora qui entre et répond immédiatement à ses salutations.

— Bonjour, madame, je ne vous connais pas, lui lance la vieille dame.

— Mais si, madame, c'était il y a longtemps, à Beaune...

— Ma foi, non ! lui répond mademoiselle Guérin.

— Si je vous parle de mémée Desprès... Clairette Desprès... Cherchez bien : au Clos Saint-Jean.

— La femme du maître de chai ! Celle qui élevait des enfants de l'Assistance publique.

— Oui, madame.

— Mademoiselle, jeune fille, je n'ai jamais été mariée. J'ai bien failli, j'en aurais été heureuse, même sur le tard, mais Dieu ne l'a pas voulu. Il a sans doute bien fait, car j'ai vu les dégâts des histoires d'amour. Pfff, mon rôle sur cette terre aura consisté à réparer les trous que font certains humains dans le cœur d'autres. En somme, à faire que des innocents ne paient pas pour les bêtises des adultes.

— J'entends bien, glisse Flora. Justement, en ce qui me concerne, il paraît que c'est vous qui m'avez confiée à Clairette, il y a un peu plus de trente ans.

— Me souviens pas de vous. Il est vrai que des enfants, j'en ai porté à tellement de femmes ! Surtout après la guerre. De pauvres gosses nés d'étreintes furtives, voulues ou non. Les Américains n'auront pas mieux fait que les Allemands ou les Français. Les hommes sont des hommes.

— Clairette Desprès, mademoiselle Guérin, vous la connaissiez bien, vous lui rendiez visite chaque semaine.

— Possible, c'était mon travail. Et vous, comment vous appelez-vous ?

— Flora, Flora Rivière.

Mademoiselle Guérin ferme un instant les yeux. Cherche-t-elle un souvenir englouti au tréfonds de ses entrailles ? Elle rouvre les yeux, mais déjà le regard n'est plus le même. Il se voile. Les mâchoires de mademoiselle Guérin se serrent dans une contraction qu'on devine douloureuse et qui l'expédie à mille lieues de sa chambre. Elle soupire et se tourne légèrement dans son fauteuil pour faire totalement face à la fenêtre. Elle pose les yeux sur le parc frémissant. La pluie s'est mise à tomber. Flora tente de la sortir de la brume qui tombe en lui prenant les mains quand on frappe à la porte en même temps qu'elle s'ouvre.

— Mademoiselle Guérin, c'est le pasteur Junger. Oh ! pardon, madame ou mademoiselle, dit le vieil homme en apercevant Flora.

— Flora Rivière, je travaille au Domaine des Vignes d'Obertor, chez Grete Boehler, à Ammerschwihr.

— Par exemple ! Chez la petite-fille de Ruth, la fille de Simon, ce vieux copain ! Et qu'est-ce que vous faites chez eux ? Vous êtes de la famille ?

— Non. J'étais venue pour les vendanges, mais Grete m'a gardée. Je finis une thèse en œnologie et puis j'en profite pour mener à bien un autre travail personnel. Aujourd'hui, je visitais mademoiselle Guérin qui a bien connu ma grand-mère de Beaune.

— Vous ne m'aviez pas dit tout cela, chère mademoiselle, dit alors le pasteur en se tournant vers la vieille dame. Quelle vie fut la vôtre ! L'Afrique, Paris, Strasbourg, Beaune…

Mademoiselle Guérin vient d'opérer une plongée dans son monde. De temps à autre, elle laisse échapper un profond soupir.

— Elle est partie dans un univers inconnu de nous, et sans avoir répondu à mes questions, déplore Flora.

— Cette situation est courante chez elle et a tendance à s'accentuer. Les moments où elle est le mieux, c'est en fin de matinée ou après le repas du soir, ou quand son vieil ami la visite. Essayez de revenir dans deux jours en fin de matinée. Je lui parlerai de vous entre-temps, mademoiselle Flora Rivière, c'est ça ? Vous êtes de Beaune ?

— Oui, enfin je suis née à Strasbourg.

Flora salue et s'éclipse, elle ne veut pas en dire davantage... Le pasteur Junger connaît les gens du Domaine sur le bout du doigt. La vie de Flora ne regarde qu'elle.

Il faut rentrer sous la pluie et s'occuper de Clément, comme elle l'a promis à Grete.

Grete permettra-t-elle une autre escapade dans deux jours ? Mademoiselle Guérin sait des choses, c'est évident. Pourvu qu'elle ne meure pas trop vite ! songe Flora persuadée que la vieille dame a encore suffisamment de lucidité pour lui parler de son enfance dérobée.

La nuit tombe déjà sur Colmar. Et la pluie ne va pas arranger son retour. Qui voit-elle à la porte du hall, depuis le long couloir ? François.

— Oh ! non, lâche-t-elle en rebroussant chemin.

Elle court comme pour échapper à un danger et se heurte au pasteur.

— Heureusement que je suis solide, s'exclame le pasteur, la force de la jeunesse m'aurait mis les quatre fers en l'air !

Du coup, la barrette qui retient les cheveux de Flora en queue de cheval s'ouvre.

— Pardon, bafouille-t-elle en la ramassant.

— Qu'est-ce qui se passe ? Mon Dieu, quelle tignasse, murmure-t-il pour lui-même.

— Vous savez où je pourrais téléphoner ? S'il vous plaît, c'est très important, supplie-t-elle d'un ton qui ne lui laisse à lui, l'homme de Dieu, aucune façon de se dérober.

— Venez dans mon bureau, qu'est-ce qui vous affole ainsi ?

— François ! lâche-t-elle, le mari de Grete. Il m'attend, je ne veux pas revenir avec lui. Il cavale toutes les filles.

— Je sais cela aussi, jolie jeune fille. Simon en est consterné. Qui voulez-vous appeler ?

— Je ne sais pas, Grégoire ? Simon ?

— Grégoire, le fils de Wilhem et Maria ? Vous le connaissez ? siffle-t-il, admiratif.

— Oui, mais sera-t-il là ? questionne Flora en peinant pour rassembler ses cheveux.

— On va essayer, jolie tignasse. On ne vous a jamais dit...

— Que je ressemblais à *La Vierge au buisson de roses*, mais je ne suis pas vierge, proteste-t-elle avec agacement.

— Cela, c'est pas mon problème ! Pour la *Vierge au buisson*, c'est vrai qu'il y a une parenté, mais on pourrait en trouver d'autres, dit-il plus bas, comme pour lui-même. Je ne suis pas chargé de vous confesser. Les protestants, du reste, à la différence des catholiques, s'en remettent directement à Dieu. En ce qui vous concerne, Grégoire a bon goût, la taquine-t-il.

— Erreur ! Grégoire n'est pas mon petit ami, seulement un copain, proteste-t-elle avec colère avant de supplier plus doucement : S'il vous plaît, monsieur le pasteur, ne traînons pas, si je ne suis pas de retour à dix-huit heures, Grete sera en colère.

— Ecoutez, jolie tignasse, si Grégoire ne répond pas, je vous ramène, cela vous va ? J'en profiterai pour boire un coup avec Simon, on ne s'est pas vus depuis près d'un mois.

12

Grégoire n'était pas à son domicile à Kientzheim. Elle a tenté de le joindre chez ses parents au cas où. On ne l'y avait pas vu. Une lassitude proche du découragement l'irradiait chaque fois que ses appels se soldaient par un échec. Le pasteur l'observait et guettait ses réactions tout en lui adressant quelques petits signes d'encouragement lui signifiant : « Ce n'est pas grave, nous allons faire autrement. »

C'est donc lui qui reconduit Flora au Domaine. Il l'a prévenue : son carrosse est une vieille demoiselle qui risque de la chahuter, mais jamais il ne se séparera de sa deux-chevaux.

— La reine de mes routes évangéliques, dit-il en rigolant pour arracher un sourire à Flora. Avec elle, je ne crains rien.

Sur le sujet de Dieu, Flora ne répond pas. Elle pourrait lui dire : « Je suis trop en bagarre avec lui. A quoi bon être Dieu, avoir les pleins pouvoirs, si c'est pour permettre autant de peine sur cette terre ! » Mais elle se tait. Elle s'est déjà si souvent fâchée avec mémée Desprès quand elle voulait lui faire entendre raison et lui promettait le réconfort dans l'autre monde. Une stupidité, du rabâchage. C'est sur terre qu'il faut être heureux.

Finalement, Flora évoque sa passion concernant les vins d'Alsace.

— La fine fleur du palais, dit-elle.

Le pasteur est bien d'accord avec elle.

— Et voilà, le Domaine des Vignes d'Obertor, voulu par Joséphine ! lance le pasteur en voyant émerger la plus haute tour.

Flora observe le Domaine que les arbres dénudés montrent davantage dans l'écrin des cépages depuis la route qui serpente entre les vallons avant d'arriver à l'allée des tilleuls.

— Je vais vous faire une confidence, poursuit le pasteur, j'ai pensé que la mort précoce et tragique de Joséphine, avant celle de Ruth, la belle-mère, allait bouleverser les choses et la vie du lieu. La catholique morte et enterrée à Strasbourg, j'ai cru que Simon, mon vieux copain, tiendrait sa parole et que ce Domaine serait dédié à la Vierge, comme c'était prévu. Mais Simon voulait la paix avec Ruth et le Domaine Notre-Dame de l'Obertor n'a pas vu le jour. Je crois que Simon n'en fut pas très fier.

— Il m'a confié tout cela, répond Flora.

La deux-chevaux roule au pas dans la grande allée bordée de tilleuls quasiment nus. Le vent a soufflé si fort qu'il a eu raison des feuilles qui s'obstinaient à tenir sur les branches.

Bien que Flora ne soit pas en retard, elle est attendue par Grete qui lui offre un visage soucieux. D'instinct, son cœur se serre par avance comme pour se caparaçonner.

Cette fois, elle ne craint pas une colère de sa patronne. Elle pressent qu'il s'agit d'autre chose, de plus grave.

— Ah ! Flora, entrez vite ! Bonsoir, monsieur le pasteur. Flora, je n'ai pas une très bonne nouvelle pour vous. Solange a téléphoné. Votre grand-mère n'est pas en grande forme. Il serait bon que vous alliez lui rendre visite le plus vite possible. Ce sont les termes de Solange, vous pouvez lui téléphoner. Vous n'avez pas vu François à la sortie de l'hôpital ? C'est lui qui a pris la communication et tout naturellement, il s'est proposé pour aller vous chercher à Colmar. Il a d'abord pensé que vous étiez chez Wilhem et Maria. Il les a appelés. Eux aussi ont été prévenus par votre amie Solange de l'état de votre grand-mère. Ce sont eux qui ont dit que vous deviez être à l'hôpital dans le cadre de vos recherches.

Sous le choc, Flora reste sans voix. Elle ne va pas dire qu'elle a aperçu François et qu'elle l'a fui parce qu'elle ne lui fait absolument pas confiance. Grete sait ce qu'elle pense de l'époux volage. Pour lui, l'occasion était trop belle... Pourvu que le pasteur tienne sa langue ! Cet homme comprend les silences ou doit lire dans les pensées, car il se tait.

— Mémée est donc si mal ? parvient-elle à articuler.

— Il semble que oui.

Certes, mémée Desprès vieillit. Mais, jusqu'à présent, elle a toujours joui d'une si bonne santé que Flora n'a encore jamais envisagé le pire. L'idée de la proche disparition de cette femme qui lui a donné le meilleur, l'a consolée et serrée sur son cœur lui est insupportable. Elle se prend la tête dans les mains. Mémée Desprès morte, elle n'aura plus personne, aucune famille. Le pasteur qui observe Flora se dit qu'il est temps de faire diversion.

— Flora n'a pas répondu à ta question, Grete, parce que nous n'avons pas vu François. J'avais proposé de reconduire Flora et nous avons pris la sortie des artistes, après avoir mis son vélo en lieu sûr, glisse-t-il avec humour, là où mon carrosse se trouve toujours garé. Moi, j'avais l'envie de boire le coup avec Simon.

— Vous avez bien fait, lui répond Grete. Simon va nous rejoindre, et ce sera pour lui un grand plaisir. Il est allé consulter le médecin.

— Rien de grave ? interroge le pasteur.

— Seulement l'âge, vous le connaissez. Il ne veut jamais se soigner. J'ai dû me fâcher pour qu'il cède. Mais je crois que ce n'est pas plus grave que d'ordinaire.

Flora respire, se redresse et questionne :

— Quand dois-je partir ?

— Quand vous le voulez. Je vous laisse juge. Il ne faut pas perdre de temps. Je crois que vous avez un train pour Nancy demain matin. De Nancy, vous rejoindrez Dijon. Jeanjean vous attendra à la gare si vous le prévenez de Nancy, a précisé Solange.

Si Jeanjean est au courant, c'est que l'état de mémée Desprès est déjà désespéré, se dit Flora abasourdie qui entend le pasteur comme dans un nuage.

— C'est plus compliqué qu'il n'y paraît, indique-t-il, je prends fréquemment cette ligne et, parfois, il y a trois heures d'attente entre deux changements de train. Si la grand-mère de Flora n'est pas au meilleur de sa forme, il n'y a pas de temps à perdre.

La conversation est interrompue par la cloche du portail.

— J'y vais, dit Grete qui veut soulager Flora.

Elle revient aussitôt avec Grégoire sur les talons.

— Flora, je voudrais vous voir.

Il est donc venu. Elle le suit jusqu'au vestibule. Elle aurait presque envie de se jeter dans ses bras.

— Ma mère m'a prévenu et Solange aussi. Je venais d'entendre votre message... Je vais vous conduire à Beaune, ce sera plus facile, si vous le voulez bien...

— C'est que je ne voudrais pas vous obliger, ni vous déranger.

— Regardez-moi. Vous avez bien fait d'appeler tout à l'heure. Je suis heureux que vous l'ayez fait. Je serai toujours là pour vous. Vous pouvez, vous devez me croire.

Elle n'a pas la force de protester. Elle est perdue et se demande ce que signifie une telle attention. Elle ne peut s'empêcher de songer que, s'il savait qui elle est, il prendrait la poudre d'escampette comme les autres. Elle n'est qu'une fille sans famille, une fille de l'Assistance publique.

— Quand partons-nous ? lui demande-t-elle.

— Le plus sage, c'est dès maintenant, une grand-mère très malade et qui a peut-être des choses à vous révéler, ça n'attend pas. Préparez vos affaires.

— Je devais raconter une histoire à Clément, je lui avais promis aussi de chanter avec lui et que vous aussi vous chanteriez avec nous.

— Allons lui dire au revoir tous deux et nous ferons plus tard ce qui a été promis. Ça ne m'ennuie pas. J'ai l'habitude de faire de la musique avec des enfants dits à problèmes. Vous ne le saviez pas ? Je suis musicien semi-professionnel, parfois un peu marchand de vin pour rendre service aux parents, c'est un autre mi-temps. Et j'essaie d'être utile à mes semblables par quelques petites actions ici et là à temps plein. Nous avons encore beaucoup à apprendre l'un de l'autre.

Dans la tête de Flora, les pensées mènent une joyeuse et folle sarabande. Ce mec est complètement loufoque, toqué. Il agit comme si nous nous connaissions depuis des lustres. Et j'ai l'air de le croire. Je l'écoute et cela ne me déplaît pas. Mais que m'arrive-t-il ? Je m'étais pourtant interdit de prêter attention aux trop belles paroles des hommes.

Clément est dans sa chambre, occupé à dessiner, quand Flora et Grégoire entrent pour lui dire au revoir. Il a représenté un enfant et un couple. La femme a de très longs cheveux et l'homme qui est à ses côtés tient une sorte d'instrument de musique. Flora et Grégoire se regardent. Ils ont compris le message. Clément les attendait. Il n'a pas oublié la promesse faite par Flora la veille.

— Clément, ce que je t'ai promis hier, je le tiendrai. Tu vois, Grégoire est là et il est d'accord. Nous ferons bien de la musique et nous chanterons tous les trois. Mais aujourd'hui je dois partir pour deux ou trois jours, car ma grand-mère est très malade. Elle habite en Bourgogne, dans un lieu où l'on fait aussi du vin. Grégoire va me conduire et je te promets que dès que nous reviendrons, nous ferons de la musique. Tu nous attendras, n'est-ce pas ?

Clément cache sa tête dans ses mains pour se dérober à l'insistance de Flora.

— Ne sois pas triste, ajoute Grégoire. Il y a parfois des histoires qui viennent compliquer d'autres histoires. Mais à la fin, tout finit par s'arranger.

— Comme pour ce petit ours qui a son épine dans le cœur. Tu sais, il va guérir. Il va déjà beaucoup mieux. Maman Ours arrive à pêcher dans le torrent. Et les autres mamans ours ne se moquent plus d'elle, le rassure Flora en posant une main sur sa tête avec affection.

— Aujourd'hui, c'est Flora qui a une épine dans le cœur, dit doucement Grégoire, mais je vais te dire un secret, écoute bien, tends l'oreille : je conduis Flora en Bourgogne, elle n'a pas le permis, et je la consolerai si elle a du chagrin. OK, petit homme ?

Lentement, l'enfant dégage son visage de ses mains, mais ne regarde ni l'un, ni l'autre. Il a les yeux fixés sur le mur où se trouve punaisée la photo de Démon, le chaton noir aux yeux verts qui vient de quitter le lit où il ne dormait que d'un œil pour venir se frotter aux jambes de Clément.

— Tu ne seras pas seul, ajoute Flora, car je penserai à toi tous les jours et, si tu veux, je te donne une cassette de mes musiques préférées, tu pourras les écouter, comme ça nous serons un peu ensemble, tu veux bien ?

Clément se tourne alors vers Flora restée penchée au-dessus de lui et réprime un gros sanglot. C'est la première fois qu'il exprime réellement un sentiment. Flora l'attire à lui telle une mère et caresse ses cheveux. Elle doit retenir l'émotion qui la submerge et lui fait venir les larmes au bord des yeux.

— Nous allons faire de belles choses quand nous reviendrons, promet Grégoire. Bye bye, petit homme, je compte sur toi.

Et il entraîne Flora hors de la chambre de Clément.

— Nous ne devons pas trop alimenter l'émotion qui lui vient. Il est intelligent, il a compris. Cette émotion est bon signe, la carapace se fissure.

— Qui le consolera ? Que de souffrance chez cet enfant ! J'en veux à Dieu de permettre cela !

— Dieu n'y est pour rien. Ce sont les humains qui sont la plupart du temps les auteurs des souffrances infligées à d'autres. Clément trouvera du réconfort, il vous croit sur parole.

— Pourquoi l'humanité est-elle si imparfaite ? soupire Flora en remplissant son sac alors que Grégoire l'attend appuyé au chambranle de la porte de la chambre.

— Je crois que personne n'a la réponse, hélas !

— C'est vrai que ce questionnement efface un peu la peine que j'éprouve face à Clément. Je supporte mal le chagrin d'un innocent.

— Parce que cela vous renvoie à vous-même. La peine ou la joie d'un proche réveillent ce qui est enfoui en chacun. Ne traînez pas, nous devons partir dès que possible. Nous parlerons en route et nous nous restaurerons...

Il n'a pas le temps d'achever qu'Henriette se précipite vers eux :

— J'ai pensé à vous deux. Voilà de quoi manger. Il y a même une Thermos avec du café. Soyez prudents, la météo n'est pas très bonne. Grégoire, vous nous la ramenez en forme. Nous avons bien besoin d'elle ici. C'est notre soleil... Et vous, Flora, soyez forte avec les choses de la vie, ne vous laissez pas abîmer. Ici, Hans, Louis et moi penserons à vous.

— Merci, Henriette. Je vous embrasse, dit Flora en se penchant vers elle.

13

Flora songe avec une pointe d'angoisse : Pourvu que j'arrive à temps... que mémée me révèle enfin ce qu'elle m'a toujours caché ou n'a pas osé me confier. Que sait-elle de moi ? Mademoiselle Guérin a dû lui dire des choses me concernant. Petite, elle a estimé que je n'aurais pas été capable de comprendre, mais à l'âge qui est le mien, n'est-il pas naturel que l'on me rende mon histoire ? J'y ai droit, même s'il s'agit d'une tragédie. C'est la mienne et je ne peux avancer dans la vie en la méconnaissant.

— Vous êtes bien silencieuse, constate Grégoire.

— C'est vrai, vous disiez tout à l'heure qu'il ne faut pas faire attendre une grand-mère qui a des choses à vous révéler. Que savez-vous de moi que j'ignore ? Que vous a donc dit Solange ou votre mère ?

— Oh ! rien de particulier ! La seule chose qu'ait énoncée Solange, c'est que votre grand-mère aurait dit qu'elle ne voulait pas mourir sans vous avoir revue. Il fallait qu'elle vous parle. Mais il doit en être ainsi pour tout être humain sur le point de gagner l'autre rive. Les ultimes recommandations à ceux que l'on aime et qui vont attendre les retrouvailles rassurent celle ou celui qui va s'effacer du monde. Enfin, j'imagine. Il y aurait donc autre chose ?

— Oui. Enfin, non. Je ne crois pas, vous avez sans doute raison. Il ne peut s'agir que de cela.

— Parlez-moi de votre grand-mère et de votre famille...

— De la grand-mère, je puis vous parler. Mais du reste de la famille, je n'en ai pas envie. N'insistez pas.

— Vous pensez que je suis incapable de comprendre ?

Flora hausse les épaules. Si je parle, pense-t-elle, il me méprisera et franchement, malgré le risque, j'ai envie de faire un bout de route avec Grégoire.

— Parce que moi, confie-t-il, j'ai des choses à vous dire.

— Me concernant ?

— Oui et non. Mais, et je vous en demande pardon par avance, je vais être égoïste, un petit peu, car j'ai envie de vous parler de moi. Cela dit, parler de soi permettra que nous parlions de vous. Je peux ?

— C'est sans aucun problème, je vous écoute, dit-elle soulagée.

— Solange ne vous a rien confié ?

— Sur vous ? Non. Elle m'a seulement rassurée sur votre compte en affirmant que vous êtes quelqu'un de solide et de sûr. Qu'aurait-elle pu me révéler d'extraordinaire ?

— Elle est sympa... Bon, me voilà embarrassé, je ne sais pas par où commencer dans cette confession, mais je prends le risque.

Qu'a-t-il de si grave à me révéler ? se demande Flora. Quoi, il sort de prison ? Il a tué quelqu'un. Il est marié secrètement. Il est déjà père... et il est amoureux d'une autre femme.

— Lorsque nous étions tous réunis chez mes parents, j'ai pensé que le sujet allait venir. Certes, direz-vous, rien n'est obligé. Mais tout de suite, je vous ai trouvée sympathique, aussi je vous dois la vérité. Je crois qu'en amitié, comme en amour, il ne faut pas tricher.

Flora garde le silence. C'est bien la première fois qu'un homme lui tient un tel discours. Il a bien dit amitié, amour. Ces mots sont pour elle ?

Grégoire inspire profondément avant de jeter un regard à Flora pour guetter ses réactions.

— Voilà, mes parents, Wilhem et Maria, ne sont pas mes vrais parents, comme ils ne sont pas les vrais parents de Margotte. Nous sommes des enfants adoptés, même pas frère et sœur biologiques.

— Vous ne me devez rien, veut-elle se défendre.

— Moralement, si. Est-ce que cette situation, la mienne ou celle de Margotte, vous choque ?

— Pas du tout. Je peux vous questionner ?

— Mais bien sûr.

— Est-ce que votre condition d'enfant adopté vous pose un problème ?

— C'est arrivé, comme c'est le cas la plupart du temps. Un jour ou l'autre, on cherche ses racines. On a besoin de savoir qui l'on est réellement, pourquoi des parents n'ont pas pu nous élever eux-mêmes. Il y a parfois des situations familiales douloureuses que l'amour des parents adoptants ne peut résoudre.

— Je sais, soupire Flora. Je sais.

Volontairement, Grégoire ne prête pas attention à la réponse de Flora et poursuit :

— Dans mon cas, mes parents ont eu accès à mon dossier et ont été informés de mon histoire. Ma mère biologique avait fauté – on disait ainsi, une expression que je trouve lamentable. La faute, si faute il y a, n'incombait qu'à la jeune fille, l'homme avait tous les droits. Ma mère ne pouvait me garder, car sa famille ne voulait pas être montrée du doigt. Elle m'a donc abandonné à la naissance pour que je sois adopté. Elle aurait pu m'expédier au royaume des anges, elle m'a, comme on dit, donné le droit de naître.

— Vous avez retrouvé cette femme ?

— J'ai voulu la rencontrer. Mais elle a refusé. Je sais qui elle est, cela me suffit. Quant à mon père, je resterai à jamais dans l'ignorance. Il avait disparu bien avant ma naissance. Il a quitté ma mère dès l'annonce de sa grossesse.

— C'est sans doute ce qui est le plus douloureux pour un enfant. Il n'en finit pas de s'interroger. Pourquoi ce père, puis cette mère n'arrivent-ils pas à se comporter tels des parents responsables ? L'enfant se demande : « Est-ce ma faute, est-ce parce que je ne suis pas “aimable” ? »

— Vous dites bien les choses. Il faut beaucoup de temps pour mettre en forme tout cela. Je pense que les conventions sociales d'une époque ont fait beaucoup de dégâts. Il me semble que des femmes comme ma mère biologique existent par centaines, par milliers. Elles auraient pu accueillir l'enfant, étaient prêtes à l'aimer, mais elles n'ont pas osé braver l'ordre établi. Pagnol a peint ces situations familiales. Il a bien montré le ridicule de ces familles qui se croyaient déshonorées parce qu'un enfant était conçu hors mariage. A-t-il aidé au changement des mentalités ? C'est encore un peu tôt pour le dire. Mais une évolution des mœurs est en marche.

— Et Margotte ?

— Une petite victime, seule rescapée d'un accident de la route qui a décimé sa famille. Ses parents ainsi que son jeune frère et sa grand-mère. Margotte n'avait plus personne pour veiller sur elle. Wilhem et Maria, qui ne pouvaient avoir d'enfants, ont tendu les bras et m'ont donné ainsi une petite sœur.

— Ce qui est bien pour vous, c'est que vous connaissez votre histoire, mais combien d'enfants adoptés ou confiés à des œuvres se posent mille questions ! Des questions qui peuvent empêcher de vivre normalement et sont de véritables poisons de l'existence.

— Vous en savez des choses sur le sujet !

— Ben...

Flora hésite, dire ou ne pas dire. Tant pis, je prends le risque, songe-t-elle en se lançant :

— C'est que je suis un peu dans la même situation et vous devez le savoir par Solange.

— Jusqu'à l'appel de ma mère et de Solange, je ne me doutais de rien. Solange a insisté pour que vous vous rendiez à Beaune, chez cette femme qui vous a élevée et qui veut vous parler.

— Vous pensez que Solange a parlé de ma situation aux gens du Domaine ?

— Je suis, comme vous, un peu perplexe. Depuis longtemps, le frère de Solange, qui s'occupe d'un bureau de placement, recrute dans les carnets d'adresses de sa sœur ou de personnes travaillant avec elle, comme mes parents. Ils sont même devenus des amis au fil des ans. Que savent les gens du Domaine sur votre compte ? Ils ont parfois eu comme saisonniers des jeunes gens et jeunes filles dits « à problèmes », mais qui, mêlés aux étudiants et aux autres saisonniers, se refaisaient une santé morale. Votre situation, je crois, est différente.

Vous avez pour vous d'avoir fait des études et de les poursuivre. Vous êtes une jeune femme plus qu'équilibrée. Solange pouvait vous connaître en d'autres circonstances. Si quelques-unes de ses petites protégées sont des gamines griffées par la vie, cela ne semble pas être votre cas.

— Je vous remercie de cette belle opinion.

— Je ne voudrais pas vous froisser, mais si mal de vivre il y a, vous le surmontez bien.

— Il y eut. J'ai essayé de guérir, mais guérit-on de ces choses-là ? Vous le savez, Grégoire, avec le temps, on se fait une raison, lui répond Flora avec un ton qu'elle voudrait marqué par la distance.

Elle devient nerveuse, se ronge les ongles. Si tout ce que j'ai fait pour cacher ma situation au Domaine des Vignes d'Obertor est connu, je suis la reine des gourdes, songe-t-elle. Je ferais mieux de ne pas y revenir. L'instant d'après, elle pense à Clément. Elle revoit le dessin du gamin et entend le gros sanglot qu'il a tenté de réprimer. Et son cœur se serre. La promesse est la promesse. Ce petit bout d'homme a encore besoin d'elle. Aussitôt, elle s'indigne, voudrait protester à haute voix pour s'entendre, pour être certaine qu'elle ne flanchera pas. Mais ce n'est pas mon enfant ! Je devrais me moquer de leurs histoires. Qu'ils se débrouillent, chacun pour soi ! Or, elle en est incapable. Elle jette un regard à Grégoire et est obligée de constater que ce jeune homme respire la droiture et la force. A ses côtés, c'est une impression de sérénité que l'on ressent. Rien de mal ne peut arriver. Il parvient à vivre avec un passé dont il a fallu tenir compte. Il est admirable, sans doute, sauf que lui connaît son passé et sa mère, et a grandi au sein d'une famille aimante. Wilhem et Maria forment un couple épatant.

Moi aussi, rumine Flora, j'ai grandi dans une famille unie. Pépé Desprès est mort un peu vite, c'est vrai. Ils n'ont pas pu m'adopter. J'ai été le salaire de mémée, mais elle m'a donné son amour, je ne peux pas le nier. Il n'empêche que j'aimerais bien savoir d'où je viens. Enfin, le point positif, c'est que Grégoire ne va pas se sauver parce que je suis une fille de l'Assistance publique. Lui, il peut me comprendre.

— Vous êtes bien silencieuse, hasarde Grégoire, ou perdue dans vos pensées ?

— Les deux, lui répond-elle. Votre histoire, vous vous en doutez, a réveillé la mienne.

— Elle n'était pas endormie.

— C'est vrai, elle m'obséderait plutôt. Ne pas savoir qui l'on est... Ça fait un trou, là, au cœur. La seule chose que j'ai découverte dans mon histoire, c'est que je suis née à Strasbourg et que mon état-civil est erroné, puisqu'il stipule que j'ai vu le jour à Beaune.

Et Flora raconte à Grégoire sa naissance fantaisiste et l'abandon sur la banquette arrière d'un taxi tout près de l'hôpital de Strasbourg.

— Sans doute une jeune fille qui avait fauté, comme ma mère, se force-t-il à rigoler. Vous allez vous en remettre, comme moi.

— Je voudrais vous croire. Mais au fond, je suis soulagée que vous soyez au courant. Je crois même que vous l'êtes depuis longtemps.

— J'avais des doutes, une vague intuition, une sorte de sixième sens... Mais en quoi êtes-vous soulagée ?

— En général, les filles comme moi, on les fuit.

— Non ! On l'aurait fait avec vous ?

— Hum, hum ! Affirmatif, Grégoire.

— On a donc osé ? Mais ces gars, c'étaient des gars, n'est-ce pas ? sont des idiots, lance-t-il. Moi, j'ai envie de vous garder.

— Oui, ben, regardez la route… lui répond-elle, nous ne sommes pas encore arrivés à Beaune et je ne veux pas mourir sans savoir qui je suis.

14

Il n'est pas deux heures du matin quand la Renault 12 fait son entrée au Clos Saint-Jean. Prévenu, Jeanjean attend. Il devait somnoler appuyé à la grande table fermière quand les phares de la voiture ont transpercé les vitres de la fenêtre de la vaste cuisine de mémée Desprès.

— Ma petite Flo, s'exclame-t-il fraternellement, tu es venue ! Merci à vous, Grégoire, je crois. C'est bien que tu sois là, Flo. Mémée dort. Le docteur lui a fait une piqûre pour apaiser son cœur. Elle s'y est soumise en échange de la promesse que je l'éveillerais dès ton arrivée. Elle ne veut pas mourir avant de t'avoir revue.

— Ne me parle pas de sa mort, Jeanjean, pitié ! Elle va guérir, murmure Flora. Dis-moi qu'elle va guérir !

Jeanjean secoue la tête en signe d'impuissance, puis hausse les épaules.

— Ce n'est pas nous qui décidons. Les médecins de l'hôpital et le docteur d'ici ne sont pas optimistes. Personne ne peut savoir, mais une chose est sûre, elle est épuisée.

— Raconte-moi, Jeanjean. Avant de quitter la Bourgogne, fin août, elle était bien.

— En apparence. Elle ne voulait ni t'inquiéter ni t'obliger à demeurer ici. Elle savait que tu devais empoigner la vie. Que cela ne se ferait pas ici, surtout avec les recherches que tu avais entreprises en ce qui te concerne.

— De quoi souffre-t-elle ?

— C'est son cœur qui la lâche, mais ça fait dix ans que c'est ainsi. Elle n'a jamais voulu qu'on l'opère de cette valvule droite. Maintenant, c'est un peu tard. De toute façon, elle refuse qu'on touche à son corps. Elle déclare à qui veut l'entendre que son temps est terminé. Elle est libre et saine d'esprit et il est hors de question qu'on décide à sa place. Le curé n'a pas à se mêler de ses oignons, se fâche-t-elle. Tu la connais autant que moi. Elle ajoute aussi que tout cela est une affaire entre Dieu et elle. Elle n'a pas besoin d'intermédiaire. Le curé, même s'il est instruit des choses du ciel, ne sait pas tout. C'est un homme. Ce qui compte pour elle, c'est de retrouver « son vieux », comme elle dit avec sa tendresse rugueuse. Elle l'aurait vu dans les prés qui bordent le ruisseau où tous deux se sont « connus ». Il l'attend et s'impatiente, il faut qu'elle y aille... Tu la connais, mémée. C'est une obstinée.

Flora sait tout cela. Pourquoi n'a-t-elle rien vu ? J'ai trop pensé à moi, à mes problèmes. Serais-je une égoïste ? Certes, mémée a su donner le change. Et Flora culpabilise. Grégoire s'en doute-t-il, lui qui lui prend le coude doucement pour l'attirer à lui et l'apaiser d'un regard ?

Jeanjean observe Flora et Grégoire. Il est heureux de cette rencontre. Selon lui, il est temps que Flora se réconcilie avec la vie. En son absence, il s'est occupé de mémée Desprès, tel un fils. Sa jeune femme l'a encouragé. Toujours, il a pensé qu'il était nécessaire de prévenir Flora, mémée s'y refusait. Dans les premiers temps, elle espérait sans doute s'en sortir et jugeait inutile d'entraver la liberté de la jeune femme. Mais il y a deux jours, ce sont les médecins qui ont évoqué un avenir bien assombri. Leur verdict a encouragé la vieille dame à accepter qu'on appelle Flora. D'ailleurs, ça tombait bien, s'est-elle forcée à rire, elle voulait lui parler.

Flora reconnaît bien mémée Desprès, vaillante jusqu'au bout et jamais vaincue. Elle restera maîtresse de sa vie et jusqu'au moment ultime, elle décidera encore. Flora fait un rapide tour des lieux du regard. Rien n'a changé. Cette grande cuisine avec un âtre, une table de ferme, ces chaises à dossier haut, ce petit fauteuil orné de tapis crochetés faits main, elle les a toujours connus. Au milieu de la table est une corbeille de fruits de saison. Sur la cheminée, une soupière en étain. Cette stabilité chez mémée Desprès et cette manière d'être ont quelque chose de rassurant. En tout cas, le mode de vie de la vieille dame a toujours été un rempart, une sécurité face à l'adversité. La petite maison du maître de chai du Clos Saint-Jean restera ce refuge, ce cocon capable de panser toute plaie.

— Es-tu prête ? Je dois la réveiller, je le lui ai promis.

— J'ai peur, murmure-t-elle.

— Elle est inchangée, un peu pâle, c'est tout.

— J'ai peur de pleurer. Tu restes à côté de moi, vous aussi, Grégoire.

— Peut-être s'agit-il d'un secret qui ne me regarde pas, répond Jeanjean.

— Tu es comme un vrai grand frère, tu as souvent consolé mes chagrins et guéri bien des tracas qui me venaient. Quant à Grégoire, je voudrais que mémée le voie, si Grégoire est d'accord, bien sûr.

Grégoire acquiesce d'un signe de tête. Que peut-il refuser à Flora qu'il a conduite de l'Alsace à la Bourgogne ?

Pendant que Jeanjean les précède dans la chambre où repose mémée Desprès, Flora réprime un frisson et se mord la lèvre inférieure. Tant de souvenirs surgissent, cette petite enfance souvent insouciante, mais que de gros chagrins la tourmentaient, les soirs d'hiver et de grand vent juste avant la fête de saint Nicolas ! Flora se réveillait en hurlant, le cœur vrillé d'une douleur indicible qui lui faisait quitter le lit, puis sa chambre pour chercher du secours jusque dans la chambre de mémée. On aurait dit qu'elle attendait la gamine qui se jetait au bord du lit et, de ses petits poings, frappait draps et couvertures avant de chercher sa main pour l'obliger à cette impossible vérité. « Elle est où, ma maman ? Dis-lui de venir, mémée. » Mémée était impuissante. Elle prenait l'enfant contre elle. Flora se souvient de la douceur de la chemise de nuit, du parfum fleuri qu'elle respirait. Mémée était d'une propreté et d'une coquetterie irréprochables. La fillette aurait voulu entrer dans cette femme, n'en plus sortir, être protégée jusqu'à la fin du monde, selon son expression. Il lui semblait que là, lovée contre les seins de mémée, rien de mal n'arriverait jamais.

Grégoire perçoit l'appréhension et la crainte de la jeune femme. Rassurant, il l'attire à lui un bref instant et prend sa main.

— Cela ira, vous n'êtes pas seule. Souriez à votre grand-mère, elle aura besoin de votre lumière avant de s'en aller.

15

— Tu m'aimerais donc un peu ? gémit doucement mémée Desprès. Tu es venue voir ta mère Desprès avant que son vieux ne l'attrape par le chignon... et...

Flora se penche vers la vieille femme, l'embrasse et prend ses mains qu'elle porte à son cœur et à ses lèvres.

— Mémée, pourquoi m'avoir caché ton état ? Je serais venue avant.

— Et qu'est-ce que cela aurait changé ? Tu as ta vie et il faut la remplir. J'ai fait mon temps et je ne crains rien. Pour tout te dire, à l'âge qui est le tien et à l'âge qui est celui de Jeanjean, je ne sers plus à grand monde. On m'a gardée dans ces lieux par charité, il est temps d'en finir. Mais je ne voudrais pas partir sans te dire deux ou trois choses. Tu m'écoutes ? Ouvre grand tes oreilles, je n'aurai pas la force de me répéter.

— Oui, mémée.

— Avant, j'ai une question à te poser : ce beau jeune homme, c'est ton amoureux ?

Flora ne répond pas. Que dire ? Qu'elle voudrait bien, mais qu'ils ne se sont rien promis ?

C'est Grégoire qui répond :

— Moi, je suis amoureux d'elle, madame. Mais elle, je ne sais pas. Vous la connaissez...

— C'est tout Flora, un peu chochotte pour cacher sa trouille. Elle aime jouer les princesses. Tenez bon, jeune homme, il paraît que vous vous appelez Grégoire, c'est ça ? Ma Flora est une chic fille, mais elle est craintive. La peur de se tromper, qu'on se moque d'elle, qu'on ne l'aime pas parce qu'elle se croit différente... C'est ça que je veux te dire, Flora. Tu n'as pas à rougir de tes origines. Tu es la fille d'une mère intelligente, m'a-t-on dit, qui aurait aimé t'élever, car tu es une enfant de l'amour.

— Pourquoi tu ne me l'as pas dit avant ? Je croyais que ma naissance était une naissance honteuse. Fille d'un Allemand en temps de guerre, ou née d'un viol... ou enfant d'une fille de joie...

— N'écris pas de mauvais roman. Ta naissance pouvait passer pour honteuse pour des gens attachés au qu'en dira-t-on. Mais tes parents se sont aimés. Sauf que, oui, c'était en temps de guerre, à la fin. Et qu'à cette époque, il était mal vu pour une jeune fille d'être enceinte avant le mariage ou enceinte des œuvres de quelqu'un qui n'était pas du même milieu social. C'est pas plus compliqué. Des filles et des garçons comme toi, il y en a eu beaucoup et ce n'est sans doute pas terminé, sauf qu'on commence à admettre la chose. Avant, on ne la tolérait que chez les artistes ou des gens comme ça...

Mémée s'arrête un instant pour reprendre souffle et Flora en profite pour presser ses doigts avec tendresse et lui demander doucement :

— Ma mère, c'est qui ?

— Je l'ignore, je sais ce que m'en a dit mademoiselle Guérin, l'assistante sociale qui t'a apportée ici. Elle connaît tout de toi. Il faut la rechercher, elle doit être à Colmar où elle a encore un peu de famille.

— Mémée, écoute-moi bien, je l'ai retrouvée, cette demoiselle Guérin. Elle est à l'hôpital de Colmar, elle va bien, sauf qu'elle perd un peu la tête.

— Parle-lui de moi, la Clairette. Justine Guérin ne peut pas avoir oublié sa vieille copine.

— C'est vraiment une amie ?

— Bien sûr, depuis toujours. Elle est alsacienne par sa mère et bourguignonne par son père. Nous avons été en classe ensemble.

— Oh ! mémée, dis-moi tout, elle a dû te raconter ma naissance. Sur la banquette d'un taxi, et une mère qui se sauve au premier feu rouge.

— Tout ça était une mauvaise mise en scène. Il faut en prendre et en laisser dans cette histoire. Comme on dit à la campagne, il y a à boire autant qu'à manger. La vérité... enfin ce que m'en a dit Justine, c'est que tu es née de l'autre côté du Rhin, ta mère était hébergée chez des amis. La naissance a dû intervenir plus vite que prévu. Les amis de ta mère étaient fort embarrassés. Ta mère paniquait et affirmait qu'elle ne pouvait pas te garder mais que tu devais être déclarée en France. Elle ne voulait pas qu'on imagine que tu étais fille de Boches, ceux qui avaient tué tellement d'innocents. D'où l'idée du taxi qui irait déposer la mère et l'enfant à l'hôpital comme si la naissance venait de se produire. Ta mère pensait te déposer et s'éclipser. Sauf que ce n'est pas ta mère qui t'accompagnait. C'était Justine Guérin qui avait réalisé que ta mère était fort agitée. Il ne fallait pas que l'identité de ta mère soit découverte trop vite. Trop d'émotion pouvait tout faire rater. Ta mère voulait se donner du temps et préparer sa famille à ta naissance. Il était prévu que le taxi disparaisse très vite, c'était un faux taxi. Un vague copain de Justine qui est entrée avec toi à l'hôpital, comme si elle venait de te trouver. A l'hôpital, ils ont rigolé, c'est comme je te dis. Ils n'ont pas cru l'histoire de cette naissance un peu abracadabrante. On passait sur les fantaisies de Justine employée dans cet hôpital, comme sur celles d'une fonctionnaire un peu timbrée qui a cru la version de Justine au point d'écrire une lettre qui racontait ton histoire. Cette lettre figurait dans le dossier que l'on t'a remis, m'a dit Solange.

— Et après ?

— Pas si vite. Laisse-moi respirer... Enfin, c'est ton histoire... Tu as le droit de savoir. Justine Guérin devait quitter Strasbourg, c'était déjà prévu, elle avait obtenu une mutation. Elle a songé que le mieux était de te mettre en lieu sûr, chez moi par exemple, puisque l'hôpital avait d'autres chats à fouetter et comme il ne fallait pas ébruiter l'histoire... Le placement devait être provisoire, car Justine était persuadée qu'un jour ou l'autre ta mère retrouverait sa « raison maternelle », comme elle disait, et qu'elle te reprendrait. Et cela a duré. Pourquoi ? Je n'en sais rien, je te le jure.

— Pour quelles raisons mademoiselle Guérin a-t-elle quitté Strasbourg pour Beaune ? Pour veiller sur moi ?

— C'était prévu, je te l'ai dit. Elle vivait une histoire d'amour compliquée et qui a mal tourné, cela arrive à tout âge. Elle a vraiment pensé que cet homme l'épouserait et lui ne pouvait oublier son premier amour. Justine Guérin, pour une fois, a évité les vagues et a préféré prendre quelque distance. Mais elle a fait silence sur ses histoires de cœur. Je n'allais pas forcer ses confidences, c'était sa vie privée et cela n'avait rien à voir, disait-elle, avec toi.

Mémée Desprès ferme les yeux. Elle a puisé au tréfonds de ses entrailles pour rassembler ses souvenirs et transmettre à Flora ce qu'elle sait. Flora retient ses larmes en voyant l'état de la vieille dame.

— Mémée, je te demande pardon pour toutes les misères que je t'ai faites.

— Veux-tu te taire, coquine ! Tu ne m'as donné que du bonheur ; comme Jeanjean d'ailleurs. Tous deux, vous avez été une bénédiction pour moi. Je te souhaite pareille chose, serrer un enfant sur son cœur, c'est aussi fort que ce qui se passe au lit avec un homme. C'est comme je te le dis. Maintenant, laisse-moi... Je t'ai tout raconté. Va chez Justine, ne la lâche pas, elle doit te dire ce qu'elle sait. Insiste bien, explique-lui que Clairette l'exige. Appelle-la Juju... c'est son amoureux qui l'appelait ainsi. Cela ravivera ses souvenirs. Embrasse-moi, ma petite-fille, ma toute belle, je voudrais dormir, je suis un peu... fatiguée...

Flora s'agenouille près de mémée Desprès, lui embrasse les mains.

— Je voudrais te remercier pour tout ce que tu m'as donné. Là où tu vas, continue de penser à moi, comme je penserai à toi.

La vieille femme ouvre les yeux, se force à sourire et lâche dans un souffle :

— N'en doute jamais, n'oublie pas d'être heureuse et sois fière de toi. Grégoire, c'est bien... Faut... que je m'en aille, mon vieux s'impatiente, laisse-t-elle échapper d'une voix de plus en plus sourde et presque inaudible.

Est-ce à cet instant que mémée Desprès clôt pour toujours ses yeux sur ce vaste monde ? Flora ne la quitte pas du regard et caresse ses joues. Jeanjean s'est éloigné pour laisser Flora. Grégoire est resté silencieux à ses côtés, jusqu'à ce qu'elle réalise l'instant.

— Grég... Grég... On dirait... qu'elle part.

Grégoire pose son index sur la bouche de Flora.

— C'est fini, elle est heureuse.

— Je ne veux pas, je ne veux pas, Grégoire, pleure-t-elle doucement en se lovant contre son torse.

— Elle est passée très doucement, comme elle le voulait. Elle a révélé ce qui était en son pouvoir. C'est un beau cadeau, dit-il en l'entourant de ses bras. Elle a imaginé votre possible bonheur. Elle nous a vus et s'est réjouie. Ayez confiance en vous. Je suis là, poursuit-il en caressant ses cheveux et son dos tandis qu'elle tremble.

Flora reste sans voix. Qui peut dire ce qu'est une vie ? Il y a le souffle, la lumière, le sang qui court sous la peau qui palpite. Et puis, le souffle s'amenuise et la lumière baisse et l'on passe sur l'autre rive en si peu de temps, une fraction de seconde et tout est dit. On laisse ce corps, cette coquille désertée, cette enveloppe humaine, ces lambeaux qui s'affaissent à ceux qui restent et qui en prendront soin ou non, en souvenir... Mais l'essentiel, ce souffle qui se dérobe, cette lumière qui s'éteint, où vont-ils ? Là est le mystère de la mort et de toute vie. A quoi sert notre passage sur cette terre ? Qui peut le dire ? Les étoiles se rient-elles de nos préoccupations dès qu'elles apparaissent dans le ciel quand le jour qui baisse a bu toute lumière ? Les étoiles voient les humains depuis si longtemps.

Flora écoute Grégoire et se serre contre lui. D'un côté, la page de son enfance vient de se tourner avec la mort de mémée Desprès et de l'autre, un proche avenir se dessine, avec peut-être Grégoire.

— Voulez-vous que nous récitions une prière pour elle ?

— Oui, mais aussi avec Jeanjean. Elle a toujours cru en Dieu. En un Dieu d'amour.

Ainsi que l'avait demandé mémée Desprès, ses funérailles ont lieu le surlendemain dans la plus stricte intimité. Son corps ira rejoindre le caveau où est déjà couché Ambroise depuis si longtemps. Tous les vignerons du Clos Saint-Jean viennent lui rendre un dernier hommage au cours d'une messe empreinte d'un grand recueillement. Flora et Jeanjean tiennent à exprimer publiquement ce que cette femme de cœur leur a apporté en les accueillant. Solange a rejoint le petit groupe et devine d'un regard les liens qui uniront sous peu Flora et Grégoire.

— Vous saviez mon histoire et vous ne m'avez rien dit ? questionne Flora alors que le petit groupe quitte le cimetière sous un vent violent et froid.

— J'ignorais beaucoup de choses. Mémée était au courant de faits qu'elle ne pouvait révéler, sans toutefois connaître ta mère. Elle affirmait sans cesse, malgré mes demandes, qu'elle dirait le moment venu ce qu'elle savait. J'étais loin d'imaginer que mademoiselle Guérin avait été la cheville ouvrière de ton placement chez elle et qu'elle rendait ainsi service à la famille de ta mère qu'elle semble avoir bien connue. Reste qu'il faut parvenir à lui faire dire ce qu'elle cache encore. M'est avis que la maladie n'est qu'un paravent derrière lequel elle se cache. Bientôt, le voile tombé sur ton enfance sera déchiré.

— Que connaissent les gens du Domaine de mon histoire ?

— Mais absolument rien, Flora. Pour eux, tu es une étudiante et la fille d'une amie, ce qui est vrai.

— Avez-vous précisé que j'étais une pupille de l'Assistance publique ?

— Pourquoi l'aurais-je fait ? Il n'y avait pas lieu. Tu n'as jamais été une gamine à problèmes. Cela dit, ce n'est pas une honte. Il faut me croire. Grete t'a confié la gestion du Domaine depuis tous ces mois et s'en trouve satisfaite. Elle est ravie de t'avoir embauchée et redoute ton départ. Elle imagine bien que tu ne passeras pas ta vie parmi eux.

— Je vous demande pardon, Solange. Parfois, je ne sais plus où j'en suis.

— Sans vouloir vous presser, Flora, intervient Grégoire, il est temps que nous nous mettions en route. M'est avis que vous allez faire quelques visites à Colmar et devoir charmer une indomptable vieille dame, Justine Guérin, dite Juju pour les intimes.

16

Grete et Simon accueillent Flora avec le sourire.

— Je suis heureuse de vous savoir de retour parmi nous, mais je compatis au chagrin qui est le vôtre... J'espère que votre grand-mère n'a pas souffert...

Flora, qui ne veut pas s'attarder sur son chagrin et est bien décidée à avancer, tente d'un revers de main de passer à autre chose.

— Ainsi va la vie. Mémée est morte sereine et j'étais là, c'était ce qu'elle désirait. Merci de m'avoir permis d'être à ses côtés. Elle m'attendait. J'aurais dû voir sa grande fatigue en août. Mais elle ne voulait pas m'obliger. C'est tout mémée, cette façon de faire.

Grete écoute avec attention. Flora ne s'étendra pas davantage sur elle, sur ses sentiments. Mais elle aborde le sujet Clément.

— Et Clément, comment va-t-il ?

— Egal à lui-même, toujours silencieux, je lui trouve pourtant le regard moins terne. Il accompagne à nouveau Simon dans quelques promenades à Ammerschwihr et à Kientzheim. Il ne le faisait plus depuis plusieurs semaines. Votre retour va le combler.

— J'espère que nous allons briser les murs de la citadelle, avance Flora.

— En tout cas, il semble vous attendre. Chaque jour, il est venu regarder dans le vestibule, cherchant votre manteau du regard. Ce soir, il va être heureux, prédit Simon dont les yeux brillent de mille feux quand il parle à Flora.

— Grégoire passera tout à l'heure, cela ne vous dérange pas ? Nous avons promis à Clément avant de partir que nous ferions de la musique.

Grete sourit.

— Comment pourrais-je ne pas être d'accord ?

— Demain, j'irai aussi à Colmar, j'ai quelques courses à faire.

— Vous irez le matin, j'aurai besoin de vous l'après-midi. Deux classes de troisième viennent visiter le caveau et vous savez si bien capter l'attention du public qui « boit » vos explications.

— Je préfère d'ailleurs faire mes emplettes le matin, précise Flora à Grete.

Et maintenant, à nous deux, Justine Guérin, se dit Flora en sautant sur son vélo que le pasteur a rapporté en son absence et qu'elle a retrouvé nettoyé, les chromes rutilants.

Le chemin est agréable sous le soleil. Il a un peu gelé, mais ce matin froid, sous un ciel dégagé, offre des paysages de carte postale. La plupart des arbres sont givrés et étincellent dans le soleil qui se faufile entre les bancs de brume et vient caresser les vallons plantés des ceps gardiens des mystères de la dormance hivernale. C'est un temps de répit qu'apprécient les ouvriers qui trouvent de toute façon matière à s'occuper dans les caves. A l'abri, au creux des fûts centenaires, le produit de la terre se façonne avec élégance et race pour échouer fruité et délicat dans les verres à vin à longue jambe. Dans quelques mois, on aura la confirmation d'une année exceptionnelle. On patientera encore pendant quelques années, mais pas trop, les vins d'Alsace ne se gardent pas aussi longtemps que ceux du Bordelais ou de la Bourgogne. Ils restent éternellement en devenir et affirment une fraîcheur et des senteurs qu'aucun vin n'exprimera jamais.

Flora pédale toujours avec ardeur, s'en remettant à mémée Desprès pour qu'elle l'aide dans sa quête personnelle et dans la mission qu'elle s'est assignée vis-à-vis de l'enfant du Domaine. Tout en pédalant pour contrer le froid vif et piquant, elle ne peut s'empêcher de penser à Clément et à ses retrouvailles avec l'enfant qui presque spontanément est venu se jeter dans ses bras, la veille, quand il l'a aperçue dans la grande cuisine.

« Par quoi on commence, avait demandé Grégoire, par la musique ou l'histoire de l'épine dans le cœur d'un petit ours ? »

Clément voulait faire de la musique. Grégoire avait apporté son saxophone, une guitare et une flûte. Mais il a aussi proposé que l'on s'installe au piano qui se trouve dans le vestibule.

Clément désirait rester dans son domaine. Il en fut ainsi. Il a d'abord entendu Grégoire jouer des instruments et l'inviter ensuite à en faire autant en lui montrant le positionnement des doigts ou l'inspiration à prendre quand il faut souffler dans l'instrument. Grégoire expliquait que les muscles du corps doivent être forts pour exprimer la note juste.

« Une note, c'est un petit bout de voix, disait Grégoire. Plusieurs notes à la suite, cela fait une musique. Une musique, c'est comme une phrase qu'on peut agrandir quand on recommence et qu'on ajoute des notes, et beaucoup d'autres jusqu'à faire un grand texte. Une jolie musique peut raconter une histoire qui fait rire ou pleurer. »

Clément était tout ouïe. Oui, il voulait bien apprendre à faire des notes. Grégoire lui dessinait chaque note et lui donnait un nom...

Le temps passait très vite et soudain Grégoire avait déclaré plein de cérémonie :

« Je vais te jouer l'histoire de ce petit ours qui avait une épine dans le cœur. Quand on l'aura bien jouée avec les instruments, on l'écrira et ainsi on pourra peut-être la chanter un jour. »

Et Grégoire avait précisé comment les instruments pouvaient traduire les sentiments.

« L'épine dans le cœur, c'est la flûte. »

On comprenait parfaitement, car le son émis dans les aigus était douloureux. La guitare montrait la tristesse de Maman Ours, mais pouvait aussi s'agiter pour exprimer ses rêves de retrouver son petit ourson joyeux. Or, si le petit ourson avait des souhaits, il se posait mille questions : que sa maman ne soit plus moquée ! Et pourquoi était-elle moquée ? Parce qu'elle ne savait plus pêcher. Mais qu'est-ce qui faisait qu'elle ne pouvait plus pêcher et que sa patte tombait lourdement dans le ruisseau ? Là, le saxophone avait pris sa grosse voix, celle qui éclaboussait la chambre. C'est l'instant où Grete était entrée dans la chambre en disant :

« On mange. »

Et le saxophone avait répondu joyeusement :

« OUI, OUI, OUIIIIIIIIII ! »

Du coup, Grégoire était tombé à terre sous les applaudissements de Clément.

« Je suis presque jalouse, avait déclaré Grete en adoptant elle aussi la grosse voix du saxophone. Grégoire joue du saxo pour Clément et pas pour MOI, OUAAAAA. »

Clément avait repris ses battements de mains.

Flora n'avait jamais imaginé Grete faisant preuve de gaieté et d'humour. C'était une facette inconnue du personnage.

Grete s'était tournée pour cacher les larmes et, pour se donner une contenance, en prévenant :

« Ça va refroidir... »

Grégoire avait été invité à se joindre à la famille pour le repas. Clément avait mangé sans difficulté en tournant vers Grégoire des yeux ravis. De temps à autre, il lui touchait l'avant-bras furtivement.

« Demain, je ne pourrai pas venir, l'avait prévenu Grégoire, mais jeudi soir, après l'école, si tu es libre et si tes parents le permettent, ce sera possible. »

Comme Grégoire se levait pour repartir, Flora l'avait suivi pour l'accompagner jusqu'au vestibule.

« Merci, Grégoire, merci pour Clément. Je crois que votre talent l'aidera à sortir de sa forteresse.

— Pas seulement mon talent, votre écoute aussi et votre idée de lui permettre de s'exprimer autrement qu'avec les mots. C'est un gamin intelligent, il va essayer de nous dire d'une façon ou d'une autre, sur papier ou avec les instruments, ce que sa bouche ne peut plus émettre.

— Et un jour, il oubliera l'instrument et sa bouche se fera instrument pour raconter », avait glissé Flora.

Grégoire avait eu une réaction inattendue et avait alors poussé vivement Flora dehors, en la couvrant de son anorak à lui, pour l'embrasser un peu fougueusement.

« Comme pour nous, je viens de vous dire quelque chose de très important, vous m'avez compris ? »

Flora n'avait pas répondu en parlant, simplement en tendant ses lèvres et en fermant les yeux. Et Grégoire l'avait étreinte et le souffle leur avait presque manqué. Mais c'était délicieux.

« A jeudi », avait murmuré Grégoire entre deux baisers avant de disparaître dans la nuit.

Il m'aime, il m'aime donc ! On peut m'aimer, pensait Flora saisie d'une émotion qui la faisait encore trembler alors qu'elle arrivait à l'hôpital.

17

Son arrivée à l'hôpital provoque quelques remous. L'infirmière-chef déclare à Flora que les visites ne sont pas autorisées le matin, que ce n'est pas la peine d'insister, car il en est ainsi dans tous les hôpitaux. Elle ajoute que mademoiselle Guérin n'est pas « visitable ».

— Et pourquoi ?

— Il semble que votre visite la semaine passée l'ait fortement perturbée et sa famille demande qu'on la laisse en paix.

— Sa famille ?

— Oui, sa famille.

— Elle n'en a plus.

— Bien sûr que si. Son compagnon, une cousine. Une amie proche.

— Pour moi, c'est très important que je la rencontre, vous le savez parfaitement. Vous me comprenez ?

— Non. Et je n'ai pas à vous comprendre, je suis au service du bien-être de mademoiselle Guérin, pas de vous.

— Et qu'en dit le pasteur Junger ?

Un bref instant déstabilisée, l'infirmière se reprend :

— Oh ! Il pense comme moi.

Le ton est sec, désagréable, sans appel.

— Là, madame, je crois que vous mentez, lance Flora qui n'a pas envie de s'en laisser conter. Le pasteur me connaît et c'est lui qui m'a précisé que Justine a toute sa tête en fin de matinée ou lorsque son vieil ami lui rend visite. Je vais de ce pas au bureau du pasteur.

L'infirmière fronce les sourcils, passe une main dans ses cheveux. Elle est embarrassée, elle ne s'attendait pas à une telle résistance.

— Attendez... S'il vous plaît, nous nous sommes mal comprises.

Flora ne veut rien entendre et avance d'un bon pas dans le long couloir qui, au-delà de la chambre vingt, fait un coude. Elle réalise que la chambre vingt-six, celle de mademoiselle Guérin, est à proximité. Flora se trouve à quelques mètres de cette chambre et que voit-elle ? Un homme, le chapeau posé bas, de telle sorte que le visage demeure caché. L'homme sort de cette pièce. Il n'y a aucun doute, cette chambre est celle de mademoiselle Guérin. Flora secoue la tête, se pince pour vérifier la réalité de la situation. Non, elle ne rêve pas. Elle a reconnu l'homme, elle le reconnaîtrait entre mille, c'est Simon ! Simon Boehler. Elle a envie de l'interpeller, mais se ravise. On dirait qu'il est venu visiter la vieille dame en cachette. Il se retourne, comme pris en faute. Elle a juste le temps de se dissimuler derrière le pilier avant le coude du couloir. Il marche devant elle, d'un bon pas. Elle ralentit et se demande où il va ainsi. Il ne va pas chez le pasteur, tout de même ! Si, il va chez le pasteur à l'autre bout de ce couloir. Ce qui n'a rien d'étonnant puisqu'ils se connaissent. Flora jette un coup d'œil par-dessus son épaule. Résignée, l'infirmière a dû rejoindre son bureau. La voie est libre, songe Flora qui, d'un air décidé, entre chez mademoiselle Guérin.

— Coucou, c'est moi, Flora Rivière, comment allez-vous ?

— Oh ! je vais très bien, mon amoureux est venu, plaisante-t-elle.

Son amoureux ! Justine a donc un amoureux ! Après tout, comme dit le proverbe, l'amour est éternel et il n'y a pas d'âge pour aimer.

— *Alti Lieb roscht nitt*[1], n'est-ce pas ?

— J'en suis heureuse, *Justine*, lui répond Flora qui peut traduire ce dicton alsacien proche de l'allemand.

C'est à dessein que Flora appelle mademoiselle Guérin par son prénom.

— Viens plus près, ma belle petite Marguerite. Pourquoi as-tu teint tes cheveux ?

— Pour me changer les idées, répond Flora sans se démonter.

— Ça, je te comprends. Tu as bien de la peine dans ta vie. Comment va ton enfant ?

Flora comprend que Justine la prend pour une autre jeune femme et qu'elle lui tient une conversation décalée par rapport à l'époque présente. Faut-il entrer dans son jeu et poursuivre ? Flora se dit que oui. C'est peut-être un moyen d'ouvrir une porte et d'apprendre quelque chose. Elle prend le risque.

— Il ne va pas bien, hélas !

— C'était à prévoir, il a besoin d'un père et de vrais grands-parents. Mais ne t'inquiète pas, la personne qui s'occupe de lui va faire des merveilles. Est-ce que tu as retrouvé l'appétit au moins ?

1. « Vieilles amours ne rouillent pas. »

— Oh ! Ça va, et vous, Justine, racontez-moi...

— Ma chère petite, mon amoureux est revenu. Il me veut pour lui seul. Je ne devrais pas te voir. Mais il ne va quand même pas tout m'interdire. Je lui ai donc redit de me laisser tranquille. Les hommes, tous des égoïstes.

— Clairette affirme que vous avez raison de ne pas vous laisser faire...

— Clairette ?

— Oui, votre amie de Beaune. Elle m'a dit : « Si tu vois Justine, embrasse-la pour moi. »

— Oui, elle, elle a bien de la chance. Elle a eu un vrai amoureux, un mari et finalement beaucoup d'enfants. Elle aura donné du bonheur.

— Elle vous en est reconnaissante. Elle n'a rien oublié. Et vous, vous vous rappelez la petite Flora ?

— Si je m'en souviens... C'est moi qui l'ai recueillie et portée à l'hôpital, parce que dans sa famille, personne ne voulait de ce bébé. Moi, je me disais que la mère le reprendrait. Une mère, elle aime toujours son enfant, c'est obligé. Alors j'ai placé l'enfant chez Clairette. Quelle histoire ! C'est *lui* qui ne voulait pas de l'enfant, à cause de sa mère.

— Qui, *lui* ?

— Ah ! Ne m'interromps pas, je vais perdre le fil, le grand-père, ma foi. Il était gentil, le cœur sur la main, généreux à l'extérieur, mais si faible face à sa mère. Mais mes yeux se sont ouverts, écoute-moi, belle Marguerite, j'ai compris le chagrin de ma cousine. J'ai su que Joséphine avait été malheureuse. Pourtant, jamais elle n'a émis la moindre plainte. Eh bien ! Je vais te confier un secret, c'est pour ça que je l'ai quitté, l'amoureux. J'en ai eu gros sur le cœur, et ces choses-là, on y pense, mais il ne faut en parler à personne. Tout le monde a cru que c'était lui qui ne me voulait pas, à cause de Joséphine qu'il n'oublierait jamais. Ça, je le savais, pas la peine de me faire un dessin. Mon amoureux, c'est un homme, et pas le genre à entrer au couvent. Tu me comprends, tu ne le diras pas à Clairette, elle aurait bien des soucis. Car l'histoire n'est pas simple. Elle attend toujours pour savoir si elle peut adopter la petite. Mais la petite, tant que je vivrai, elle ne sera pas adoptable. Même mon amoureux ne sait pas ce que j'ai fait. Pour moi, on ne peut pas faire cette méchanceté à sa mère. Comment elle retrouvera l'enfant plus tard s'il est adopté ?

— Peut-être que sa mère n'en veut pas. Alors, dans ce cas, Clairette pourrait l'adopter, non ?...

— Oh ! mais c'est Jolie Tignasse, que faites-vous là ?

— Vous le voyez, je parle avec Justine, monsieur le pasteur.

— Oh ! oui, et elle me tire les vers du nez, mais je crois que je mélange tout. Ma tête, pasteur, c'est le passé décomposé.

— Elle est drôle, n'est-ce pas ? dit le pasteur Junger.

— Pas vraiment ! J'aimerais bien vous parler, murmure Flora.

— Vous avez vu Simon ? questionne le pasteur.

Instinctivement, Flora ne tient pas à révéler qui elle a vu et ce qu'elle vient d'entendre.

— Depuis mon retour, oui. C'était hier soir au Domaine, au cours du repas avec Clément et Grégoire.

— Je viens de le quitter à l'instant. Il a voulu me parler des progrès de Clément. Or, il semble que ce matin, c'est à nouveau un désastre. L'école a appelé. Il paraît que le gamin a déchiré tous ses cahiers, il aurait écrit partout : « Je hais les enfants. Je hais les parents, c'est mon épine. »

Flora essaie de remettre de l'ordre dans sa tête.

— Monsieur le pasteur, il est urgent que nous parlions de Clément, de Justine et de Simon. Cette histoire devient très compliquée et comme Justine m'a fait des confidences, j'aurais besoin de réorganiser les événements dans l'histoire de Clément et dans la mienne. Sinon, c'est moi qui vais tout mélanger et, dans ma jolie tignasse, comme vous dites, cela va être un présent recomposé pour un à venir stupide. Trouvez le jeu de mots !

— Nous allons parler, admet le pasteur qui se veut coopératif.

— Vous croyez vraiment que Justine mélange tout ? questionne Flora à voix basse.

Justine les interrompt d'un rire à faire peur et lâche dans un hoquet :

— J'ai bien entendu... si, si, je perds la tête... Faut pas le dire à ma copine Clairette, ni à mon amoureux.

— Vous l'entendez, elle est dans son passé.

— C'est là qu'il faut l'interroger sur vous...

— J'ai fait ainsi, mais elle mélange mon histoire avec d'autres. Comme si...

— *Sie hät Mucka im Kopf.*

— ???

— C'est un dicton alsacien autant qu'allemand, mot à mot, vous comprendrez : « Elle a des mouches dans la tête », précise le pasteur.

— Pas tant que ça, se défend Justine.

Plus bas, Flora confie au pasteur :

— Elle m'appelle « belle Marguerite ».

— Belle Marguerite ! Redites-moi cela.

— Belle Marguerite, s'écrie Justine, vous avez vu, pasteur, elle s'est teint les cheveux. Que dira Simon ?

— Venez, parlons, poursuit le pasteur. Mais pas ici. A tout à l'heure, Justine.

— Que je vous explique, glisse le pasteur à voix basse dans le couloir : Marguerite, en alsacien comme en allemand, c'est Grete, Greta, Gretala ou encore Margritte.

Abasourdie, Flora se répète : elle me prend pour Grete, me demande des nouvelles de mon enfant et s'inquiète pour Simon. Et Clément qui écrit : « Je hais les enfants, je hais les parents, c'est mon épine. »

18

— Franchement, monsieur le pasteur, vous connaissez bien la famille Boehler-Walter ; qu'est-ce que c'est que cette histoire avec Grete ? Et Simon avec Justine ?

— Quoi, Simon avec Justine ?

— J'ai vu Simon sortir de la chambre de Justine.

— Il me cherchait.

— C'est mal de mentir, vous, un homme de Dieu, même si c'est un pieux mensonge. D'ailleurs, les pieux mensonges, c'est une invention des hommes pour n'avoir pas de comptes à rendre au Très-Haut. L'infirmière a bien insisté sur le fait que Justine avait un compagnon.

— Certes, mais rien ne prouve que ce soit Simon.

— Vous, vous me dites que lorsque son vieil ami vient la voir, c'est là qu'elle est bien et peut parler, et maintenant que cela s'est produit, et que j'ai expérimenté la chose, vous affirmez que Simon ne serait pas son amoureux. Que voulez-vous me cacher ? Tout à l'heure, Justine m'a parlé de lui les yeux brillants, assortis d'un dicton alsacien. Et encore devant vous, elle a prononcé son prénom. Mais elle se trouvait à des années-lumière d'aujourd'hui. Pour elle, le temps est aboli. Elle était heureuse et malheureuse à la fois. Elle me parlait de leur rupture. Elle m'expliquait aussi pourquoi Clairette, ma mémée, n'avait pas pu adopter l'enfant qu'elle lui avait confiée. Et à entendre Justine, je pouvais croire que l'enfant était celui que Grete aurait eu hors mariage. Vous savez, moi, leurs histoires de fesses et de cœur, je m'en fiche. Il n'y a rien de honteux à cela. Et si Grete doit ignorer les frasques de son père, je ne répéterai rien. La seule chose importante, c'est comment sortir le petit Clément de sa tour, et naturellement que mademoiselle Guérin me dise ce qu'elle sait réellement de ma naissance. Et dans ce registre, il y a du boulot. Si j'avais le temps, mais aujourd'hui il m'est compté, j'irais voir Wilhem et Maria, ils connaissent aussi les gens du Domaine, ils finiront bien par me parler, par m'expliquer, et je pourrai comprendre cet enfant devenu mutique sans doute parce qu'il a découvert des secrets de famille...

— Rien n'est simple au Domaine et Simon, que vous aimez beaucoup, n'a pas été très bien ni avec sa femme ni avec sa fille. Il le regrette, je crois, mais c'est difficile pour lui de le reconnaître.

— Et les non-dits font du mal aux générations suivantes. L'orgueil des mecs fait bien des ravages. Vous ne pouvez pas essayer de raisonner Simon ? C'est votre ami, après tout. Si vous ne l'aidez pas, vous le condamnez à l'enfer. Expliquez-lui qu'il doit faire amende honorable vis-à-vis de sa fille. C'est le seul moyen d'aider Clément.

Le pasteur se caresse le menton. Cette jeune femme est décidément pleine de bon sens. Avec elle, tout est simple.

— Vous permettez que j'appelle Wilhem et Maria ?

— Bien sûr, et même Grégoire, autant que vous voulez.

— C'est un gars très bien qui a trouvé comment aider Clément.

— Il fait ça régulièrement avec des gosses d'un IME[1] et il obtient d'excellents résultats. Je vous laisse téléphoner, après je vous reconduirai au Domaine, on va charger aussi votre vélo, j'ai deux points d'attache à l'arrière de mon carrosse, et je boirai le coup avec Simon pour lui faire entendre raison.

— Vous allez finir alcoolique et lui aussi, le taquine Flora.

— A nos âges ! Et puis c'est pour la bonne cause...

Le ciel clair du matin a fait place à un ciel chargé de lourds nuages et quelques flocons s'annoncent.

— La neige va tomber et, sur un sol gelé, elle tiendra, prédit le pasteur.

Flora ne répond pas, elle songe à sa conversation avec Maria. Elle doit tenter de mettre de l'ordre dans les révélations faites.

D'abord, Maria avait gardé le silence malgré l'insistance de Wilhem. Il fallait aider Flora. Maria s'était contentée de répondre :

« Je ne suis pas au courant, Grete avait pris ses distances. »

Wilhem s'était fâché. Flora avait bien entendu :

« Mais si, tu sais. Moi, j'ignore certaines choses, mais à toi, Ruth se confiait quand tu travaillais pour eux. Tu évoquais quelques confidences une main sur la bouche et

1. Institut médico-éducatif.

tu me répétais : "Ce que j'ai appris, Wilhem, est terrible. Pauvre, pauvre Grete." C'est bien que tu aies gardé le secret, cela a dû être difficile, bavarde comme tu es, mais aujourd'hui, le temps est venu de clarifier les choses. Pour ce petit garçon. »

Et pour moi aussi, songeait Flora qui commençait à s'interroger sérieusement sur Justine. Et soudain, Maria avait pris son élan et lâché :

« Tant pis, je vais être parjure. Voilà, Grete a eu un enfant fin novembre 1945, sans doute de Charles, un petit gars courageux, fils d'ouvriers méritants et compagnon de De Lattre de Tassigny. Il est mort à Berlin en mai 1945, peu avant la paix. Mais Ruth qui ne voulait pas de Charles Gessler dans la famille ne pouvait accueillir cet enfant. Il ne devait pas grandir au Domaine. Elle a expédié sa petite-fille à l'étranger. D'ailleurs, ce petit garçon n'aurait pas survécu, a dit Simon qui, tourmenté par l'état de sa fille, s'était confié un soir à l'auberge quand Maria était seule. Il voyait que Grete dépérissait. Elle se consumait, elle allait mourir de chagrin. Alors, il l'a envoyée dans un hôpital vers le sud. Antibes ou Grasse, je ne sais plus. Après, c'est elle qui ne voulait plus rentrer au Domaine. On le comprend. Et puis elle est revenue en larmes et soumise et Simon a réussi à la persuader de se marier avec François. Mais c'était une erreur. François ne pensait qu'à intégrer le prestigieux cépage. A devenir propriétaire de quelques parcelles de Kaefferkopf. Certes, il a travaillé les terres à vigne, mais rien n'est sincère chez lui. Il est de cette trempe d'hommes méprisables, comme dit le dicton : *Wàs mr "erwibt" dàs brücht mr nitt za "erhüssa"*[1]. Il n'empêche,

1. « Ce qu'on acquiert par la femme, on n'a pas besoin de l'acquérir autrement. »

Grete a fait ce que voulait Simon et qu'aurait désiré Ruth. Même morte, elle régnait encore au Domaine », avait soupiré Maria.

Flora songe qu'il faudrait perquisitionner la chambre bleue, là où Clément avait pris la cuite et là où elle avait ramassé quelques feuillets d'un journal intime. Mais comment ?

Alors que la deux-chevaux glisse doucement sur la neige verglacée en empruntant l'allée des tilleuls, Flora demande au pasteur :

— Vous pourriez me rendre service jeudi, c'est-à-dire après-demain ?

— J'essaierai.

— En fin de journée, je crois me souvenir que Grete et François sont convoqués à une réunion parents-enseignants à l'école de Clément. C'était prévu de longue date. Clément restera au Domaine et Grégoire viendra pour sa leçon de musique. Il faudrait que vous occupiez Simon, j'ai des recherches à faire sans lui et c'est dans l'intérêt du gamin. Aidez-moi, s'il vous plaît. Je ne peux vous en dire plus.

— Qu'est-ce que vous voulez chercher ?

— Il faut me faire confiance. C'est à propos de ce que Clément a écrit : « Je hais les enfants, je hais les parents, c'est mon épine. » Si je trouve, tout ira mieux...

— Oui... répond le pasteur dans un soupir résigné, après tout...

L'accueil au Domaine est assez froid. Parce qu'elle est tourmentée, Grete est nerveuse et a repris le masque de la dureté. Flora qui ne veut pas poser de questions adopte une attitude très neutre, comme si elle n'avait rien remarqué.

— Flora, vous ferez attention à ce que vous racontez comme histoire à Clément. Il prend tout au premier degré et cela donne lieu à des débordements qui indignent l'école.

— Madame, c'est plutôt bon signe, veut la rassurer Flora. La carapace se fissure, comme dit Grégoire, il va parler sous peu.

— Je n'en suis pas si sûre. Il a été violent en classe. De toute façon, nous voyons la directrice et son institutrice jeudi. C'est le jour où vous devez vous en occuper avec Grégoire.

— C'est ça même.

— Et Simon, mon père, où est-il encore ?

— Il est là, Grete. Je suis de retour. Je reviens de Kintzheim. J'ai aidé le fils Knecht à classer les peintures de son père qui seront exposées quand ouvrira le musée au château. Et sais-tu que, parmi les toiles, il y en aura quelques-unes représentant ta grand-mère ? Notamment celle de Ruth arpentant le vignoble, joliment endimanchée, mais sans la coiffe...

Flora, qui est en train de sortir les verres à pied du buffet, est tellement interloquée par le mensonge de Simon qu'elle se trouble et laisse tomber deux verres.

— Oh ! pardon, je suis maladroite, s'exclame-t-elle.

— Car amoureuse, la taquine Simon.

— Et alors, c'est mal ?

— Il faut bien choisir, jeune fille, une vie, c'est long.

— C'est mon histoire et je n'ai pas de comptes à vous rendre, lui répond froidement Flora.

— En colère ?

— Non ! Mais vous devriez le savoir : je n'aime pas qu'on se mêle de mes affaires de cœur.

— Elle a raison, père, lâche Grete qui vient au secours de Flora et l'observe longuement. Père, la toile représentant Ruth, c'est celle qui a été exposée à la collégiale Saint-Martin, il y a une dizaine d'années ? questionne Grete. Celle où grand-mère est vêtue d'une robe austère avec un corsage de fête ?

— C'est vrai que Ruth a souvent posé. Une belle femme, ma foi. Oui, c'est la toile *La Vigneronne endimanchée d'Ammerschwihr*. Ruth y est très belle, de trois quarts dans le soleil couchant. La chevelure flamboie sur la robe noire piquetée de quelques fleurs au corsage. Il paraît qu'elle avait fait une histoire pas possible, elle ne voulait pas porter la coiffe, rigole Simon. Elle était très fière de sa chevelure.

Il a fait fort, Simon, se dit Flora, l'hôpital et Kintzheim à la fois. Quant à moi, il faut que je voie cette toile ! Il faut que j'en parle à Grégoire, que je lui raconte ma journée, ce qu'a fait Clément, et que je lui montre les feuillets trouvés dans la chambre bleue. Après la visite du caveau, elle se promet d'aller à Kientzheim.

Grégoire sait-il toute l'histoire de Clément ? Pour le vin bu par le gamin, il sait. Mais des feuillets trouvés par Flora, il ignore tout. Elle veut l'avertir de ce qu'elle va faire jeudi soir. Elle lui contera aussi sa rencontre avec Justine Guérin et les liens unissant Simon et Justine.

19

Quand elle monte l'escalier du perron de Grégoire, elle entend qu'il joue du saxophone. Elle s'arrête pour l'écouter. Il lui a déjà expliqué son amour pour cet instrument même s'il joue parfaitement, c'est elle qui le dit, du piano, un peu de guitare ou de flûte. Elle a découvert que cet instrument inventé par Adolphe Sax, un Belge, est récent dans l'histoire de la musique. Il en a déposé le brevet en 1846. Elle l'a beaucoup fait rire en classant l'instrument parmi les cuivres, car c'est un instrument à vent. Berlioz, ah ! Berlioz a cru dans ce nouvel instrument et l'a tout de suite utilisé. Bizet aussi dans *L'Arlésienne*. Mais le succès populaire a été plus lent. Selon le régime politique en place en France, l'instrument avait ou non droit de cité, car il était très utilisé dans les formations de musique militaire. Il a fallu attendre le XXe siècle et le cirque des Frères Ringling aux Etats-Unis, qui l'ont introduit dans les grandes parades, pour que l'on perçoive les apports de l'instrument. Et Flora s'était trompée. Elle croyait que le saxophone était uniquement présent dans les formations de jazz et de rock.

« Il y viendra beaucoup plus tard et ce sera extraordinaire, avait expliqué Grégoire. Pas de musique style New

Orleans sans saxophone. Le saxophone est né sur le Vieux Continent et a dû traverser l'Atlantique pour en revenir avec son titre de gloire. Depuis, quelques musiciens classiques ou contemporains ont écrit pour l'instrument. Les conservatoires lui ont fait une place. »

Grégoire, lui, pratique cet instrument dans le registre du jazz, dans des morceaux de Lionel Hampton comme « Crazy Rhythm » quand il répond au piano. Avec quelques copains, ils ont créé une formation de jazz. Parfois les copains viennent se produire à l'IME.

« Un vrai bonheur. Cette musique traverse le corps et le libère. Les gosses ont des yeux qui s'ouvrent grand. »

Là, sur le perron, elle écoute quelques instants et ressent ce que traduit un saxophone baryton. La mélodie douce et grave à la fois lui parvient et la fait frissonner. Elle n'ose ni frapper, ni sonner. Peur de le déranger. C'est l'instrument qui s'arrête. Alors, elle appuie sur la sonnette. Grégoire ouvre immédiatement la porte, un peu surpris. Il confesse avoir peu de temps à lui consacrer. C'est un jour où il donne des cours à l'école de musique de Colmar. Mais quand il voit l'état nerveux et l'épuisement de Flora, il téléphone à l'école de musique, expliquant que la neige est haute à Kientzheim. Il n'est pas loin de la vérité. Il sera certainement en retard, mais il viendra. Il se demande comment Flora a fait pour arriver à bicyclette jusqu'à sa demeure sur le haut du coteau.

— J'ai souvent marché à côté de la bicyclette. Mais le chasse-neige et la saleuse sont en action. Cela ira mieux au retour.

— Vous êtes glacée...

— Pas grave. J'ai mille choses à vous dire. Vous n'étiez pas là l'autre jour quand j'ai appelé Maria.

— Elle m'a raconté en partie.

— Et pour Justine et Simon ?

— Je sais aussi.

— Et puis, je voudrais voir la peinture d'Emile Knecht, celle de *La Vigneronne endimanchée d'Ammerschwihr*. Il paraît que c'est Ruth... C'est très important pour moi, puisque Justine m'a prise pour Grete et a cru que j'avais teint mes cheveux. Or, Grete ressemblait comme deux gouttes d'eau à sa grand-mère.

— Rien de plus facile, c'est à deux pas, j'ai les clés du local, miss Stressée, la plaisante-t-il. Arnaud Knecht m'a parlé de cette toile remarquable. Il me semble que je l'ai déjà vue, mais il y a fort longtemps.

— Voilà, dit-il, cette superbe femme, cette Ruth... Magnifique, c'est ma foi vrai... Bon Dieu, j'ai dit que je vous avais vue quelque part, vous vous souvenez, avant notre promenade aux Trois Epis ? J'ai d'abord pensé à *La Vierge au buisson de roses*, la toile de Schongauer, ce qui est vrai aussi. Mais là, sauf la couleur des cheveux... C'est étonnant. Tournez-vous de trois quarts... C'est ça..

— Alors, vous pensez quoi ? gémit Flora.

— Qu'il faut parler avec Simon et qu'il doit s'exprimer avec franchise.

— Justine ne mélange pas tellement les choses. Elle m'a prise pour Grete en m'appelant « belle Marguerite »... Grete jeune, j'imagine, car aujourd'hui, c'est une femme de cinquante ans avec des cheveux courts. Maria a aussi dit que, jeune fille, Grete était le portrait de Ruth. Déjà que le pasteur Junger m'appelle « Jolie Tignasse »...

— Bien trouvé, sans vous offenser. Ce pasteur, il est terrible, il sait tout, pire qu'un curé.

— Ah ! je voulais aussi vous prévenir, avant que j'oublie : j'ai enfin pu parler avec Christine Schaffen hier au téléphone. Elle a effectivement connu Elisabeth Vogel, qui est morte. Christine affirme qu'Elisabeth n'était pas timbrée, mais bouleversée par cette histoire de bébé trouvé dans un taxi. C'est bien Justine Guérin qui s'est présentée à l'hôpital, en compagnie du chauffeur. Le bébé était une petite fille pleine de vie. Or, selon les écrits de Grete, le bébé serait mort, ce que croit aussi Maria. C'est ce que Simon lui a raconté. Mais Christine n'est pas de cet avis. Bon, il faut que je rentre, je ne veux pas vous retarder. Jeudi, je fouillerai la chambre bleue pendant que vous serez avec Clément, je veux savoir.

— Allez, on se dépêche et je vous dépose à l'entrée d'Ammerschwihr, j'ai encore le temps d'aller à Colmar. Je passerai ce soir après le repas. Soyez raisonnable, n'entreprenez rien en mon absence, c'est promis ?

— Parce que je ne suis pas raisonnable ? Mais Grégoire, je crois comprendre qui je suis. Je touche au but. C'est extraordinaire, non ?

— Il ne faut pas aller trop vite, il faut rester calme, surtout. Vous pouvez compter sur moi, je vous...

— Chut, dit-elle en posant un doigt sur ses lèvres.

Et, en le singeant, elle répète :

— Il ne faut pas aller trop vite... mais ajoute aussitôt, le cœur à l'envers : Qu'est-ce que j'en ai envie !

— Vous êtes en retard, maugrée Grete.

— C'est l'amour, la plaisante Simon.

— C'est bien, l'amour, mais le travail ne doit pas être négligé, précise Grete.

— Cela n'arrivera plus, madame. Je vous prie de m'excuser. Il y a au moins trente centimètres de neige et j'ai dû beaucoup marcher.

— Quand vous déciderez-vous à passer le permis de conduire ? Ce serait plus simple.

— Je ne suis pas prête, trop nerveuse, trop anxieuse pour des raisons personnelles que j'aurai bientôt résolues.

— L'amour, la plaisante encore Simon. Ne vous trompez pas d'amoureux et soyez sage. Bon, c'est pas le tout, il est temps de passer à table, je meurs de faim, ce doit être la neige, soupire-t-il.

— L'amoureux va bien ? interroge Louis.

— Fort bien, je vous remercie.

— C'est sérieux au moins ? Il a raison, Simon : tant que l'on n'a pas la bague au doigt, il faut être prudente.

— Et puis, zut, je ne suis plus une gamine, râle soudain Flora qui pense que les plaisanteries les plus courtes sont les meilleures. De toute façon, je suis obligée d'être sage, j'aurais trop peur d'être enceinte avant le mariage. Des fois, cela finit mal, de telles histoires, marmonne-t-elle pour elle-même, mais suffisamment fort pour être entendue.

A-t-elle frappé juste ? Il semble, car un silence glacé vient soudain plomber l'ambiance autour de la table. Simon joue nerveusement avec ses couverts et Flora observe Clément qui a la bouche pincée. Ce qui n'est jamais bon signe chez lui. Il risque de piquer une colère ou d'avoir un comportement imprévisible. Flora pense qu'elle aurait dû se taire. Elle est trop vive, elle le reconnaît.

Et c'est gagné, le gamin se lève et file dans sa chambre pour en revenir avec un papier où il a écrit au feutre noir : « Je hais les enfants et les parents qui n'aiment pas les enfants. C'est mon épine. »

Flora réagit au quart de tour en essayant de calmer l'enfant tout en lui montrant que le message passe et est bien compris.

— Tu sais, Clément, Grégoire va venir, je ne sais pas s'il aura un instrument, mais tu pourras lui montrer ce que tu as écrit et nous verrons si Petit Ours a la même épine. Moi, je te le dis tout de suite, je ne crois pas. Lui, il ne hait pas. Il a mal, car il a de la peine. Haïr, c'est autre chose de très dur que l'on ressent quand on croit que personne ne nous aime. Tu as une épine, mais tu es aimé.

Clément est en colère et ne veut rien entendre, il froisse le papier et le jette sur la table avec rage avant de s'en aller sans doute dans sa chambre. Au passage, il claque violemment la porte vitrée de la salle à manger. Les vitres tremblent et il martèle le sol avec une force décuplée.

Grete soupire, François s'énerve et regarde Flora d'un air narquois, presque méchant.

— Quelle connerie que les psys ! râle François. On n'a pas avancé d'un pouce. On dirait même que ce gamin régresse.

— Vous êtes, je crois, dans l'erreur. Oh ! et puis, ne me regardez pas ainsi, monsieur, je n'y suis pour rien. J'essaie d'aider Clément. Cet enfant voit ce que nous ne voyons pas. Il ressent aussi ce qui n'est pas clairement exprimé. Mais ce qui est essentiel, c'est qu'il communique. Il parle de son épine, donc de son chagrin. Il pense qu'on ne l'aime pas. Il quête l'amour des siens. C'est pas plus compliqué, mais vous ne voulez ni voir, ni entendre. Vous avez les yeux et le cœur fermés.

— Ça n'a pas d'enfant et ça sait tout, ça ose donner des leçons, une employée à ses patrons, vous êtes aussi mal élevée qu'une fille des rues, raille François.

— Je vous demande de retirer ce que vous venez de dire, cher monsieur, se défend Flora. J'ai en moi une part d'enfance blessée, volée peut-être, ce qui me rend sensible à la blessure de votre fils. Je crois devoir souligner que si Clément pense qu'il n'est pas aimé, vous portez, vous, son père, une part de responsabilité dans l'état qui est le sien. Un enfant qui voit son père courir les filles se pose des questions. Un enfant qui voit pleurer sa mère aussi. Clément est intelligent... Il suffirait de peu pour que l'épine lui soit ôtée. Peut-être que son pépé lui raconte la vraie histoire de sa famille, n'est-ce pas, monsieur Simon Boehler ?

Bien évidemment, Simon ne répond pas. Il baisse la tête.

Et Flora, hors d'elle, se lève en claquant ses couverts sur la table.

— Flora ! essaie de la tempérer Grete. Flora...

Elle voudrait n'avoir pas dit ces choses, mais ce Don Juan imbécile l'a poussée à bout. Henriette, qui était là ce soir, a débarrassé la table dans un silence lourd d'embarras. Simon a plié sa serviette de table, l'a glissée dans l'anneau et l'a posée sur le grand bahut alsacien puis est parti s'installer dans le salon. Nerveusement, du bout des doigts, il tapote le velours côtelé de son pantalon à la hauteur des cuisses. A quoi pense-t-il ? Flora aimerait se glisser dans la tête de Simon et débusquer ses pensées les plus secrètes. Louis a quitté la salle à manger pour regagner sa chambre et Grete se dirige vers la chambre de Clément.

Elle en revient très vite et cherche Flora en criant :

— Flora, Flora, Clément n'est pas dans sa chambre et la porte est grande ouverte.

C'est l'instant où la cloche du vestibule retentit et que se dresse Grégoire.

— Ah ! vous tombez bien, vous ! Clément a fait une crise et il a disparu, s'exclame Grete.

— On va le retrouver, répond calmement Grégoire.

— Madame, restez ici, et gardez vos chiens enfermés, ordonne Flora. Je crois savoir où Clément s'est réfugié. Il ne faut pas paniquer. Clément est inconsciemment heureux de ce remue-ménage qu'il a provoqué dans le seul but de tester nos réactions d'amour ou d'indifférence à son égard.

— Flora a raison, approuve Grégoire.

20

— Vous ne vous êtes pas avancée un peu vite ? interroge Grégoire, vaguement anxieux tandis que tous deux empruntent le grand escalier menant à l'étage de l'aile droite où se trouve le petit domaine de Clément.

Flora monte les marches deux par deux. Elle secoue la tête. Il lui faut d'abord constater que la chambre est vide et que les portes sont effectivement ouvertes. Et puis, elle veut en partie inspecter cette chambre, certaine que l'enfant a laissé un indice.

— Je m'en doutais, soupire-t-elle, le bureau est couvert de dessins barrés par la même phrase : « Je hais les enfants et les parents… c'est mon épine. »

— Il a décliné la phrase avec toutes les couleurs dont il dispose, remarque Grégoire.

— Et sous ses « papiers de rage », il y a autre chose. Bon sang, ce sont d'autres pages du journal intime de Grete. La mère ne soupçonne donc rien ! s'exclame Flora.

— En tout cas, une telle phrase aurait dû ressusciter pour elle la page d'histoire qui va avec, conclut Grégoire. Ce n'est pas anodin.

— Mettez ça dans vos poches. Mon Dieu, là, sous le lit, une bouteille de vin.

— Et c'est un grand cru ! s'exclame Grégoire.

— Oui, il provient de la parcelle 36, celle qui est la propriété de sa mère. Simon m'a raconté un jour. Il y a les parcelles de Grete, celles de Simon et celles qui sont à François depuis son mariage. Fermons la porte et suivez-moi, ordonne Flora, je crois savoir où est Clément. Il doit se trouver au caveau, je l'y ai déjà récupéré à plusieurs reprises, à l'époque je me posais bien des questions. Maintenant, j'ai compris…

— Puissiez-vous dire vrai ! Moi, je n'y crois guère. Le caveau est bien au-delà de l'atelier, n'est-ce pas ?

— Tout à fait.

— Les tilleuls sont sans feuilles à cette saison ; on devrait donc, si Clément s'y trouve, voir de la lumière.

— Il est assez grand pour éteindre derrière lui ou prendre une lampe de poche pour ne pas attirer l'attention.

Apparemment, tout est silencieux dans le caveau. Flora et Grégoire en fouillent les moindres recoins et soudain, en passant près du plus gros pressoir, Flora s'arrête et fait signe à Grégoire de se taire. Une plainte monte de la cuve…

— Clément, Clément, appelle doucement Flora, tu es là ? Tu te caches ou tu es tombé ?

Pas de réponse, mais de gros sanglots.

— Essaie de nous dire… Fais un effort, sinon on ne pourra pas te sortir de là.

Les secondes sont longues lorsque l'on attend la déchirure, la chute des murs intérieurs.

— Clément, pour l'épine, il faut que tu nous aides et tout ira mieux, insiste Flora.

— Je compte sur toi, petit homme, s'exclame Grégoire qui revient avec une échelle trouvée dans l'atelier. J'ai failli me faire bouffer par les chiens, dit-il à voix basse.

Flora fait encore signe à Grégoire de se taire. Un interminable silence a envahi le lieu. Clément ne sanglote plus. Soudain, on l'entend renifler et l'imprévisible se produit :

— J'ai mal, j'ai mal…

— Où as-tu mal, petit homme ?

— C'est pas à l'épine.

Flora pince Grégoire pour être certaine qu'elle ne rêve pas.

— Continue, Clément, où as-tu mal ?

— Je suis cassé. J'ai mal aux jambes et à la tête.

— C'est bon, on va te sortir de là… On va sans doute appeler le docteur et tu lui expliqueras où tu as mal. C'est d'accord ? Pour guérir, il faut dire. Sinon le docteur ne pourra pas te soigner. Promets, insiste Grégoire qui ne cesse de lui parler tout en montant à l'échelle. Regarde, je suis en haut, près de toi.

Il regarde avec attention l'intérieur du pressoir. Ce qu'il voit l'impressionne, l'enfant gît au fond du pressoir. Il s'est effectivement blessé à la tête en tombant. Il saigne au cuir chevelu et peut-être a-t-il une jambe brisée. Mais il est vivant. Et puis, il y a près de lui quelque chose qu'il ramassera et fourrera dans sa chemise juste après s'être laissé glisser dans le pressoir.

— Flora, allez chercher de l'aide, il faut une autre échelle, et des cordes. Je ne peux pas le remonter seul. Du fait qu'il est blessé, je dois l'attacher dans mon dos. Si François a encore son matériel d'escalade, des sangles larges nous seraient utiles. Rassurez les parents, mais dites-leur qu'il faut appeler les secours et que François vienne m'aider à sortir le gamin. Tu as confiance, Clément ? Je reste avec toi, lui explique-t-il. Tu vois, on va mettre une deuxième échelle dans le pressoir, je vais t'attacher dans mon dos avec la corde et monter à l'échelle et puis, arrivé là-haut, j'attraperai l'échelle qui est de l'autre côté et nous redescendrons. C'est d'accord ? Et le docteur arrivera pendant ce temps-là et commencera à te soigner. Ça va aller, tu es le héros de l'histoire. Dis-moi comment tu as réussi à grimper, tu es vraiment le roi de l'escalade. Qu'est-ce que tu as voulu faire dans ce grand pressoir ? Raconte, petit homme.

— Reprendre ce que tu as caché dans ta chemise, gémit l'enfant.

— C'est à qui ?

— Sais pas, à des gens qui ont des épines dans le cœur. Peut-être à maman.

— Tu voulais donner ces carnets à qui ?

— A Flora et toi, parce que vous savez pour mon épine et vous pouvez l'expliquer à maman. Papa, il va partir, je l'ai entendu le dire à grand-père. Il paraît qu'il aura un enfant bientôt, mais pas avec maman. Et moi, comme dans le carnet : « Je hais les enfants, je hais les parents qui n'aiment plus leurs enfants. » C'est ça mon épine, tu me crois ?

— Oui, on va discuter de tout cela après, quand tu seras soigné. Pour l'instant, c'est notre secret et après, les épines, on s'en débarrassera, on fera un grand feu dans la cheminée et on les brûlera. Tu me promets ? Tiens, voilà la deuxième échelle qui arrive. Ne pleure pas, petit homme.

— Grégoire, s'écrie Flora, je n'ai pas trouvé François, il est sorti, m'a dit Henriette. Simon somnole. Grete était au bureau, mais elle est là avec moi. Nous avons trouvé les cordes d'escalade et les mousquetons pour attacher Clément. Je vais descendre vers vous afin de vous aider à ficeler Clément en tenant compte des blessures et maintenir l'échelle pendant que vous l'évacuerez. Grete vous réceptionnera tous deux, le médecin est prévenu.

Flora observe le cuir chevelu de l'enfant ouvert en deux endroits. La tête a probablement heurté le mécanisme du pressoir. Elle vérifie les membres.

— Je ne crois pas qu'il y ait une véritable cassure aux jambes. Sauf une cheville un peu mal en point, elle est bien enflée. Le docteur va réparer tout cela et peut-être devra-t-on faire un petit séjour à l'hôpital, le rassure Flora.

Clément s'accroche au cou de Flora dans un geste de tendresse qui l'émeut. Grégoire les regarde en souriant.

L'enfant est juste extrait du pressoir quand arrive le médecin de famille suivi de François l'air bien sombre. Les premiers soins sont donnés, mais le médecin, par mesure de précaution, préfère que l'hôpital procède à des examens complémentaires. Il veut être certain qu'il n'y a ni traumatisme crânien, ni fracture du crâne.

— Et puis, il y a la cheville qui a doublé de volume, constate le docteur.

— Elle me fait mal, gémit Clément.

Flora, qui n'a pas eu le temps de prévenir Grete que son fils avait retrouvé la parole, la voit s'asseoir et se trouver mal sous le coup de l'émotion. La tête lui tombe sur la table.

— Grete aurait-elle pris également un coup sur la tête ? taquine le médecin.

— Maman, reste avec nous. C'est rien, docteur, dit l'enfant, c'est l'épine du cœur qui s'en va, comme la mienne.

Le médecin ne comprend rien et se force à rire. Peut-être que l'enfant est choqué par sa chute... L'hôpital verra ce qu'il convient de faire, pense-t-il.

21

Quand la voiture du médecin quitte le Domaine, elle est suivie de celle de François et de Grete qui conduisent leur fils à l'hôpital. Grégoire serre amoureusement la main de Flora. Il ouvre sa chemise et en sort les carnets...

— C'est ça que le gamin avait caché dans le pressoir et il voulait aller les rechercher pour vous les donner à lire. Il n'a pas vraiment réalisé qu'il s'agissait du journal intime de sa mère, mais le « Je hais les enfants » qu'il y a lu a sans doute fait écho aux difficultés que traversent ses parents depuis quelques mois et il culpabilise, comme c'est le cas en pareilles circonstances. Il sait que son père batifole, il a aussi entendu une conversation entre Simon et François qui voudrait quitter Grete, car il va être papa ailleurs. Le petit bonhomme a bien perçu la situation.

— Pauvre gamin. Ce François mérite la corde pour le pendre. Quant à moi, j'ai très envie de lire ce journal, mais avec vous, murmure Flora. J'ai l'intuition que ces pages me concernent... Durant toute cette journée, les rencontres, les conversations me sont revenues. Ce qu'a révélé Justine, cette ressemblance avec Ruth... Il me semble que Simon est le grand coupable. Il a tout caché et il a menti, s'il a dit que l'enfant de Grete était mort. Il faudrait que nous puissions l'interroger. J'y verrais plus clair.

— Allons-y, propose Grégoire.

— On va d'abord lire le carnet et fouiller la chambre bleue, puisque les patrons ne sont pas là.

— Flora...

Grégoire tente de la retenir, voulant la garder près de lui. Elle ne voit rien, n'entend rien. En elle, la petite musique des origines se fait impérieuse.

— C'est nécessaire, non ? Je fouille et vous surveillez, déclare Flora, et puis on va dans ma chambre.

— Dans votre chambre ! Et vous n'avez pas peur ?

— De quoi ?

— De moi.

— Et vous me feriez quoi ?

— Je vous croquerais avec tellement de plaisir ! Je vous offrirais le plus beau des royaumes, l'amour.

— Non, vous ne feriez pas cela ! Même si j'en ai le désir... autant l'avouer, mais ce sera quand je saurai qui je suis.

— Pauvre de moi qui aime une Sherlock Holmes, la taquine-t-il.

Dans la chambre bleue, tout est rangé. En ordre. Il n'y a rien. Sauf les vieux vêtements. Flora découvre la superbe tenue qu'avait dépliée Grete peu avant le début des vendanges, lorsqu'elle songeait à installer Flora dans cette pièce. La jeune femme a les mêmes gestes que ceux de Grete à la fin de l'été. Elle trouve la tenue à la fois austère et élégante et décide de s'en emparer. Elle la pose devant elle, se regarde dans la vieille psyché, tourne sur elle-même. Elle est certaine que ces vêtements ont appartenu à Ruth. Ce sont bien ceux que Ruth portait quand elle a posé pour Emile Knecht.

— Rien d'intéressant, déclare Flora en sortant de la chambre bleue, à part les nippes de Ruth que j'embarque, car j'ai ma petite idée. Grete a fait le ménage. Grégoire, s'il vous plaît, on lit et je vous raconte tout. A propos, vous savez quel jour nous sommes ?

— Le 23 novembre, lui répond Grégoire.

— Tenez, regardez sur le calendrier des postes, quelle fête est-ce aujourd'hui ? Evidemment, dans cette demeure protestante, le culte des saints n'existe pas, mais, mais...

— C'est la Saint-Clément, et demain, c'est la Sainte-Flora, roucoule Grégoire. Demain, je vous embrasse.

— Et ce sera mon anniversaire aussi.

— Je vous embrasserai encore.

— Après ce que nous sommes en train de lire, j'ai envie de leur organiser une fête qu'ils ne sont pas près d'oublier, histoire de marquer à jamais mon passage sur ces terres, glisse Flora qui sent monter la colère.

— Flora, proteste Grégoire, nous avons mieux à faire, soupire-t-il en tentant de l'enlacer.

Elle ne réagit pas, sauf à ce qu'elle est en train de découvrir pour s'exclamer :

— Trop, c'est trop ! Ecoutez-moi, Grégoire... J'imagine Grete écrivant cela :

« J'ai mis notre enfant au monde. Et Charles ne le saura jamais. Je sais que c'est une petite fille, je ne suis pas aussi folle qu'on veut le faire croire pour m'expédier dans une maison de santé. J'ai bien vu ce petit bébé sanguinolent qu'on tirait de mon ventre et que l'on a soustrait à mon regard. Je voulais le serrer dans mes bras, un instant, rien qu'un instant, lui chanter ce que Charles après l'amour me susurrait : *"Gretala Harzala, Dü bisch min Schatzala, Dü bisch mi Auigastarn, Hà di meineidig garn*[1]*."* Cela n'a pas été possible. On m'a expliqué qu'il n'était pas prévu que je garde ce bébé. C'était la seule condition pour que l'on me pardonne mes errances et que je puisse un jour revenir au Domaine. Mais je me moque de ce Domaine, même si je dois en être la future maîtresse. Mon père se force à la gentillesse, fait mille promesses. Il réaffirme que j'ai mis au monde un bébé mâle. Un malheureux, il joue sur les mots avec mâle et malheur. C'est idiot de sa part, et monstrueux. Qu'il dise les choses telles qu'elles se sont passées. La mort de ce bébé en arrivant à l'hôpital de Strasbourg l'aura bien arrangé.

Justine Guérin, la cousine de Joséphine, ma mère, avait le cœur chaviré, paraît-il. Elle s'était mise au service de mon père. Et moi, naïve, qui lui avais donné toute ma confiance. Elle me répétait que si je ne contrariais pas mon père, l'enfant serait mis en nourrice et que je pourrais le reprendre ensuite. Il m'a fallu du temps pour comprendre que ces deux-là n'enfilaient pas des perles. Mais mon père a su la persuader d'aller dans son sens, car il était inutile de contrarier Ruth qui ne voulait pas de l'enfant de Charles.

Si ma mère avait vécu… sans doute serait-elle venue à mon secours. Je n'ai guère eu l'occasion d'échanger avec elle. C'était une silencieuse. Elle aimait mon père. Elle

---

1. « Petite Marguerite, petit cœur, tu es ma bien-aimée, tu es la pupille de mes yeux, je t'aime passionnément. »

avait dit oui au pied de l'autel et les catholiques n'ont pas le droit de divorcer. Lui aussi aimait ma mère, je n'en doute pas. Mais les plus belles amours subissent l'érosion du temps et les assauts des belles-mères au cœur sec. Ruth était partout chez elle et ne savait pas accueillir. Ma mère m'a manqué en ces jours difficiles. Je suis certaine qu'un enfant sans père ne l'aurait pas dérangée. Et à moi, il serait au moins resté un peu de Charles. Pourquoi mon père a-t-il été si faible ? Je n'ai plus envie de vivre. Vivre pour quoi, pour qui ?

Puisque père pense que je suis malade, soyons malade, au moins je ne le verrai plus. »

Flora s'arrête et pleure, puis se ressaisit et, en se levant debout sur le lit, elle s'écrie :

— Le salaud, le salaud, ce Simon ! Quelle heure est-il, Grégoire ?

— Vingt-trois heures, bientôt.

— Trop tard pour aller lui faire une scène. C'est un vieil homme. Demain, Grégoire, ici ou à l'hôpital si Clément s'y trouve encore, ce serait mieux d'ailleurs, je vais leur organiser une rencontre… J'ai vu que le bâtiment de gériatrie n'est pas très éloigné de celui de la pédiatrie. J'aurai besoin du pasteur et de Justine.

— Que voulez-vous faire ?

— Ce sera ma surprise et vous me suivrez.

— Mais ?

— Je ne vais tuer personne, mais nous allons nous expliquer, et puis je partirai.

— J'entends la voiture des patrons. Venez, allons les accueillir.

— J'espère qu'il n'y a rien de trop grave pour le gamin ! s'écrie soudain Grégoire. Bon, moi, je vais rentrer à Kientzheim, c'est dommage, j'aurais aimé dormir avec vous.

— Pas ici, Grégoire, mais bientôt, si vous…

— Il ne faut pas aller trop vite, la taquine-t-il en s'éloignant.

François, qui a rejoint Grete à l'hôpital, porte Clément endormi. L'enfant a le pied plâtré et la tête entourée d'un superbe pansement.

— L'hôpital nous l'a rendu. Plus de peur que de mal. Pas de fracture à la tête. Mais on conseille du repos. Il a quand même une cheville cassée. Merci, Flora et Grégoire, sans vous, il aurait pu mourir. Jamais nous n'aurions eu l'idée d'aller le rechercher dans le pressoir. Merci surtout d'avoir aidé au rétablissement du dialogue, dit avec chaleur Grete, tandis que François sourit.

— Je crois que vous devrez à cet enfant quelques explications, n'est-ce pas, monsieur Walter, glisse Flora. Clément est au courant de vos projets.

— Je sais… Mais ces projets ne sont plus d'actualité, j'ai bien réfléchi et j'espère ne pas faire trop de dégâts. Je ne vais pas être père, non plus. C'était un argument pour faire fléchir Simon.

— J'espère que vous ne sacrifierez personne. Demain, madame, poursuit Flora qui ne veut plus entendre François, est-ce que la famille, vous-même, votre mari et monsieur Boehler aurez quelques minutes à m'accorder ? Il y aura une petite mise au point à faire.

— C'est grave ? questionne Grete.

— Rien n'est jamais grave, sauf ce qui est tu... Bonsoir.

Grégoire s'éclipse. Il réaffirme qu'il viendra puisqu'il l'a promis à Clément.

— Peut-être que rien n'aura lieu, lui dit doucement Flora, il suffira que dans la journée Simon réponde à mes questions. Mais je n'y crois pas.

— Mais enfin, où est Flora ? gronde François en s'adressant à Grégoire qui hausse les épaules en signe d'impuissance. Elle prend ses aises. Certes, elle nous a rendu service en guérissant Clément. Bien sûr, c'est sa fête, mais la patronne, ce n'est pas elle, ici. Grete, tu te laisses marcher sur les pieds.

Toute la famille est à table quand la porte s'ouvre et qu'apparaît une Alsacienne flamboyante vêtue comme au XIXe siècle, mais sans coiffe. La robe de moire est surmontée d'un corsage à lacets qui retient un foulard de soie fleurie.

Simon ouvre la bouche et la referme. Aucun son n'en sort. Grete lâche le plat qu'elle tient.

— Ma mère, Ruth, articule ensuite avec peine Simon dont les yeux se brouillent. Comment est-ce possible ?

— Qu'est-ce que c'est que cette mascarade ? hurle François obligé de se taire quand entre le pasteur qui aide Justine Guérin appuyée sur une canne.

Et Justine qui s'écrie :

— Vous n'avez pas changé, madame ! Toujours aussi belle, comme au mariage de Simon avec Joséphine, sauf qu'avec votre belle-fille, ma cousine Joséphine, vous aurez été un peu garce. Où est-elle, la belle Marguerite que j'ai vue l'autre jour et qui avait teint ses cheveux ?

Quand même, Simon, tu exagères avec son bébé. C'est bien une petite fille qu'elle a eue, ta Grete, et l'enfant vit toujours. Je la vois de temps à autre chez Clairette. Moi, je te le redis, n'y reviens jamais pour m'épouser. Je t'aimais bien pourtant. Nos quelques rencontres étaient satisfaisantes, comme tu dis. Mais ce que tu as fait avec ta fille ne me convient pas. Pourquoi as-tu voulu la faire passer pour folle ? Pasteur, vous êtes de mon avis ?

Flora, habillée telle Ruth et qui a teint ses cheveux d'un roux éclatant, prend alors la parole.

— Continuons, c'est plus facile ainsi. Je suis Ruth et je vous reviens aujourd'hui. Il paraît que Grete, ma petite-fille, me ressemble beaucoup. Mais elle a préféré couper ses cheveux... pour devenir elle. Elle a eu bien raison. Je suis heureuse de revoir Justine... Je regrette mon obstination, mon refus de l'enfant de Grete. Simon, tu as mal agi en faisant passer pour mort un bébé qui a vécu. Pourquoi en avoir fait un garçon ? Grete a toujours su que c'était une fille. Pourquoi voulais-tu en faire une jeune femme qui perdait la raison ? Tu espérais la déposséder de son héritage, c'est ça, et refaire ta vie avec Justine, lui faire des enfants ? Folle, Grete ne serait pas un obstacle, tu prendrais soin d'elle dans cette maison de santé à Grasse. Mais Justine est droite et elle t'a snobé. Le pasteur et elle ont tenté de te remettre dans le droit chemin. Ce fut bien difficile. Grete a eu bien du mérite en revenant et en te pardonnant. Maintenant, parlons d'aujourd'hui, comment appeler cela ? Un heureux hasard, la Providence ? Cet été, une jeune fille est venue frapper à la porte de ce Domaine... Elle ignorait tout de sa vie... Qui l'a guidée jusqu'ici ? Elle venait vraiment pour terminer une thèse d'œnologie. Mais elle voulait aussi en profiter pour sillonner l'Alsace et rassembler les morceaux d'une vie inconnue et dispersée aux quatre vents. Elle ne voulait pas perturber une famille.

Flora observe. Grete a bien écouté sa demande. Clément n'est pas là. Henriette et Louis s'en occupent dans le salon.

— J'arrête ce petit jeu, concède Flora. Tout le monde aura compris. Je ressemble à ma mère, n'est-ce pas ? C'est Justine qui m'a mis la puce à l'oreille, et si je ressemble à ma mère, c'est que je ressemble à mon arrière-grand-mère, à Ruth. La peinture d'Emile Knecht est bouleversante. Il a suffi que je teigne mes cheveux pour que l'illusion soit parfaite quand je suis entrée tout à l'heure. J'ai trente et un ans aujourd'hui, je m'appelle Flora Rivière, mais j'aurais pu m'appeler Flora Boehler ou Flora Gessler, puisque Charles, mon père, s'il avait vécu, m'aurait reconnue.

Flora se tourne vers Grete.

— Grete, nous avons eu un peu de peine pour nous entendre, mais plus les jours passaient, plus nous avons appris à nous apprécier et mieux je vous ai comprise. J'imagine votre calvaire et je rends hommage à votre courage. J'aurais pu vous aimer.

« A tous, je puis certifier que je ne revendique rien, ni le Kaefferkopf, ni la moindre parcelle d'héritage. Il est vrai que j'ai toujours rêvé d'acheter quelques hectares, mais pas à Ammerschwihr, et d'y planter de la vigne. J'aime toujours autant les vignobles et l'Alsace, c'est dans le sang, ces choses-là. Pourtant, je crois que je ne le ferai jamais. J'irai m'occuper d'enfants mal dans leur peau. J'aiderai Grégoire. Je saurai faire. En attendant, je vous souhaite d'être heureux.

« Demain, je serai partie. J'aurai été ravie de vous connaître et de savoir d'où je viens. Cela me suffira, surtout si j'ai Grégoire à mes côtés.

Simon, qui a gardé la tête baissée, la redresse et regarde Flora...

— Si j'avais su... Si j'avais su. Pardon, mais c'est trop tard.

Grete se lève et tente de prendre Flora dans ses bras.

— Vous... Tu ne peux pas savoir l'impression que j'ai eue quand je t'ai vue la première fois. Ce port altier. Tu ressembles à ma grand-mère, mais tu as la douceur de Joséphine, ma mère. Et surtout, chaque fois que tu enfourchais le vélo, je me revoyais. Tu pédalais comme moi, avec hardiesse et une volonté inébranlable quand j'allais rejoindre Charles ou porter des messages pendant la guerre. Tu ressembles à Ruth, oui, c'est certain, mais tu as quelque chose en plus, la générosité.

— Elle me vient de mémée Desprès... C'est l'histoire de l'inné et de l'acquis, rigole Flora pour détendre l'atmosphère.

— Tu vas rester ? Tu as ta place au Domaine.

— Non. Je ne serai jamais la maîtresse du Domaine des Vignes d'Obertor. Cela ne m'intéresse pas, mais peut-être que je reviendrai, un jour, qui sait, pour que mes enfants sachent leur histoire et connaissent les lieux... L'important pour moi était de savoir qui je suis. On ne rattrape jamais le temps perdu. Ce qui compte, c'est ce qui reste à vivre, ce qui n'est pas encore écrit.

— Nous allons nous y employer, promet Grégoire. Laissez-moi vous la voler.

Elise Fischer
26 décembre 2008 à Fontenoy-la-Joûte

Annexes

Brève histoire d'Ammerschwihr

On sait peu de chose du site d'Ammerschwihr. Son passé préhistorique n'a pas encore été révélé. Deux haches et une pointe de lance datées de l'âge du bronze permettent d'avancer l'hypothèse que l'homme préhistorique a hanté les lieux.

Il faut alors se rendre au haut Moyen Age. La présence gallo-romaine y est attestée et saint Déodat, fondateur de Saint-Dié et d'Ebermunster, y aurait séjourné. A cette époque, on ne parle pas d'Ammerschwihr, mais d'Amalricivilare en 869 et d'Amalrischswillare en 877. Puis de nombreux établissements religieux vont fleurir dans la commune naissante.

L'étymologie du toponyme Ammerschwihr aurait pour origine un certain Amalric (nom noble franc devenu Amaury en langue romane) et la désignation *villare*, un lieu gallo-romain (*villa*) transformé ultérieurement en *Weiler*, puis en *Weier* qui est devenu *wihr*. Aujourd'hui, les armoiries parlantes du village (« d'argent à trois merles de sable ») attribuent la racine *Ammer* au nom germanique du bruant, *Ammer*, un passereau présent notamment dans les zones marécageuses. Ce blason remonte au XVIe siècle, mais ne comporte qu'un seul bruant. Aujourd'hui, il en compte trois, par référence à la division territoriale de la commune jusqu'à la Révolution.

Ammerschwihr a connu trois maîtres. Elle dépend tout à la fois de l'empereur qui a la main sur Kaysersberg, des seigneuries habsbourgeoises de Hohlandsberg et du seigneur de Ribeaupierre. Chaque seigneur a son prévôt, le Schultheiss, qui fait exécuter les droits de justice pour les ressortissants dépendant de son seigneur. Ammerschwihr jouit d'une importance économique grâce à son marché du vendredi, célèbre dès le XIIIe siècle. C'est le plus ancien du district. Il se déroulait sur la route qui va d'Ingersheim à Kaysersberg avant d'être transféré sur la place du marché actuel où s'élève l'hôtel de ville. A la Saint-Gall, le 16 octobre, a lieu la foire annuelle. La ville prospère derrière ses remparts mais aura à subir l'invasion des Armagnacs en 1444, la révolte des paysans en 1525 et la guerre de Trente Ans de 1618 à 1648. Comme toute l'Alsace et une partie de la Lorraine, Ammerschwihr passe sous administration allemande après 1871 et jusqu'en 1918.

Pendant la Seconde Guerre mondiale, Ammerschwihr se trouve sur la ligne des combats pour la libération de la poche de Colmar. Bombardée tour à tour par les Américains, les Français et les Allemands, la ville est sinistrée à 85 %. Il faudra le courage de ses habitants et le génie de l'architecte Gustave Stosskopf pour qu'elle retrouve son dynamisme et sa splendeur.

Histoire du vin en Alsace

C'est vers l'an 58 que les Romains occupèrent la rive gauche du Rhin et y introduisirent la vigne.

Dès le Moyen Age, les vins d'Alsace étaient connus et appréciés et s'exportaient vers les pays nordiques, et ce grâce au Rhin.

Après la défaite de 1870, l'Alsace tombe sous le joug allemand.

La vigne, comme dans le reste de l'Europe, est atteinte de maladies entre 1870 et 1918 et l'Allemagne préconisa une politique de quantité au détriment de la qualité.

Il fallut le retour dans le giron français pour que les viticulteurs optent pour une culture privilégiant la qualité.

La route des vins

Seules 67 des communes de la grande plaine d'Alsace forment la « route des vins » telle qu'elle est définie depuis mai 1953.

Kaysersberg, Kientzheim, Ammerschwihr dans le Haut-Rhin en font naturellement partie.

Histoire d'un terroir d'exception : le Kaefferkopf

En 1932, un jugement jette les bases de la reconnaissance du Kaefferkopf. L'aire de production du Kaefferkopf d'Ammerschwihr est délimitée à l'intérieur de la commune sur une superficie de 67 hectares, 81 ares environ qui regroupent 16 parcelles autorisées.

Les cépages autorisés sont le gewurztraminer, le riesling, le tokay-pinot gris, le muscat.

L'encépagement selon les déclarations de récolte se répartit ainsi :

— 59 % de gewurztraminer ;
— 35 % de riesling ;
— 5 % de tokay-pinot gris ;
— 1 % de muscat.

Environ une quinzaine de viticulteurs de 15 communes différentes déclarent du Kaefferkopf parce qu'ils ont réussi à marier des filles de viticulteurs d'Ammerschwihr pour obtenir une parcelle de Kaefferkopf.

Le vin du Kaefferkopf est caractérisé par deux maîtres mots : élégance et finesse.

Ammerschwihr bénéficie d'un microclimat et l'emplacement exceptionnel du terroir d'Ammerschwihr sur le piémont vosgien constitue le lien entre la montagne et la plaine. C'est un lieu matérialisé par un champ de failles faisant affleurer diverses formations du trias et du jurassique entre le socle primaire des Vosges et le remplissage tertiaire et quaternaire du fossé alsacien.

Le foehn maintient les hautes pressions dans un environnement dépressionnaire, surtout au printemps et en automne.

Dès 1328, le Kaefferkopf apparaît sur le cadastre de Pairis sous la dénomination de « Zem Kefersberg ». En 1866, la renommée du Kaefferkopf est attestée. On sait que ses vins sont les meilleurs. Puis différents articles et livres de cuisine alsacienne loueront ce lieu exceptionnel qui donne un breuvage divin.

Mais la bataille sera longue pour que ce lieu soit reconnu comme produisant des vins exceptionnels et méritant le label AOC ou grand cru.

• En 1962 a lieu la création de l'appellation Alsace, mais on omet le classement du Kaefferkopf en AOC.

• Le 4 février 1985 : demande de classement à l'Inao (Institut national des appellations d'origine) en Appellation contrôlée particulière.

• Le 20 juin 1985 : demande de classement au Crinao (Comité régional de l'Inao) en Appellation contrôlée.

• 27 novembre 1985 : lettre de relance au Crinao.

• De mars 1986 au 26 septembre, de nombreuses relances seront faites ; la réponse sera terrible et se traduira par un refus du Crinao.

• Le 16 décembre, les viticulteurs ne désarment pas et demandent la classification du Kaefferkopf en grand cru.

Les demandes de classement se multiplieront jusqu'à nos jours. Il est important que le terroir garde les limites de 1932 afin de ne pas dévaloriser la production vinicole de cette région.

Aujourd'hui, le Kaefferkopf est enfin reconnu.

• Depuis le 27 février 2003, le Kaefferkopf est une marque collective gérée par les Amis d'Ammerschwihr et du Kaefferkopf. Dans les statuts de la confrérie, tous les producteurs du Kaefferkopf sont concernés. Donc ils sont tous propriétaires du nom « Kaefferkopf ».

La confrérie des Amis d'Ammerschwihr et du Kaefferkopf

Elle est née le 25 avril 1984 et inscrite au greffe de Kaysersberg le 18 septembre 1984. Son but est de promouvoir la ville d'Ammerschwihr et l'appellation Kaefferkopf. De plus, elle se doit d'organiser la dégustation pour l'Estampille, distinction européenne officielle qui décerne les meilleurs « Kaefferkopf » de l'année.

Pour pérenniser, sauvegarder et transmettre les traditions viticoles et coutumes d'Ammerschwihr, elle a besoin de confrères partageant la même raison. Ceux-ci sont intronisés Ambassadeurs, Grands Ambassadeurs du Kaefferkopf et, à leur tour, deviennent des marraines et parrains pour de futurs membres.

La confrérie est la gardienne de la mémoire de l'appellation Kaefferkopf et de son œnothèque.

Confrérie Saint-Etienne

Il ne faut cependant pas oublier la Confrérie Saint-Etienne, qui est l'une des sociétés viniques les plus anciennes de France. Créée au XIVe siècle à Ammerschwihr pour surveiller étroitement la qualité des vins de la cité, elle rassemble dans son œnothèque près de 35 000 bouteilles « sigillées » : un échantillon des meilleurs vins de ses Confrères, jugés chaque année sous la présidence du Grand Maître, dégustateur chevronné élu pour un an.

Jean-Baptiste Adam, viticulteur à Ammerschwihr (14e génération, maison existant depuis 1614), déjà Confrère depuis 1980, a été élu Grand Maître en 2005 ; il perpétue la tradition de l'art de vivre de la société associée à toutes les manifestations de prestige en faveur des vins d'Alsace.

La bouteille armoriée

Il fallait bien au Kaefferkopf et à ses serviteurs une nouvelle robe, un vêtement digne et noble. L'idée d'une bouteille armoriée a germé puis s'est concrétisée. La flûte rhénane s'imposait. La couleur a été choisie pour trancher avec le vert classique. Une teinte penchant vers la feuille d'automne, évocation de la maturité. Le symbole identifiant serait tout naturellement le K, un K tout simple car plus élégant que tous les rayonnements solaires dont on voulait l'affubler. Cette bouteille est entrée en service aux premiers jours de mars 2002.

Le serment du Kaefferkopf

Par les beaux coteaux du Kaefferkopf,
Par les nobles vins qui s'y produisent,

Je fais le serment de défendre, d'aimer et de faire aimer
Jusqu'à la fin de mes jours,
Ce prestigieux nectar,
Breuvage de paix et d'amour.

L'ode du Kaefferkopf

Refrain

Kaefferkopf O Kaefferkopf
Tu te classes au premier rang
Kaefferkopf O Kaefferkopf
Sois pour toujours notre sang.

Couplets

Muscat, Prince de très bonne race
Nous te nommons le dauphin
Pinot-gris, Tokay d'Alsace
Est le Sultan de nos vins.

Riesling de nos vins le Roi
Nous dispense le bonheur,
Mais Gewurz, oui c'est bien toi
que nous sacrons Empereur.

Partout sur la terre entière
Serai ton défenseur fervent,
Et c'est avec l'âme fière
Qu'ici j'en fais le serment.

La prière du Kaefferkopf

Dieu de bonté, tes largesses sont riches et nobles,
Ta grandeur se dévoile d'un regard sur le vignoble.
Le « Kaefferkopf » en est un joyau dans ta création
Et l'homme ne peut être là qu'en admiration.

Et ce vin qui coule le saurons-nous goûter
Avec respect et reconnaissance et sans douter
Que toi, Seigneur, tu veux pour les hommes de ce monde
Qu'ils trouvent par leur labeur une vraie joie profonde.

Tu veux, Seigneur, que sur la terre tes Saints nous aident
Et nous savons qu'en faveur des vignerons ils plaident.
Du haut du ciel, saint Martin protège la commune
Vincent et Urbain veulent pour nos vins bonne fortune.

Ainsi, mon Dieu, dans ce même esprit qui nous rassemble,
A travers ton œuvre chaque ami te contemple
Et malgré maintes peines et bien des soucis
Dans l'amitié qui nous unit chacun te dit : merci !

Jérôme Edelmann, curé d'Ammerschwihr

L'année de la vigne et les principaux travaux de la vigne

Octobre

Chute des feuilles qui changent de couleur, et ont fini de nourrir les sarments. C'est la fin normale du cycle végétatif annuel.

Le vigneron entreprend de labourer entre les rangées de vignes afin d'ameublir le sol, de l'aérer et de favoriser la pénétration des eaux de pluie.

Novembre à avril
Dormance

La vigne n'a pas de feuilles et dort.

Le vigneron en profite pour la tailler. En Alsace, on pratique la taille Guyot double ou simple (une baguette). C'est essentiel car la taille détermine la hauteur de tronc et elle régule la production de la vigne.

Ensuite vient **le liage**.

Quand le cep est taillé, il reste une ou deux baguettes que l'on va plier sur le deuxième fil de palissage afin d'avoir une sortie régulière des bourgeons tout au long de la baguette.

Les sarments taillés et en bonne santé sont réduits et laissés sur place où leur décomposition sera un apport naturel d'engrais organique au sol. Les sarments malades seront ôtés et brûlés à l'extérieur du vignoble pour éviter la propagation des maladies.

Mi-avril à mi-mai
Débourrement

Réveil végétatif quand la température au sol atteint 10°. Les bourgeons se forment, les rameaux poussent.

C'est aussi le début des différents traitements à appliquer pour éviter les maladies. Les traitements se poursuivent jusqu'à fin juillet. On délaisse actuellement les traitements chimiques pour se tourner davantage et presque essentiellement vers des traitements biologiques.

C'est aussi d'avril à mi-mai que l'on plante les nouvelles vignes. Il faut savoir qu'un pied de vigne a une durée moyenne de quatre-vingts ans.

Mai
Feuillaison

Les feuilles apparaissent. C'est à cette époque que se pratique l'**épamprage**, opération qui consiste à supprimer les gourmands qui poussent sur le tronc, ceci afin d'éviter des foyers potentiels de contamination de mildiou.

C'est aussi au printemps que l'on pratique l'**ébourgeonnage** qui consiste à supprimer les doubles yeux et les gourmands présents sur la tête de saule. En limitant le nombre de bourgeons, on réduit à ce stade l'entassement futur du feuillage.

Juin
Floraison

De petites fleurs disposées en grappes sont visibles.

De juin à fin août, on veille au **palissage**. C'est l'art de faire courir la vigne sur des fils de fer tendus entre deux piquets. Une vigne bien « organisée » favorise la pénétration de la lumière et du soleil.

Mi-juin à mi-juillet
Nouaison

Les baies, petites et vertes, se forment. On dit que le grain est noué.

Août
Véraison

Le raisin blanc ou rouge prend sa couleur définitive.

Tout au long du cycle végétatif et jusqu'aux vendanges, on pratique l'**effeuillage** qui consiste à supprimer les feuilles les plus âgées au niveau de la zone des grappes afin d'améliorer la pénétration des produits de traitement et de faciliter le passage de l'air.

L'**effeuillage** pratiqué le jour avant la récolte de la parcelle améliore le rendement des vendangeurs.

Septembre à fin octobre
Maturation

Selon les variétés de raisin, et selon le climat, les premières vendanges peuvent parfois commencer dès fin août. Elles s'achèvent la plupart du temps à fin octobre.

Les Trois Epis

Les origines des Trois Epis remonteraient à la fin du Moyen Age. Plusieurs légendes ont cours. Mais la plus connue est celle de l'apparition de la Vierge à Dietrich Schoer, un forgeron, en 1491. Le brave homme se rendait à cheval au marché en direction de Colmar. En chemin, il s'arrêta pour prier devant un chêne où se trouvait une petite croix bien fixée. C'est alors qu'eut lieu l'apparition. La Vierge tenait un glaçon dans une main et trois épis dans l'autre. Comme le forgeron ne comprenait pas la signification du glaçon et des épis, la Vierge expliqua que les habitants des environs devaient retrouver une vie de dévotion. Le glaçon était le signe des calamités à venir si les fidèles ne retrouvaient pas la piété ; les trois épis étaient au contraire le signe de la prospérité si les choses rentraient dans l'ordre. De plus, la Vierge chargea le forgeron de se faire le rapporteur de ce qu'elle venait de lui dire.

Notre brave Dietrich arriva au marché, mais oublia la demande de la Vierge. Il fit ses achats de sacs de blé et, au moment de les hisser dans sa carriole, n'y parvint pas. On vint l'aider. En vain. Alors, il se souvint de la demande de la Vierge, il implora son pardon et raconta à tous sa rencontre et ce que la reine du ciel souhaitait. Puis, comme par enchantement, Dietrich put soulever d'une seule main les trois sacs de blé. On construisit donc une chapelle dédiée à Marie. On raconte que, plus tard, un homme en colère voulut lancer un énorme rocher sur le sanctuaire, mais que ce rocher s'amollit au moment d'atteindre son but. Cet homme était le diable, furieux que le peuple soit revenu à la piété.

Le musée de la Vigne et du Vignoble alsacien à Kientzheim

C'est dans le château qui a appartenu à Lazare de Schwendi qu'est installé sur trois étages le musée régional de la Vigne et du Vignoble alsacien à Kientzheim qui a été ouvert au public en 1980.

Le musée Unterlinden de Colmar

A Colmar, les dominicaines avaient deux couvents : l'église des Catherinettes et l'Unterlinden. C'est le couvent de l'Unterlinden qui est aujourd'hui le musée du même nom et qui abrite les collections de la société Schongauer, qui vont de l'archéologie aux temps modernes avec des expositions permanentes et temporaires. Dans le chœur de la chapelle est présenté le célèbre retable d'Issenheim, peint entre 1512 et 1516, l'œuvre maîtresse de Mathis Gothardt-Nithardt, plus connu sous le nom de Mathias Grünewald. En plus des peintures de Grünewald se trouvent des sculptures en bois de Nicolas de Haguenau, qui font de cette œuvre un retable extraordinaire, unique au monde, et que l'on peut admirer dans l'ancienne chapelle du couvent.

Le premier étage est consacré à l'histoire de la province et des arts populaires alsaciens. Il abrite des collections d'armes, de faïences diverses. Dans la salle dite des Primitifs, on trouve des œuvres de Holbheim l'Ancien, Cranach, Isenmann, Waerchtlin, Huter, Schongauer ou une collection de sculptures en pierre, romanes et gothiques, au rez-de-chaussée.

Le sous-sol est l'espace réservé à un itinéraire archéologique allant de la préhistoire à l'ère mérovingienne. Une salle rassemble l'époque gallo-romaine.

En poursuivant la visite, on peut se trouver dans une cave du XVIIIe et puis parcourir deux salles d'art contemporain et rencontrer Braque, Dubuffet...

La Vierge au buisson de roses de Martin Schongauer

Ce retable peint sur bois en 1473 est l'un des chefs-d'œuvre de Martin Schongauer. Exposée à la collégiale Saint-Martin, l'œuvre est dérobée en 1972. Retrouvée par hasard à Lyon, elle est actuellement exposée à l'église des Dominicaines.

Bibliographie

DEMAY (Bernard et Christine), *Meubles polychromes alsaciens*, éditions du Bastberg, 2002

DEMAY-KAPP (Bernard), *L'Intérieur paysan en Alsace*, éditions du Bastberg, 1986

EGEN (Jean), *Une enfance alsacienne*, éditions Bartillat, 1994

FENNINGER (Marcel), *Cent Chansons pour les enfants d'Alsace*, illustrations Muriel Zappaterra, éditions La Nuée Bleue, 1996

JORDY (Catherine), *L'Alsace vue par les peintres*, éditions Serge Domini, octobre 2002

LESER (Gérard), *Dictons, proverbes, comptines et autres sagesses d'Alsace*, éditions de Borée, 2008

MANNONI (Edith), *Mobilier alsacien*, éditions Massin, 1996

ROSSIGNOL (Elisa), *Une enfance en Alsace*, éditions Sand, 1990

SPINDLER (Charles), ANSELME (Laugel), *Costumes et Coutumes d'Alsace*, présentation de Barbara Gatineau, éditions Place Stanislas, 2008

SPINDLER (Charles), *L'Alsace pendant la guerre, 1914-1918*, présentation et commentaires de Jean-Marie Gyss, éditions Place Stanislas, 2008

TRENDEL (Guy), NOTO CAMPANELLA (Yves), *L'Alsace, des trésors à découvrir*, éditions Pierron, 2007

VOGLER (Bernard), *Journal de l'Alsace*, sous la direction de Jacques Marseille, éditions Larousse, 2004

VOGLER (Bernard), *L'Almanach de l'Alsace, pays et terres de France*, Collection Jacques Marseille, éditions Larousse, 2001

PRODUCTION JEANNINE BALLAND

Romans « Terres de France »

Jean Anglade
Un parrain de cendre
Le Jardin de Mercure
Y a pas d'bon Dieu
La Soupe à la fourchette
Un lit d'aubépine
La Maîtresse au piquet
Le Saintier
Le Grillon vert
La Fille aux orages
Un souper de neige
Les Puysatiers
Dans le secret des roseaux
La Rose et le Lilas
Avec le temps...
L'Ecureuil des vignes
Une étrange entreprise
Le Temps et la Paille
Les Ventres jaunes
Le Semeur d'alphabets
La Bonne Rosée
Un cœur étranger
Les Permissions de mai
Sylvie Anne
Mélie de Sept-Vents
Le Secret des chênes
La Couze
Ciel d'orage sur Donzenac
La Maîtresse du corroyeur
Un horloger bien tranquille
Un été à Vignols
La Lavandière de Saint-Léger
L'Orpheline de Meyssac
Jean-Jacques Antier
Tempête sur Armen
La Fille du carillonneur
Marie-Paul Armand
Le Vent de la haine
Louise
Benoît
La Maîtresse d'école
La Cense aux alouettes
L'Enfance perdue
Un bouquet de dentelle
Au bonheur du matin
Le Cri du héron
Le Pain rouge
La Poussière des corons
Nouvelles du Nord
La Courée
Victor Bastien
Retour au Letsing
Henriette Bernier
L'Enfant de l'autre
L'Or blanc des pâturages
L'Enfant de la dernière chance
Le Choix de Pauline
La Petite Louison
Petite Mère
Françoise Bourdon
La Forge au Loup
La Cour aux paons
Le Bois de lune
Le Maître ardoisier
Les Tisserands de la Licorne
Le Vent de l'aube
Les Chemins de garance
La Figuière en héritage
Patrick Breuzé
Le Silence des glaces
La Grande Avalanche
La Malpeur
Nathalie de Broc
Le Patriarche du Bélon
La Dame des Forges
La Tresse de Jeanne
Loin de la rivière
La Rivière retrouvée
Annie Bruel
Le Mas des oliviers
Les Géants de pierre
Marie-Marseille
Michel Caffier
Le Hameau des mirabelliers

La Péniche Saint-Nicolas
Les Enfants du Flot
La Berline du roi Stanislas
La Plume d'or du drapier
L'Héritage du mirabellier
Marghareta la huguenote
Jean-Pierre Chabrol
La Banquise
Claire Chazal
L'Institutrice
Didier Cornaille
Les Labours d'hiver
Les Terres abandonnées
Etrangers à la terre
L'Héritage de Ludovic Grollier
L'Alambic
Georges Coulonges
Les Terres gelées
La Fête des écoles
La Madelon de l'an 40
L'Enfant sous les étoiles
Les Flammes de la Liberté
Ma communale avait raison
Les blés deviennent paille
L'Eté du grand bonheur
Des amants de porcelaine
Le Pays des tomates plates
La Terre et le Moulin
Les Sabots de Paris
Les Sabots d'Angèle
La Liberté sur la montagne
Les Boulets rouges de la Commune
Pause-Café
Anne Courtillé
Les Dames de Clermont
Florine
Dieu le veult
Les Messieurs de Clermont
L'Arbre des dames
Le Secret du chat-huant
L'Orfèvre de Saint-Séverin
La Chambre aux pipistrelles
Paul Couturiau
En passant par la Lorraine
Annie Degroote
La Kermesse du diable
Le Cœur en Flandre
L'Oubliée de Salperwick
Les Filles du Houtland
Le Moulin de la Dérobade
Les Silences du maître drapier
Le Colporteur d'étoiles
La Splendeur des Vaneyck
Les Amants de la petite reine
Un palais dans les dunes
Renelde, fille des Flandres
Alain Dubos
Les Seigneurs de la haute lande
La Palombe noire
La Sève et la Cendre
Le Secret du docteur Lescat
Constance et la Ville d'Hiver
Marie-Bernadette Dupuy
L'Orpheline du bois des Loups
Les Enfants du Pas du Loup
La Demoiselle des Bories
Le Chant de l'Océan
Le Moulin du Loup
Le Chemin des Falaises
Elise Fischer
Trois Reines pour une couronne
Les Alliances de cristal
Mystérieuse Manon
Le Soleil des mineurs
Les cigognes savaient
Confession d'Adrien le colporteur
Laurence Fritsch
La Faïencière de Saint-Jean
Alain Gandy
Adieu capitaine
Un sombre été à Chaluzac
L'Enigme de Ravejouls
Les Frères Delgayroux
Les Corneilles de Toulonjac
L'Affaire Combes
Les Polonaises de Cransac
Le Nœud d'anguilles
L'Agence Combes et Cie
Suicide sans préméditation
Fatale Randonnée
Une famille assassinée
Le piège se referme
Gérard Georges
La Promesse d'un jour d'été
Les Bœufs de la Saint-Jean
L'Ecole en héritage
Le Piocheur des terres gelées
Les Amants du chanvre
La Demoiselle aux fleurs sauvages
Jeanne la brodeuse au fil d'or

Denis Humbert
La Malvialle
Un si joli village
La Rouvraie
L'Arbre à poules
Les Demi-Frères
La Dernière Vague
Yves Jacob
Marie sans terre
Les Anges maudits de Tourlaville
Les blés seront coupés
Une mère en partage
Un homme bien tranquille
Hervé Jaouen
Que ma terre demeure
Au-dessous du calvaire
Les Ciels de la baie d'Audierne
Les Filles de Roz-Kelenn
Michel Jeury
Au cabaret des oiseaux
Marie Kuhlmann
Le Puits Amélie
Guillemette de La Borie
Les Dames de Tarnhac
Le Marchand de Bergerac
La Cousette de Commagnac
Jean-Pierre Leclerc
Les Années de pierre
La Rouge Batelière
L'Eau et les Jours
Les Sentinelles du printemps
Un amour naguère
Julien ou l'Impossible Rêve
A l'heure de la première étoile
Hélène Legrais
Le Destin des jumeaux Fabrègues
La Transbordeuse d'oranges
Les Herbes de la Saint-Jean
Les Enfants d'Elisabeth
Les Deux Vies d'Anna
Les Ombres du pays de la Mée
Eric Le Nabour
Les Ombres de Kervadec
Louis-Jacques Liandier
Les Gens de Bois-sur-Lyre
Les Racines de l'espérance
Jean-Paul Malaval
Le Domaine de Rocheveyre
Les Vignerons de Chantegrêle
Jours de colère à Malpertuis
Quai des Chartrons
Les Compagnons de Maletaverne
Le Carnaval des loups
Les Césarines
Grand-mère Antonia
Une maison dans les arbres
Une reine de trop
Une famille française
Le Crépuscule des patriarches
La Rosée blanche
L'Homme qui rêvait d'un village
Dominique Marny
A l'ombre des amandiers
La Rose des Vents
Et tout me parle de vous
Jouez cœur et gagnez
Pascal Martin
Le Trésor du Magounia
Le Bonsaï de Brocéliande
Les Fantômes du mur païen
La Malédiction de Tévennec
L'Archange du Médoc
Louis Muron
Le Chant des canuts
Henry Noullet
La Falourde
La Destalounade
Bonencontre
Le Destin de Bérengère Fayol
Le Mensonge d'Adeline
L'Evadé de Salvetat
Les Sortilèges d'Agnès d'Ayrac
Le Dernier Train de Salignac
Michel Peyramaure
Un château rose en Corrèze
Les Grandes Falaises
Frédéric Pons
Les Troupeaux du diable
Les Soleils de l'Adour
Passeurs de nuit
Jean Siccardi
Le Bois des Malines
Les Roses rouges de décembre
Le Bâtisseur de chapelles
Le Moulin de Siagne
Un parfum de rose
La Symphonie des loups
La Cour de récré
Les Hauts de Cabrières
Les Brumes du Mercantour

Bernard Simonay
La Fille de la pierre
La Louve de Cornouaille
Jean-Michel Thibaux
La Bastide blanche
La Fille de la garrigue
La Colère du mistral
L'Homme qui habillait les mariées
La Gasparine
L'Or des collines
Le Chanteur de sérénades
La Pénitente
L'Enfant du mistral
Jean-Max Tixier
Le Crime des Hautes Terres
La Fiancée du santonnier
Le Maître des roseaux
Marion des salins
Le Mas des terres rouges
L'Aîné des Gallian
L'Ombre de la Sainte-Victoire
Brigitte Varel
Un village pourtant si tranquille
Les Yeux de Manon
Emma
L'Enfant traqué
Le Chemin de Jean
L'Enfant du Trièves
Le Déshonneur d'un père
Blessure d'enfance
Mémoire enfouie
Louis-Olivier Vitté
La Rivière engloutie
L'Enfant des terres sauvages
L'Inconnue de la Maison-Haute
Colette Vlérick
La Fille du goémonier
Le Brodeur de Pont-l'Abbé
La Marée du soir
Le Blé noir

Polars de France

Hélène Legrais
La Croix des outrages
Pascal Martin
La Traque des maîtres flamands
Jean-Max Tixier
Le Juge de paix

Romans

Sylvie Anne
L'Appel de la pampa
Jean-Jacques Antier
Marie-Galante, La Liberté ou la Mort
La Dame du Grand-Mât
Le Sixième Condamné de l'Espérance
Erwan Bergot
Les Marches vers la gloire
Sud lointain
tome I *Le Courrier de Saïgon*
tome II *La Rivière des parfums*
tome III *Le Maître de Bao-Tan*
Rendez-vous à Vera-Cruz
Mourir au Laos
Jean Bertolino
Chaman
Fura-Tena
Jean-Baptiste Bester
Bois d'ébène
Michel Caffier
Le Découvreur du Mississippi
Anne Courtillé
Le Mosaïste de Constantinople
Paul Couturiau
Le Paravent de soie rouge
Le Paravent déchiré
L'Inconnue de Saigon
Les Amants du fleuve Rouge
Le Pianiste de La Nouvelle-Orléans
Les Brumes de San Francisco
Paradis perdu
Cent Ans avant de nous séparer
Comme un parfum d'ylang-ylang
Annie Degroote
L'Etrangère de Saint-Pétersbourg
Alain Dubos
Acadie, terre promise
Retour en Acadie
La Plantation de Bois-Joli
La Baie des maudits
Elise Fischer
L'Enfant perdu des Philippines
Hubert Huertas
Nous jouerons quand même ensemble
La Passagère de la « Struma »
L'Orque de Magellan
Terminus Pondichéry
Denis Humbert
Un été d'illusions
Gérard A. Jaeger
Pour l'amour de Blanche
Hervé Jaouen
L'Adieu au Connemara
Le Testament des McGovern
Suite irlandaise
Diane Lacombe
L'Hermine de Mallaig
La Châtelaine de Mallaig
Sorcha de Mallaig
Eric Le Nabour
Orages sur Calcutta
Les Démons de Shanghai
Les Jardins d'Istanbul
Sonia Marmen
La Vallée des larmes
La Saison des corbeaux
La Terre des conquêtes
La Rivière des promesses
Dominique Marny
Du côté de Pondichéry
Les Nuits du Caire
Cap Malabata
Mes nuits ne sont pas les vôtres
Du côté de Bombay
Juliette Morillot
Les Orchidées rouges de Shanghai
Michel Peyramaure
Le Roman de Catherine de Médicis
Le Pays du Bel Espoir
Les Fleuves de Babylone

Les Tambours sauvages
Le Temps des moussons
Les Roses noires de Saint-Domingue
La Porte du non-retour
Les Prisonniers de Cabrera

Bernard Simonay
Les Tigres de Tasmanie
La Dame d'Australie
Princesse maorie
L'Appel de l'Orient

Jean-Michel Thibaux
Le Roman de Cléopâtre
La Fille de Panamá
Tempête sur Panamá
La Pyramide perdue
La Cinquième Courtisane
La Danseuse sacrée

Colette Vlérick
Le Domaine du belvédère

Cet ouvrage a été imprimé par

CPI
Firmin Didot

Mesnil-sur-l'Estrée
en avril 2009

Composition et mise en pages : FACOMPO, LISIEUX

N° d'édition : 7812 – N° d'impression : 94890
Dépôt légal : avril 2009